U0939687

李四光

信仰的力量

才云鹏◎著

科学的存在全靠它的新发现，如果没有新发现，科学便死了。

图书在版编目（CIP）数据

李四光：信仰的力量／才云鹏著．—北京：台海出版社，2016.1

ISBN 978－7－5168－0827－6

Ⅰ．①李…　Ⅱ．①才…　Ⅲ．①纪实文学－中国－当代　Ⅳ．①I25

中国版本图书馆CIP数据核字（2016）第012944号

李四光：信仰的力量

著　　者：才云鹏

责任编辑：侯　玢

装帧设计：张子墨　　　　版式设计：红　英

责任校对：陈　烨　　　　责任印制：蔡　旭

出版发行：台海出版社

地　　址：北京市朝阳区劲松南路1号　　邮政编码：100021

电　　话：010－64041652（发行，邮购）

传　　真：010－84045799（总编室）

网　　址：http://www.taimeng.org.cn/thcbs/default.htm

E-mail：thcbs@126.com

经　　销：全国各地新华书店

印　　刷：河北信德印刷有限公司

本书如有破损、缺页、装订错误，请与本社联系调换

开　　本：710 mm×1000 mm　1/16

字　　数：187千字　　　　印　　张：17

版　　次：2016年5月第1版　　印　　次：2024年1月第2次印刷

书　　号：ISBN 978－7－5168－0827－6

定　　价：58.00元

前　言

辛亥英雄，科学泰斗

此前谈及李四光，也许跟大多数国人一样，我贫瘠的脑海里，只是呈现出他那著名的“一甩”：他将“中国贫油”的帽子狠狠地甩进了太平洋！

如漫画般有趣，但也如素描般苍白。偶然的机会，我进入了李四光神奇阔大的生命时空，那些闻所未闻的吉光片羽，让我的震惊瞬间无以言表：蒋介石无数次宴请科技界名流，其右手席位，总是为李四光而留！更让人瞠目的是，李四光一次都没去。全国第一届地质工作会议，居然延迟八个月才召开，只为苦苦等待李四光的归国；毛主席单独会见过很多知识分子，但李四光的次数一骑绝尘！

我无法不在这个日益“强悍”的空间长久驻足，我无法控制住自己更深涉入的狂想，于是，更多的震惊，开始像连绵起伏的山峦一样，终于将我挤压在地，我只能仰首，如瞻天人：没有铀就没有原子弹，而没有李四光，压根就没有铀矿的发现；赫赫有名的攀枝花钢厂、成昆铁路……这一大批新中国最早的大项目选址，都是在李四光的指导下最终确定；举世震惊的唐山大地震，李四光多年以前已有精准的预测！

李四光的科学成就，又何必我逐一举例？千年不世出的国学大师、目空一切的狂人陈寅恪说："李在地质学理论方面的造诣，在中国无人能比。"陈寅恪说这话的时候，李四光在科学界真正的扛鼎之作，还未出现！

真正让我大跌眼镜的，是孙中山去世，为他抬棺的六个人中，第一个便是李四光！无论如何我也不会想到：李四光，竟然是同盟会中年龄最小的会员！

传奇的硝烟，从满清之末越过民国，在新中国，开成最璀璨的花。沉浸于李四光的世界，其人，其举，越来越让我叹为观止！

从辛亥英雄到科学泰斗，李四光的一生，是如此的跌宕，更是如此的传奇，我抑制不住，急切地想把它呈现给更多的人，已经顾不得我这支秃笔，跟伟人是如何的不匹配了！

目　录

1

少年志，为国之崛起

13岁，独闯武昌

真正是初生牛犊不怕虎：只有13岁的李四光，独自一人从黄冈来到武昌迎考新式学堂，这种勇气令人惊愕。而当时的李四光还名不见经传，看看他的年龄我们不禁惊叹：在那个到处兵荒马乱的岁月，你是否有这个勇气，从80千米之外的黄冈，独自一人一步步走到武昌？

九省通衢的武汉，地理位置之重要自不必说，因其“洋务运动”重镇的特殊地位，近代工商业特别发达，近代教育体系健全。张之洞主政两湖后，新式学堂之多，更是全国无两，著名的资产阶级革命家黄兴、宋教仁都曾在此求学。

少年李四光所报考的第二高等小学堂，是张之洞实施“中国第一教”以来，在武昌建立的四大小学堂之一，从这里涌现出来的名人不胜枚举。它对生源不限制，要的只是考试成绩，属于典型的“唯成绩论”，但即使如此开放和透明，我们的问题依然存在：李四光只有13岁，他能在这场从未经历过的“大考”中脱颖而出吗？来报考的学生多达300人，各个卯足了劲，试图在新体制下扭转命运和人生，人生地不熟的李四光，能否突围成功？

最终，仅仅13岁的李四光不仅突围成功，而且是以第一名的傲人成绩施施然步入这座位于今天武昌西路的高等小学堂！

话说回来，李四光即是李仲揆，两个名字之间，有一种奇妙而神秘的宿命关系。后人津津乐道于李四光改名一瞬间的灵光乍现，并且长久以来，一直将此当做趣闻轶事。但如实说来，此间更充满心酸的况味。而他这让人啧啧称奇的改名事件，和他的童年不无关系，如果我们了解了李四光改名前的童年生涯，就会觉得一切顺理成章！

1889年出生的李四光幼时就不同于同龄孩子，而其首要区别，就在于他善于思考。

贫穷的下张家湾村，风光秀美，在风水专家的眼里，俨然是不可多得的宝地，其星罗棋布的池塘尽显江南秀色，钓鱼是顽童们重要的娱乐项目。当别的孩子纷纷拿着父母给做的鱼竿，嬉笑着跑向池塘时，小四光闷着头自己做了一杆鱼竿！他只有8岁。

他去竹林砍竹子，然后将大蒜的茎做成浮子，再将缝衣针砸成一个鱼钩。可堪竖指的是，每一次，他钓的鱼都最多且最大！别的孩子不免要充满艳羡甚至嫉妒地询问他秘诀，他挠挠头，只是说道：

“你得盯着那个浮子，它一动你就赶快提竿！”

秋后，荷叶下面的烂泥中，藏着可供食用的藕。采藕，叫“踩藕”更贴切，因为要靠双脚在泥里不停地将烂泥踩去，让藕露出来。当小伙伴们兴冲冲地提着一节、半节的断藕准备回家邀功时，却发现同行的小四光手提的，都是一节一节连接得非常完好的大藕！

小伙伴们的疑问和妒火又燃烧起来，并故作不屑，说他无非是幸运而已，小四光挠挠头说道：“你们是怎么踩的呢？我是顺着荷叶先踩到藕，再顺着它生长的方向，一脚一脚，一点一点地把泥踩去，让藕露出来。在藕节的地方要小心，千万别把藕踩断，这样再想找到就费事了。”

他心里的话其实并没有完全说出。真正的秘诀在于：他试图靠自己的贡献，尽量消除母亲“有饭没菜”的焦虑！同那些只是为耍一耍或邀功，因而东一脚西一脚乱踩的孩子相比，结果自是迥然不同！

心思缜密，加上别人所不具备的忧患意识，一个极其早熟的李四光，就这样在童年时期隐隐然露出了高人风范！没错，即使那时家家都穷得叮当响，但跟别的家庭相比，李家要更贫穷一些，可谓家徒四壁。作为当地最有名的私塾先生，这是李四光的父亲李卓侯对子女最以为歉的地方。

“满腹经纶，又有何用哉！”偶尔的酒后，李卓侯会去不远处的竹园踱步，在那里，他可以仰天长啸，一抒胸中之块垒！他无法改变现状：他只有祖辈开荒攒下的三亩薄地和几间粗陋的房舍，膝下却有 7 个嗷嗷待哺的孩子，辛劳了一生的父母已经年迈体衰，丧失了劳动能力，靠这三亩地是喂不饱这么多张嘴的。

没办法，他只好把家里仅有的土地，与一户徐姓的农民搭伙耕种，取得其中的部分收成，腾出时间教书以获得报酬来支撑全家的花销。很显然，教书是更重要的收入渠道。但当时，农村的私塾大都没有规定的学费，也少见富人子弟前来就读，普通农户送孩子上学，每年只不过交几斗粮食或百文左右铜钱而已，收入也是非常微薄。

在平常年景，这九口之家倒也可以通过节俭维持温饱，但倘若庄稼欠收，就会立刻断炊。在1942年3月6日致友人贺有年的书信中，李四光这样描述道："每忆及先父母在世情况，辄僵坐不欲出一言。人惊而问之，则支吾其词以告，实在所不忍言者矣。"

对父亲的回忆，李四光从未止歇过，这不仅仅是因为可以拥有亲情的温暖，更包含一种向上的鼓励。李四光在离开家乡后，极少回家，但他对父亲的关注却从来没有断绝，他记得很清楚，1911年，父亲以新庙学堂为基础，创办了黄州私立高等小学堂。1912年改为东乡小学，父亲任校长，设班10个，学生160余名。1917年，父亲在家乡又创办了回龙山高等小学校，广招贫民子弟，为黄冈县清末民国初兴办新学带头人。1921年，黄冈县政府慕李卓侯社会影响，聘其创办黄冈县立初级中学，任校长，此为黄冈县开办县立普通中学之始。父亲以垂暮之年，在破败的黄州府中学堂的校址上励精图治，事必躬亲，不到两年，学校得到迅速发展，在鄂东声名远播。

此时的父亲一心想把学堂办好，尽可能多的将自己全部的学问传授给四乡五里的孩子们，这样，他可以从那些心存感激的家长手中，多接过来一些吃的：苕干、腌肉。

这是救命的东西，但他有资格坦然受之——他的确教得很好。

他口才极佳，博闻广记，对待学生充满了爱心，因此成为回龙山地区最有名望的教师之一。需要说明的是，此时，公立学校在湖北还未诞生，回龙山地区的私塾领袖，非李卓侯莫属。他对得起这个称号，在他培育出来的众多学生中，我们仅提三个人的名字，便可知他的不同凡响：林育英，林育南，林育容。

拥有同一个祖父的这三个人号称回龙山“一门三杰”，在中国近代史中，每个人都有自己独立的篇章。如果您对其中的“林育容”略感生疏，那说出他后来的名字“林彪”，想必您就会嗟叹不已：小小的回龙山，居然如此卧虎藏龙！实际上，回龙山方圆几十里内，涌现出了太多的名人，其领域之广、品位之高、贡献之大，全国鲜有：哲学家熊十力、革命家包惠僧、文学家秦兆阳、思想家殷海光、经济学家王亚南、书法家张荆野……

然而，在办学过程中，由于操劳过度，父亲于 1923 年因病驾鹤西归，卒于任所，留下了今天赫赫有名的黄州中学！

良好起步，天顾英才

李卓侯是秀才，思想进步，学识渊博，一生热心乡村教育事业，为黄冈培育了不少人才。他原在新庙开设了一个私塾，后又将其改为学堂，并自任堂长。由于他的学堂在鄂东一带很有名气，过了几年，县里将他的学堂改为公立，称“东乡小学”，并任命他为校长。他为人正直，口才甚好，学生很喜欢听他讲课。

小四光 6 岁时到父亲的私塾里，随父亲念书。小四光学习的时候，刻苦认真，勤奋用功。每天从早到晚，朗读、背诵、练字、作文忙个不停。他不贪玩，老师不在的时候，依然能独自学习，而不像别的孩子一样，爬桌子、踩凳子，闹翻了天。

在李卓侯拼命赚束脩（学生敬师赠送的礼物）的同时，他的夫人承担起了全部的家务重活：舂谷、挑水、淘米、砍柴、烧水、做饭，以及在孩子们晚上温习功课的时候，借着油灯的余光，一坐就是几个小时地纺纱！

穷人的孩子早当家，此言不虚。小四光不同于其他顽童之处，很重要的一点，在于他早早就发现了母亲的劳累。在父亲无暇顾及家务的情况下，小小年纪的他，成了母亲最好的帮手：提水时，他提不动大桶，但他提小桶，走得飞快，恨不得跑起来，好让母亲少提几桶水；搂树叶的活，他包下了。他带着耙子，不用任何人提醒和催促，每次晚饭后，都去山上捡拾这种天然柴火，在天黑之前赶回来，让灶膛里的火苗，总是旺盛地欢动着！

但他也感觉到了自己的无力。对母亲来说，最累人的活计是舂米，他最想帮母亲干的也正是这个，但他踩不动那又厚又笨、绑着一个大石杵的踏板。他累得满头大汗，踏板也只是晃动，他根本踩不下去。

母亲心疼地让他停止，他默默无语，陷入了思考。然后，他找来一根绳子，绑在石杵那一头的踏板上，脚往下踩的同时，手使劲拉绳子，石杵终于起来了！他立刻连踩带拉，手脚并用，速度虽然不快，但一杵一杵的很有节奏。衣裳被汗水湿透了，他也帮母亲把稻谷舂成了白米。

真正让母亲惊奇的，是在他9岁那年过年时，他的一连串让人眼花缭乱的表演。他把两个大香橼用小刀剖成两半，剥下皮来，扣在小碗上风干，然后用小刀在皮上刻上美丽的花纹，做成一对又漂亮、又芳香的小坛子送给小妹。全家人瞪大眼睛惊奇地欣赏着这独一无二的工艺品，更别提一蹦三尺高的小妹了。他砍来两根毛竹，剖成细篾，七弯八绕，扎了一盏谁也不曾见过的花灯——“孙悟空打秋千”，送给弟弟。在灯里，他点上蜡烛，大闹天宫的孙悟空顿时在秋千上活灵活现，弟弟眼睛都直了！

母亲掉下了眼泪：小四光多么用心啊！这是对弟弟妹妹的爱，也是对母亲的爱，她不用再费力琢磨给孩子弄啥小玩意儿玩耍了！

腊月二十二的晚上，母亲来到灶间准备做灶糖送给灶王爷，好封住他的嘴巴，希望他“上天言好事，下地保吉祥”。在灶间门口，她不由得停下了脚步，然后就屏住了呼吸：她看到，小四光正在用小火热开糖稀，旁边是他已炒好的炒米。她看到儿子就热将炒米拌在里面，再捏成炒米团，晾凉以后，再一下一下切成薄片。她一言不发，看着小四光渐渐弄出了一大盘儿又香又脆的米花糖。小四光不声不响把一切做好，忽然看到母亲正在端详他。

“儿子，谁教你做的米花糖呀？”

“卖米花糖的老婆婆就是这样做出来的啊！”

“那刻字、刻花呢？”

“我在集上看到刻字的匠人就是这样刻的。”

“谁又教你扎的花灯呢？”

“集上卖花灯的人扎过。”

并不是所有孩子都能在贫穷和艰难中，静下心来学习感兴趣的东西，并将自身所学不显山不露水地“冷处理”，这其实需要一种极高的境界，而那时仅有9岁的小四光就已经达到了。都说“小时了了，大未必佳”，这话当然没错，但毫无疑问，“三岁看大，七岁看老”，这句老话更让人津津乐道，因为它更具科学性。

童年的李四光，一身的科学范儿已然闪闪发光。

兴趣是人生最好的老师，但父母的指点、师长的鼓励，会对一个好学上进的孩子给予莫大的鼓舞——这种看似无关紧要的话语其实往往意义深远。李卓侯很清楚这些，他就是搞教育的，多年以后李四光时常感到庆幸的正在于此。父亲的谆谆教诲不仅体现在传统的国学上，作为一个紧跟时代的老爸，李卓侯对时事的关注毫不亚于对《四书》《五经》的熟悉。更主要的，他会把自己所知的一切都最为详细地传授给儿子，这是一名教育家的本色。

8 岁这一年，小四光第一次被父亲领着走出家门，生平第一次来到“比较大”的城市——团风镇。

团风镇是座古老的集镇，具有长江优越的水运条件，“三黄两圻罗麻广，安徽河南连九江”，交通方便，四通八达，自古即是鄂东重镇，素有“小汉口”之称。但真正吸引小四光注意力的，并非集市上来来往往的人，而是长江上来来往往的船，特别是那一艘艘巨大的轮船。

第一次见到如此骇人的庞然大物，别的孩子一般就仅是瞠目结舌，但小四光则在瞠目结舌之余还不停地刨根问底。从轮船的质地、形貌到性能、原理，在回来的路上，小四光仍兴奋地和爸爸谈论着。

突然，他抿着嘴唇说道：“爸爸，我也要做一艘轮船。”一般孩子异想天开的想法，均是其兴趣所致，若将兴趣发展为才能，一方面需要孩子自身萌动的渴望，另一方面父母的激发亦不可或缺。当儿子说出这种似乎异想天开的“大话”时，李卓侯没有含糊一笑，更没有当做耳旁风，他再次表现出了一名卓越教育家的风范，非常认真地问道："你会吗？孩子。"

小四光看到父亲的眼里充满期冀和鼓励，自信地说："我能行。"

他向街上修壶的师傅要来一点儿马口铁，先在纸上画好图样，再比在铁皮上，根据图样裁铁皮。然后用小锤敲敲打打，一艘两头翘起、中间有船舱、上面挂小旗、竖着一个大烟囱的小铁皮船果真做出来了！

他把它拿到池塘边，小心地将它放到水里。这艘铁皮做的轮船，居然没有沉下去。他用手划动几下水，船居然顺着水流前进了！当然，它只游动了一小段距离。但这是小四光完全凭自己动手完成的第一件豪华玩具，比爱因斯坦做的小凳子，要漂亮不知多少倍。

在物质贫穷、文化生活更贫穷的回龙山，这件新玩意儿不像今天小朋友随手丢弃的航模、车模一样司空见惯。左邻右舍都来看热闹，他们对小四光的作品啧啧称叹，赞扬最厉害的当属他的恩师——另一位私塾先生陈二爹，他一面夸奖这艘"轮船"真像在长江里航行的大轮船，一面鼓励小四光说："仲揆这孩子有志气，现在造小船，将来造大船！"

对小四光来说，人生的初始阶段，即能遇到陈二爹和李卓侯这样诲人不倦、催人奋进的良师明父，真可谓好花落在肥土中，天顾英才。

"李四光"面世

仅仅是这些手艺活，显然还不足以让小四光在1902年来武昌读书。很显然，如果他在乡下找个高手继续学习手艺，他会成为绝顶的民间米花糖高手、扎花灯巨匠、刻字大师，或者，中国最顶级的航模制作牛人，总之，“高手在民间”，他一定会在某个领域出类拔萃。

但是，就该中国幸运，小四光没有将这些手艺抛下，但也绝没有继续深造的意愿。对其个人来说，他没有因此浪费掉自己真正的才华；对中国来说，也因此没有浪费掉一个真正的人才。

这一切，来自于村里那一块神秘莫测的巨石。

正如一只蝴蝶停在菜叶上轻扇双翅引起达尔文的注意，从此长久激发了他对动物学的兴趣一样，这块巨石对小四光来说意义巨大。我们不能说它直接导致了伟大科学家李四光的诞生，但在漫长的童蒙岁月中，这是小四光脑海里的一个超级大问号。正因为无人知道它的来历，小小少年至少明确了一件事：这世上有很多未知的东西。

如前所述，我们知道小四光对任何具有挑战性的事情绝不放过，故事显然已经开始了，只不过，没有一个人知道而已。

小四光的家乡黄冈县回龙山下张家湾村，山脉起伏、丘陵遍地、水塘众多，称得上是“五步一踏水，地无三尺平”。但在村子前面，却是一块很大的、珍贵的坪坝，是村民堆柴、打场的最佳地点，也理所当然地是小孩子藏猫猫的天堂。

在这块极其平整的坪坝上，一块巨石突兀地耸立着。它干干净净，傲然而沉默，周围无一块石头，没人知道它站了多少年。

对绝大多数人来说，每天所见的东西，即使再不合常理，时间长了，也就会不觉为奇，甚至会认为理所当然。在村里，没有一个人对巨石凝神驻思，家家习以为俗，人人迷而不悟。

直到有一天，总是躲在石头后面的小四光再一次被人轻易找到后，大家发现他整个人似乎中了邪一样，面对石头念念有词。

按藏猫猫的游戏规则，既然他被找到了，接下来就应该由他来找其他孩子。在小伙伴的呼叫声中，他依然一动不动地站在石头后面叨叨咕咕。这种状态让黄昏中的其他孩子都产生了狐疑，几个胆小的孩子已经开始怯怯地退后着脚步。一个个头稍微大些的孩子壮着胆子走过来，用手试探性地拍了他一下。

小四光似乎猛然醒过来一样，大声喊出一句话，那些正在怯怯退着脚步的孩子，听到后更加恐惧，“哇”的一声全都吓跑了。那个拍他的“勇敢者”惊愕地瞪着他，突然也胆颤心惊地转身逃开。

“为什么这里会有一块大石头呢?”余音仍在坪坝回荡。黄昏中，小四光一个人依然伫立，小小的身影完全被巨石遮住。对其他人来说，这是一个不是问题的问题：老天爷把一块石头放在这里，还需要什么理由吗？这不就像打雷之后就下雨一样普通吗？至于道理，管它呢，知道了也不能换一升包谷，费那劲有什么用?

但小四光却没有放弃，他立刻去找见多识广的陈二爹。陈二爹笑眯眯地说：“那是从天上掉下来的!”重达几十吨的大石头，当然是从天上掉下来的，否则，难不成是哪个大力士闲着没事把它抱过来放在这的?

相比起其他村民的不耐烦，陈二爹的回答已经相当靠谱了，乍一看很像这个问题的标准答案，而村民也基本认同陈二爹的判断。但小四光挠了挠头，立刻发现了这个答案的漏洞所在：如果巨石是天上掉下来的，那么它的下面怎么这么平坦，按理说，应该有个大坑才对啊?

他回家去问爸爸，李卓侯深思一番道：“天上的确掉下来过石头，在天上，它叫流星，到了地上，它就叫陨石了。”

如果换做你，作为一个七八岁的孩子，问到这里大概也就不懂装懂地跑开了，一声蛐蛐叫完全可以把一个孩子的注意力充分转移，但小四光日后能“羽化”成著名的李四光，就在于他此刻刨根问底地问了一句：“爸爸，那这块石头到底是不是天上掉下来的呢？”

见多识广的李卓侯终于被难倒了，他实事求是地说：“这个问题，说实话，爸爸也不知道。”

对大多数人都不算问题的问题分两种：一种是先天愚型，比如“为什么吃饱了就不饿”这一类的问题；另一种则是大智若愚型，属于真正的问题，小四光提出来的正是这种问题。大智若愚的问题的关键在于：它绝对存在，只是因为司空见惯而被漠视，而真正的奥秘也从这个问题中找到，从这个意义来说，一个好问题，本身就蕴藏着真正的答案。

这个大智若愚的问题估计正是小四光得以成长为伟大科学家的起因。先不论这个问题在小四光的脑海中存了多少年，站在水陆街的湖北省学务处报名台前等待报名的小四光，还不清楚他所在的地方有何历史意义——

这是全中国第一个省级的新式教育行政管理机构，前一年才刚刚设立。张之洞认为，小学是人才成长的基础阶段，在他主持下，湖北省率先建立了学务处。自1902年起，他相继在武昌城内创办了5所高等小学堂，统称为东、西、南、北、中5路新学，各自招收100名学生。入学年龄定在11岁至14岁之间，先决条件是至少能够背诵一两部经书，并且可以讲述其中的大意。

值得强调的是，考生一经录取，在校期间的住宿、伙食、服装和日用品等全由校方供给，品学兼优者还可以享受公费选送到国外留学！而张之洞与张百熙、荣庆于次年即1903年推出的“癸卯学制”，更是中国第一个较为完备的新学制。这两件新生事物，对旧中国逐渐转轨发展起到了极其深远的作用。

但当时小四光没想那么多，在这座由旧皇太子殿改建的古老建筑中，他的心里只是再一次浮现下张家湾村那块巨石的突兀模样。在来武昌之前，他只能向乡村野老发问，其中学问最高深的人，也无非是顶着秀才头衔的父亲李卓侯。现在就不同了，他马上就会有更渊博的老师，这些老师各个“上知天文，下知地理”，在这里，他一定能找到真正的答案，这个困扰他几乎长达5年的问题就要水落石出了。

“快填，快填，后边那么多人啦!”办事员不耐烦地催促着，鄙夷地斜视着一身土布裹身的李四光。这件蓝棉袍子，是妈妈为小四光精心缝制的最好的衣服。它是母亲在他出发的前夜，由自己出嫁时的嫁衣一针一线改制出来的，注满了一个母亲对孩子的喜爱和祝福。

小四光从飘飘然中回过神来，拿起笔来就写。按照习惯，我们不太可能在填表时先写年龄，但对于惯于不走寻常路的李四光来说，这种可能性则超出凡人几多。他本来打算最后写上自己庄重的名字，但一不留神，却将年龄写进了姓名栏：十四。待他发现时，本来选择重新拿一张报名表填写是最恰当的，但是李四光知道，这张报名表价值一元。

一元钱！能买很多东西咧！将近100千米的路途，虽然是自己挑着担子走了好远，但兜里并未留有很多钱——黄冈到武昌的船票是一笔开销，何况家里给的本来就不多，而这，还是李卓侯亲自去乡邻家借来的。“上山擒虎易，开口求人难”，小四光深知父亲这一次已是破了例。

该怎么办？李四光看着姓名栏中的“十四”，急中生智，在“十”字上加了几笔改成了“李”字。可这样名字就成了李四，太过俗套也不够好听。这时他猛然看到填报大厅的牌匾上书“光被四表”四个大字，自小熟读《四书》《五经》的他知道，这出自《尚书》中的“光被四表，格于上下”。这四个字让他豁然开朗，同“仲揆”这个古意盎然的名字相比，“四”再加个“光”，多好啊！而“四光”这个名字又非常响亮，亦有“四面八方追求光明”的含义，顿觉欣欣然。自此，“李四光”这个名字诞生了，而此三字也开始渐渐闻名于世。

这改名的事件，让这位少年天才的不同凡响暴露无余，并充分显露出他一生中最重要的四大个性：

其一，节俭。为省一元血汗钱不惜更名；

其二，挑剔。他深恨自己的草率，此时尽显对自己的苛刻；

其三，创新。在 20 世纪最初的中国，名以传家的古训根深蒂固，他小小年纪即自作主张，独立创新思维让时人侧目；

其四，认真。他没有在慌乱中随意写下任何字，比如叫“李四龙”。出生于回龙山的他，按理脑海中应该第一个浮现出“龙”字，但他从来就善于并乐于思考，名字必须有意义，与其说填报大厅牌匾上的“光被四表”四个字解救了他，不如说生命中的第一扇幸运之门早已潜藏于此，这是上苍对努力者的必然福报。

漫步知识海洋

“李四光”诞生了，而穿着新蓝棉袍子、自己给自己起了新名字的李四光，在这次千人聚集的大考中，考了第一名！

千中摘一的巨大荣光，并未让他获得大多数人的青睐，主考官显然并非张之洞新式教育思想的完全执行者，他很有些看不起这个来自偏远乡下的贫寒少年，嫉妒加上鄙夷，主考官居然想淘汰李四光。

贫穷并非李四光的错，才华更不应是他求学的障碍，李四光生命中的第一个贵人出现了。这人姓张，最早曾是李卓侯的私塾弟子，现在在学务处帮忙，他极力向主考官保荐说："这孩子是我先生的儿子，聪明好学，读书很用功，这样的人才我们不应该放弃。"

李四光正式进入湖北省武昌西路高等小学堂，也称第二高等小学堂。当老师宣布每天的课程任务时，李四光感觉"天女散花"这个词成了活生生的现实：这么多的学科啊，这真是太好了！一些闻所未闻的课程，更让李四光心花怒放！

他的文科基础原来就比较扎实，又刻苦功读校内开设的修身、读经、中文、历史和地理等各门课程，最终能把所学的知识融会贯通，并灵活应用。他对理科知识情有独钟，探究自然奥秘、思索事物原理可谓他的天生乐趣，因而酷爱数学和包括物理、化学在内的"格致"功课，固有的逻辑思维能力得到了充分发挥。可以说，门门功课都是他的强项。最重要的，他自幼吃苦耐劳，爱书如命，善于钻研。这么优越的学习环境，加上每个月六块大洋的"巨额"补贴，李四光如鱼得水，更加勤奋，成了同学中间的最用功者。

功夫不负有心人，天才加上勤奋，他的学识突飞猛进，各科成绩一直名列前茅，受到师长和学友们的刮目相看。

正如张之洞亲笔书写的《学堂歌》所述："湖北省，二百堂，武汉学生五千强……”这首写于1904年的歌词，表达了新学自1902年创立以来逐年发展壮大的景象，实际情况也是如此。当年湖北各地崛起的新型学堂，在数量和规模上全国首屈一指，而武昌在湖北省又鹤立鸡群。

毫无疑问，同样是“五千强”的湖北学生，强中还有更强者。李四光自入学以来，就一直处于强中之强的行列，从综合素质方面考量，称他是强中之强的佼佼者，绝无过分。

李四光真正的贵人应该是张之洞。晚清探花张之洞一生与教育结缘，真心实意想通过教育改革挽救大清，实施所谓的“教育救国”。最终他输了，并留下他天大般的遗恨：他办的学堂中，培养出了大批大清王朝的掘墓人，真可谓种豆得瓜！

但无论如何，张之洞为中国教育所作的贡献不可磨灭。他的那些话至今仍在闪光：“中国不贫于财，而贫于才；人才日多，国势日强！”

他开办学堂的举措，更在“中体西用”的灵魂指引下，将传统教育由“经世”转为“济人”。事实上，近代史中对旧中国包括满清救亡图存的第一步，即为张之洞的“教育救国”。令人称奇的是，张之洞虽然对国外的政治法律等极端仇视，但对西洋乃至东洋的教育和科技却非常看重。他在著名的《劝学篇》中说：“入外国学堂一年，胜于中国学堂三年。”显然，这不是妄自尊大。

在第二高等小学堂，李四光面前正悬挂着这样的刺激性校规：凡考试名列前五名者，皆可保送出国——头等送美国，其次送英国，再次送东瀛。

并非所有的人都玩命地学，但至少大多数人都在争头等。头等不成，就其次，不然，就再次。李四光历次考试都是第一名，稳稳的头等，天资聪颖和勤奋好学是好成绩的源头活水。

现在，不用帮妈妈去提水舂米了，不用上山捡柴、下河捞鱼了，小学堂的生活正是李四光从小就梦寐以求的天堂生活。别的孩子时常有厌学情绪出现，甚至经常有弃学回家者，但李四光恰似一个跟头掉进了蜜糖罐，他乐在其中，拼命苦读，每天上课6小时，他甚至希望学12个小时！

他并没有因此忘记父母和兄妹，亲人影像的出现，总是更能激发他求学的热望——他想对得起这些为了他读书而生活更加困窘的最爱的人！

逐渐，老师讲的已经不够他消化，他像个大胃王，希望老师课量加倍才好，在别的孩子仍在为本节课的问题绞尽脑汁时，李四光已经在独自学习下一节。老师从来不考问李四光，因为他必然能答得出来，还不如将注意力放到那些更需要敲打的孩子身上。

巨大的知识量被源源不断地快速吸收进他的大脑中，然而，他还是没能弄明白巨石的来源！这时，他突然发现，有几批人已经被送出国了，连续三个月考试都是第一的自己却毫无动静。

为什么不让我出去？我的答案在国外！我的知识在国外！我要出国去寻找科学的究竟！

跟希望延长课时相矛盾，李四光强烈地希望学制能缩短，再缩短，他要马上去接触、去领教、去掌握最新最有用的知识！

李四光不由得急了，一颗心瞬间就飞到了海外，但当他回过神来，一双脚依然被牢牢粘在武昌的土地上。

他急火攻心，思来想去，最后也只好去找张先生询问和商讨。

张先生显然是个好人，但从其办事手法来看，更是一个聪明人。他没有义愤填膺地带着李四光一起去找校长讨说法，刀把子在人家手里，何况，当年的教育制度尚处于摸索与尝试阶段，校长的任何做法都能说得出道理，可谓手持生杀予夺之大权。激进地去声讨，弄不好，不仅李四光有可能被从此打入冷宫“另眼相看”，连正积极谋求教务长的张先生都有可能前程尽弃。

他深思熟虑一番后，道：“仲揆，你脑瓜是聪明的，你看不出来送出去留学的都是有钱有势的人家吗？多余的话我就不说了。我认为，你只要好好读下去，将来一定会比他们更有出息！也许，出国的事也不是不可能。先忍忍吧。”

“不须浪饮丁都护，世上英雄本无主。”张先生的话其实颇有道理，但愤懑与自信在李四光的身体里乱窜，让他的心情根本做不到张先生所劝告的“以忍为晋”。在他眼里，一团黑雾笼罩在学校上空，校长的脸上永远黑气弥漫，整个小学堂是黑云压城城欲摧，这样的学校，已经装不下求知若渴的李四光了，他的前程在哪里？只有走出去！

争出国机会，偷渡明志

走出去！

少年李四光的勇气来自于父亲的豁达和母亲的坚韧。李卓侯绝非一个没见过世面的乡村教师，尽管他屡试不第，但只能说是命里不济而已，而这也更加增添了他的豁达风度。事实上，他很早就加入了革命组织，在那个年代，“革命者”各个都是普通人眼中的“贼大胆”！

当时，长江流域一度掀起的“日知会”反清起义浪潮，在黄冈境内产生了强烈反响，县城里的小学教师吴贡三和殷子衡，是日知会骨干成员，与李卓侯交往非常密切，经常找李卓侯给他们编写的反清宣传品润色文字，诸如《孔孟心肝》之类。李卓侯甚至与孙文、黄兴都有交情，并多次把盏言豪！

男儿本自重横行。这种先天的勇气，早已注入李四光的身体中。

母亲对他的耳濡目染其实更大。一个女人不依靠男人，将全部重活一句话不说就承担下来，时时如此日日艰辛，这种后天的滋教才更让他获益匪浅。对李四光来说，父精母血给了他混元之气，父豪母韧则让他从小就拥有了不肯苟同于旁人的人生观。天地虽然广大而深邃，但双肩顶个脑袋，只要不怕死，走到哪里都有活法！何况，自己的肩膀上，要顶着自己的脑袋，没有自己的想法，活着算什么呢？

一个溽热难耐的早晨，吃完早饭后，迫不及待的李四光拿着自己极其简易的一个小包裹，悄悄离开了校园。一条新的大路豁然摆在他面前。他三步并作两步跑向长江码头，经过细心寻找和判断，最终坐上了一艘开往上海的渡轮——一艘运货的船，一分钱没有花。他知道，这次去日本，家里是不知道的，现在，他只有几顿饭钱而已，万万不可“大手大脚”。

海边的和风最终吹醒了满脑子滚热的李四光。站在外滩上，他忽然明白这是一个多么鲁莽的决定！他笑了，笑年少的自己只知道血气方刚，不知道运筹帷幄，这哪像一个做大事的样子呢？那么多公费去日本的都需要排号和被甄选，你一个自费生，拿什么入校？何况，学费还得先打工赚，能不能赚来还不好说！而比这些更加迫在眉睫的就是：日本的运货船根本不可能混上去！

李四光没有懊恼，反而浑身觉得轻松了许多。对他来说，这是一次极其重要的人生历程，意义在于每到关键时刻都提醒自己：勿冲动，想周全。李四光从此变得极其缜密，就像下棋者，不考虑到十步以后，绝不轻易落子。

不出所料，一身轻松的李四光回到西路小学堂，果然就遇到了暴跳如雷的学堂监督和黑着脸的校长大人。对李四光的不辞而别，校方无法接受，一顿詈骂责难之后，决定开除他，并且让他先补交求学时段的学费——学校是官费，本来是不收钱的。“你要逃走吗？把学费交回来，一共一年三个月的学膳费加补贴，二十一两银子！”

上海之行更加开阔了李四光的视野，也锤炼了他的勇气，尽管气得眼含泪花，他还是有理有据地质问道：“学堂规定了的，成绩优秀就可以保送出国，我每次考试都得第一名，为什么出洋的名单上没有我呢？”

校长一拍桌子，正要狡辩，准教务长张先生满脸堆笑地站出来打圆场：“李四光也是求学心切，而且学业确实优良，这次暂缓追究，且让他再考一次。若是仍旧考得第一，说明这孩子有志气，就送他出洋，若是落榜，也是他自己不争气，那时再除名吧！”

一来，张之洞的校训明晃晃地悬挂在学校四处；二来，张先生的建议入情入理；三来，李四光的不卑不亢让校长有所忌惮：最终学校准许了张先生的建议，无故旷课 3 天的李四光重新入学。

但这次，境况将他逼上了悬崖：要不就考第一，要不就被除名。“不为圣贤，便为禽兽”，曾国藩的这句联语在第一时间涌上他的脑海。但他没有慌张，对李四光来说，不为考第一都能次次折桂，这次憋着一股气要拿第一，试问第二小学堂何人能敌？

巴尔扎克说过："人类所有的力量，只是耐心加上时间的混合。所谓强者是既有意志，又能等待时机。"少年李四光，就是一个既有远大志向、又能等待和善于抓住时机的强者。两个月后，又一次大考发榜，李四光再次名列榜首！

然而，心有不甘的校长将本来应派往美国的李四光，派去了日本留学，发派机关鄂督抚自然无异议。不知憋足了劲儿打算"教育救国"的张之洞若听闻此事，该作何想？一个好的制度诞生不容易，实施起来更难，若要天下人都明白事理，更是难上加难！但我们依然应该为有才华的人在历史大潮中拥有这宝贵的发展良机而庆幸和欢喜，毕竟，当时四下漆黑的晚清乱世中，还有这么一个肯张开眼睛看世界的张之洞！

李四光很高兴，如果几个月前他偷渡到了日本，现在，也许正在东京的某条街道上风餐露宿，现在的结果，不正是他曾经极度渴望的吗？去美国也好，去日本也罢，只要能学到真本领，有什么区别呢？

1904 年 7 月 3 日，在《鄂督抚致外务部文》中，李四光的名字第一次出现在历史中："……第二高等小学堂李四光……等，均堪由官费派往日本游学，以资造就。"

呈文很快得到了批复，湖北各类学堂 90 名生员赴日留学，其中高等小学堂只有 4 名，即东、西、南、北路各 1 名。李四光是西路小学堂的唯一选中者。

求知之地有着落了，如今的问题是，到底要学什么呢？在离开学校的前夜，李四光半倚在简陋的木头床上，很久很久没有睡着。

兴奋当然是主旋律，同时，他也在思考着自己的未来。

这个只有15岁的少年，也已经必须全凭自己的思考、判断，来决定自己一生的走向。

远大志向，强国强民

一个15岁的少年，原本是没有多少往事的，但对李四光来说，很多事情已经让他无法忘怀。

12岁时，李卓侯看到儿子的学力和见识已远远超出同龄孩子，就把他从陈二爹的私塾馆转到了自己的教馆里。陈二爹虽然也颇读了几本书，但说实话，他的知识和能力用来给幼童“开蒙”还比较适宜，深入的话，就有些勉强了。

在父亲的教馆，李四光从未因自己是校长之子而有一丝一毫的优越感，相反，他一直是最守纪律、也最能苦读的一名好学生。在父亲心目中，已经认定儿子长大后一定会是人杰，从这时开始，李卓侯就已经在暗暗铺就儿子的求学之路。很快，自己也没啥可教儿子的了。

当然，无啥可教说的是学问。而在做人和志向方面，李卓侯则开始着重培养儿子的浩然之气和爱国之情。作为革命党人，必须具备这两点，否则，一切免谈。

一次下课，同学们照例哄笑着跑出去玩，李四光看到父亲没有出去散步，而是坐在书案前，若有所思地在一篇文章上涂来抹去，就好奇地上前去看。

父亲的笔正浓重地写下一行诗句：伤心怕看澎湖月，妙手难回旅大春。

"'澎湖月'是什么意思？爸爸。"

"孩子，我们的大清政府无能，甲午海战惨败后与日本签订了《中日马关条约》，将台湾、澎湖和辽东半岛都割让给日本，还赔款白银二万万两啊。"

"'旅大春'是什么意思呢？"

"甲午海战之后没过几年，沙皇俄国又强迫我们签订了《中俄条约》，把我们的海港旅顺和大连都租让给他们了。"

"爸爸，我们为什么打不过他们呢？是我们的人怕死吗？"

"我们并不怕死，是我们太落后了！"李卓侯愤慨地说，"就说甲午海战，致远号管带邓世昌非常勇敢，本来打赢了，可由于他的炮弹全用尽了，他想加速马力，用致远号去撞沉日本的吉野号。谁知致远号军舰是从外国买的，怎么也追不上吉野号，最后反而被吉野号射出的鱼雷击中，邓世昌和全舰250多名官兵，全部英勇牺牲！"

"民族的耻辱！"少年李四光脱口而出，甚至让父亲都惊愕了一下！

"记住甲午海战的教训吧，孩子。但现在你需要做的是发愤读书。"李卓侯意味深长地看了一眼儿子。他欣慰地看到，李四光立刻点了点头，表情非常凝重，仿佛洞悉了自己这首充满了天地之气的诗篇。

尽管以李四光的年龄，他的表情似乎不应该如此成熟，但这也并不奇怪，祖辈、父辈长年累月的谆谆教导和他天生的敏感与善良结合在一起，让他从四五岁起即表现得与众不同。

黄冈，这座令他留恋的古城，位于长江北岸，因地势险要，与鄂城隔江相望，素来为"雄峙江浒"的重要门户，伴随历史沿革，蕴藏着许多可歌可泣的故事，尤以太平天国起义军三占武昌、四克汉口、六进黄冈等英雄事迹流传最广。这一切，给幼小的李四光留下了深刻的印象。特别是听到祖父那些绘声绘色的讲述，他更加心驰神往，眼前不时闪烁着众志成城反抗封建压迫和抵御列强侵略的壮烈场面。

祖父心地善良，疼爱家里所有的后生晚辈，尤其喜欢这个天赋聪明的次孙儿，平时总爱和他说话，兴致上来，海阔天空无所不谈，使他既学到了知识又懂得了做人的道理。老人卧病在床时，仍然不放弃对次孙儿的开导，弥留之际，拉着他的小手说："仲揆呀，你千万要记住：做人得有颗善良的心，以后你应该以古代圣贤为楷模，像你父亲那样关怀他人，见义勇为……"这是祖父的临终遗言。这一年是 1894 年，他刚好 5 岁。

1901 年的中国，光绪的皇帝宝座已经摇摇欲坠，被日本首相伊藤博文视为"大清帝国中唯一有能耐可和世界列强一争长短之人"的李鸿章去世了，大清的衰败开始加速。一个月后，清政府和日本又签署了重庆《日本租界协议书》。

当然，并不是一切都在退步，至少，科举的衰落其实代表着新的教育制度正在萌芽。就在李四光像父亲一样大发感慨的这一天，也就是 8 月 29 日，清政府下令停止了武科科举考试。当然，跟这个巨大的国家所受到的灾难相比，"头痛医头，脚痛医脚"般的局部改良，杯水车薪，微不足道。

因为就在相邻的岛国日本，明治维新已经进入了第 33 个实施年，"脱亚入欧"的日本早就废除了曾经加在自己头上的不平等条约，在皆为鱼肉的落后亚洲，成为唯一一个保持民族独立的国家，也成为中国众多有志青年的心仪之地。

当然，此时的李四光并不清楚这些，但国恨正在他的胸中积累，对祖国强大的极度渴望，正一步步带领或驱使他成为一个新人！

在父亲的羽翼下，国恨是写在纸上的诗歌；而当李四光离开父母的庇佑，生平第一次坐上轮渡时，仇恨就立刻成了赤裸裸的屈辱。在从黄冈到武昌的船上时，他曾新奇地、贪婪地盯着水面看，盯着两岸看，盯着那一支支为了生活而摇遍天下的小舢板看；在即将进入武昌那最为宽阔的江面上时，他惊愕地发现，一艘插着外国旗的巨轮横冲直撞地从远处冲了进来，巨大的漩涡瞬间就掀翻了三艘小船。然而，巨轮兀自呼啸而去，没有为这些浑身湿透的艄公们停留哪怕一秒钟！

国破家何在，人衰犬噎声。想到此处，李四光终于明白了父亲为何总是一次次被迫离家而依然热衷于革命！那些言犹在耳的名字，是父亲的挚友，更是父亲的偶像，一点一点刻进李四光的心中，现在，它们忽然一齐闪烁出金光来！

李四光的眼泪在大江上热乎乎地喷出来，他似乎懂得了什么叫革命：革命，首先要将自己放在一个不看回头路的祭坛上。没有什么犹疑了，就去学造船！大清的惨败，国人的屈辱，都来自海军的虚弱，而其根源之一则是舰船的不力！学会造大船，让我们的海军从此在海上可以追得上挑衅者，打得垮侵犯者，我们的国力不就能慢慢恢复了吗？

虽然，如何进行革命，对李四光来说还依然迷茫，但少年李四光已经止不住地热血上涌。从祖父开始，李家开始了迁徙生涯，恰似候鸟一般。原名库里的祖父本是北方的蒙古族人，既通蒙语又懂汉文，娶了汉族姑娘后，移居南方改姓李，在下张家湾村开设私塾，以维持家庭生活。止步于秀才的父亲虽志向远大，却被生计所迫不得不奔波于乡里。朴实贤惠的母亲则不声不响地为李家生下了4男2女，伯涵、仲揆、叔和、季寿，还有妹妹希白和希贤。而希贤出生4个月，便送给了一位远亲做女儿，此后姓赵。

现在，李四光成了这个候鸟群里飞得最远最高的一个人！他既感到喜悦和自豪，更感到责任和压力，少年老成的他早已脱离了一般孩子的圈子，而拥有了一个更大更宽阔的视野。

即将破晓之际，他终于睡着了，父亲当年的故事帮他找到了人生的方向。他带着对父亲的钦敬、对母亲的眷恋、对弟妹的思念，一圈热泪含在眼眶里，不知不觉睡着了。在梦里，他听到了亲人的召唤，他知道，他必须先回家一趟，他实在是太想家了，他第一次离家去武昌求学，已独自在外面闯荡了两年！

2
赴日本求学，革命指路

入住弘文书院

“天将降大任于斯人也，必先苦其心志，劳其筋骨，饿其体肤，空乏其身……”这句古语，简直就是李四光一生的写照。艰辛，几乎伴随着李四光的每一步。

1904 年 7 月 3 日，16 岁的李四光第一次远渡重洋。而这一年，上苍对他的考验频率明显加快了，程度更深了。站在甲板上的李四光，意气风发，豪情壮志满怀，心早早地飞向了目的地。

当他如同一个小黑点般从上海的吴淞口进入公海，一路东行，跨越东海，经过长崎、马关、神户，位移了上千海里来到横滨港时，他患病了。他知道，这是在离开回龙山前一天的那一顿欢宴上惹的祸。

那天，欢天喜地的回龙山乡亲们，拿着各家的好吃的齐聚李家，真心祝贺大山走出去的这位天才少年。大鱼、大肉，甚至还有甲鱼这样平日很少吃到的好食物，满满地摆放在桌子上。

少年李四光变回了下张家湾村的小仲揆，他毫无底线地大快朵颐。家乡的荤腥不出家门毫无问题，但当统舱刺鼻的味道让他不得不经常站在甲板上眺望大海与蓝天时，狂轰乱炸的海风毫不留情地填满了他的肚子，他得了腹泻的病。少年李四光一直忍受着病痛的折磨，直到到了东京，这一忍，就是上千千米。

“腹泻的病好之后，我再也不吃荤腥了！”虚弱的李四光咬着牙，发了一个让人哭笑不得的毒誓！

要命的不仅仅是身体之患，看病需要钱，而他节省下来的官费不够用来看病，他不得不再向同学借一些钱。一周之后，瘦了一圈的李四光死里逃生般站了起来，虽然依然左右摇晃，但至少不必再时刻准备冲向厕所了。

大夫说：“四光君，今后少吃肉的好！”李四光点了一下头。其实，不用大夫说，他早已给自己定下了铁律：一生远离荤腥。让我们惊叹的是，终其一生，他果然顿顿都是粗茶淡饭，极偶尔的情况下，才会吃些鱼和鸡蛋，终生再没有闹过一次腹泻！

我们不得不钦服李四光的自律和对承诺的坚守。坚持一次守诺当然容易，坚持一生守诺却是极难。表面看这不是什么惊天动地之举，但见微知著，此事足以体现李四光的诚信品德！当然，在朋友们的口中，这更多地成了一件趣谈，大家口耳相传：“李四光只吃不会叫的东西。”没错，蔬菜自是不会叫，鱼和蛋还偏偏都是哑巴！

东京是美食的天堂，但上苍通过特殊的方式，让李四光与这些美食之间建起了深深的一道沟壑，与其说这是上天让李四光专心做事，毋宁说小四光从小就矢志为学。进入弘文书院后的快感，迅速让李四光忘记了旅途的颠簸、腹泻的烦恼，以及借钱的不情愿。

如果你是一个有志于拯救祖国、对科学与知识孜孜以求的志士，你一定也会为自己能够来到弘文书院而极度庆幸：陈天华、黄兴、杨度、张澜、马君武、林伯渠，这些声震华夏的政治家都在弘文书院读过书；杨昌济、许寿裳、鲁迅、陈师曾、陈寅恪、邓以蛰，这些大名鼎鼎的知识分子也都在弘文书院读过书。

著名教育家嘉纳治五郎专为中国留学生创建的这间学校，为中国人学习先进文化打开了一个巨大窗口，对中国历史的影响直接而巨大。事实上，1894 年的甲午中日战争与次年的《马关条约》，1900 年的八国联军入侵与次年的《辛丑条约》，使整个中国沦为帝国主义的半殖民地，腐败无能的清政府地位危如累卵，各种反帝爱国运动风起云涌，即使是清廷内部，也有许多开明人士对现状极为忧虑，他们极力主张学习、利用西方先进生产技术，强兵富国，摆脱困难。清政府为了挽救风雨飘摇的政权，维护自己的封建统治，决定向先进国家派遣留学生，学习他们的技术、经验，以便进一步发展政治、军事和文化。

日本自然成为首选之地。弘文书院是完全根据中国留学生的实际情况而设立的特殊学校，其前身，是嘉纳治五郎自己办的私塾型学堂“亦乐书院”。嘉纳治五郎根据外务大臣西德二郎的旨意，在 1896 年接纳过中国的 13 个留学生（这 13 人是清政府作为正式官费生最早派往日本的留日生），并进行单独教学，可以说亦乐书院是最早接纳中国留学生的书院。演变而来的弘文书院，其教学目标就是为中国留学生考进正式的专门学校做准备。书院在创办之初，设立的是普通科和速成师范科。比较正规的是普通科，三年制，教授内容是日本语和普通学科知识；速成师范科为一年，教授内容除日本语外，还有修身、教育学、数学、理化、史地、体操、动物学、植物学、图画等，黄兴、杨济昌、陈天华、林伯渠等上的就是速成师范科。后来由于留学生人数不断增加，应留学生的要求，学校又陆续增设了各种科目的速成班，如速成理化科、速成医务科、速成警务科、速成音乐科等。其学习时间一般也是一年，也有的是八个月，最短的六个月。后来还增设了速成普通科，学时两年，鲁迅读的就是此科。

在位于东京牛込区的弘文书院普通科，李四光疯狂地学习着日语和数理化的初级知识，全新的世界为他打开了大门。当然，他知道，弘文书院只是一所预备学校，是一所打基础的学校，单凭这些知识是造不了船的，但他更清楚，没有这些知识，是万万造不出船来的。

按照清政府学部规定，中国留学生每月可领官费资助金 33 日元。扣除了当月学费和食宿费后，能剩下 8 元钱自行使用就不错了，生活是比较清苦的。但对李四光来说，由于湖北官府还特给本省留学生发放了一些“安家银两”，这样不但可以确保自己在留学期间没有后顾之忧，甚至还能补助家庭生活，惯于吃苦节俭的李四光更加感到知足长乐。

偶尔，李四光会想起家乡北面，那座云雾缭绕的白羊山。现在，真的比那时要强多了：我不用再每天天刚蒙蒙亮就起来，和小伙伴上山去打柴了！

接触革命思潮

求学的热望被充分满足了，接下来父亲言传身教的“救国”使命感，开始成为李四光心头同“科学”并列在一起的前进动力。只不过，历史没有在此跳跃性地前进，此时的李四光，还没有将科学与救国紧紧联系在一起，在他这颗少年的雄心中，“军事救国”更贴合他此时的判断，而在李四光看来，造船就是他军事救国的具体方法。

但是需要注明的是，李四光绝对不是一个政治家，否则，在进入东京的之后岁月中，他凭借自己的聪明才智、过人胆略，还有绝佳的革命契机，完全可以藉此一跃而入中国政坛高层，或至少成为中国旧革命的先驱人物。他并没有照此发展，确切来说，科学依然是李四光的首要任务。

当然，此刻的李四光多少已露出其“科学救国”的思想趋向。14 年后，当他在硕士论文中说：“一方面，要为纯科学的发展而尽力；另一方面，要用得来的知识，直接或间接地去解决有关工业的问题。”表达的是他在少年时期时已树立起来的人生观和科学观，只不过已更明晰、更具体。

但无论是军事还是科学，救国的思想让他的人生从此不再局限于个人的恩恩怨怨，而是走入了一个更高的层次——与国家命运紧紧联系在一起。

救国的浪潮从国外掀起，这是那个时代的鲜明特色。东京此时已然进入了革命的前夜，而如前所述，这一年的李四光只有 16 岁！在接下来的故事中，我们将看到李四光的救国思想是如何从军事救国转向革命救国、实业救国，再在苦闷中回归科学救国，最终在新中国将科学救国之理念发挥至极致！

有何样的理想，就会遇到何样的人。人生的辛苦遭逢，完全来自“信念”二字。

这一年的某一天，怀着满腔爱国热忱的李四光，在校园内认识了刚从国内来到日本的宋教仁。日后名动寰宇的宋教仁，此刻还尚未人尽拜仰，每日还只是积极奔走于革命的初创，但比李四光大7岁的他，其威望与学识能力在留日学生中堪称翘楚。实际上，宋教仁此次来日，虽然也曾在东京法政大学短期读书，但他真正的目的则是寻觅人才，扩大队伍，培植革命的力量。

当时，拥有几千名中国留学生的东京，革命思潮四处弥漫，对已成为华兴会副会长的宋教仁来说，这是一个推广革命理念的最佳阵地。宋教仁相当欣赏李四光远超年龄的志向与胸襟，两人交往日密。在茶社、酒肆、书馆和大学寝室，常常看到两人的身影。李四光并不非常富裕的时间，很大一部分就是与宋教仁促膝谈心而过，当然，更多的时候，是认真而赞同地聆听这位革命先驱的慷慨陈辞。

通过宋教仁的引荐，李四光很快结识了另一位著名人物——来自广西桂林的马君武。此时，日后创建了广西大学的著名政治活动家和教育界传奇人物马君武，尚在京都大学攻读应用化学。作为广西的第一位留学生，这位比李四光大8岁的狂士，同样非常器重这位小兄弟。马君武的“反清排满”思想、宋教仁的宪政理念让李四光大开眼界，而马君武的反对拟古、主张独创的思想更对李四光一生从事科研产生了深远的影响。当学习自然科学的马君武忽然吟出“祖国前途正辽远，少年发想要雄奇”的诗句时，李四光毅然决然地剪去了头上16年的发辫——他要与这个旧世界彻底决裂！

剪辫子并不是一刀两刀的问题，我们都知道《阿Q正传》中被剪掉辫子的老百姓们的惊慌失措。同样是中国留学生，因家庭出身、所受教养以及出洋目的等方面不尽一致，在政治见解上也存在着明显分歧，大体可以划分两大派别，即革命派和保皇派。

革命派赞同孙中山的主张：推翻帝制，实行民主共和。保皇派则靠拢当时流亡日本的康有为和梁启超，主张反对慈禧太后，保护光绪皇帝，恢复“康梁变法”的“维新”政体，实行君主立宪。两派争论相当激烈，甚至还表现在男性留长辫子的习俗上。革命派认为男人留辫子是民族压迫的象征，要革命就必须马上剪掉辫子，李四光就是毅然剪掉辫子的革命派；保皇派则认为留辫子是当朝工法，剪掉辫子意味着反叛大清，不但回国难以做官，而且犯下了杀头之罪，所以拼命保留辫子。短发与长辫，成了中国留日学生政治态度的鲜明标志。

一心向学的李四光决定与革命者为伍，绝不是一时的心血来潮或受“邪人”引诱。在当时的东京，几千名的中国留学生蔚为壮观，其中，更多的是八旗子弟，稍少一些的是高官富商之子，他们来日本的目的，若依其父母本意，也就是开阔一下视野，获得一些普通百姓无法体验的见识，但对他们个人来说，东京就是一个花花世界。他们从中国的安乐窝陡然来到海外异国，不好好玩玩那就不叫纨绔子弟，他们有的是钱，因此，他们热衷的是赏樱花，他们攀比的是谁的日本舞水平进步更快，他们的穿着极尽精致和张扬。

鲁迅在著名的《藤野先生》一文中对此有绝妙描述：“成群结队的‘清国留学生’的速成班，头顶上盘着大辫子，顶得学生制帽的顶上高高耸起，形成一座富士山。也有解散辫子，盘得平的，除下帽来，油光可鉴，宛如小姑娘的发髻一般，还要将脖子扭几扭，实在标致极了。”

很显然，这帮人既要追撵大日本的时髦，又不得不忠于腐朽的清王朝，只好把辫子顶在头上。这种不伦不类的发型，正是其内心迂腐而又渴求享乐的具体表现。

李四光是穷人家出身，他能来日本求学，靠的完全是对知识的极度渴求和个人出色的学习成绩，东京对他来说，不是销金窟，只是大学校。他是来求学的，这必然使他对身边太多的花花公子深感厌恶，而为数不多的那些革命者必然成为他交友的选择。而前面也提到，他的身体里本流淌着革命的血液：李卓侯就是一个积极倡导并身体力行的革命斗士！

江山代有才人出，不是英雄不聚首。顺理成章，李四光的足迹除了更多地留在学校苦读外，中国留学生会馆也成了他最常去的地方。花花公子们是很少来此的，他们不屑于或者说不肯与那些革命者为伍，而1901 年创办的中国留学生会馆，被大家叫做“美国费城之独立厅”，喜欢来这里的留学生，都是热衷政治改革的人。

他们在这里纵谈政治，指点江山。吴稚晖“以尸为谏”城壕自沉的壮举，马君武、刘成禺涕泪纵横的“排满”演说，被当做传奇一遍遍传颂；《译书汇编》和《国民报》这些主张革命的新潮报刊，更吸引着李四光的眼球。也正是在这里，李四光第一次听到了孙中山的大名。

入同盟会，革命激情燃烧

在少年李四光的心目中，马君武、宋教仁已然惊为天人，相熟之后，在这两人的描述中，孙中山简直更是天外飞仙般的人物，李四光对其无法不产生一种神灵般的崇拜。在宋、马二人的教诲下，李四光渐渐分清了孙中山和康、梁的区别：康、梁主张自上而下的改革，通过皇帝朝廷实行变法；孙中山则主张自下而上变革，推翻大清王朝，推翻中国几千年的封建专制制度，建立中华民国，平均地权。

李四光的革命激情和志向更加清晰了。他极力要求这两位师长兼挚友向孙中山引荐他，并提出要求参加同盟会。宋教仁神秘地冲他一笑，拍拍他的肩膀道："莫急。该来的一定会来!"宋教仁没有打诳语，这种缘分说来就来，在李四光的记忆中，这成了最令其激动的重要事件之一。

1905 年 7 月 30 日，从法国马赛经新加坡、西贡、香港，一路坐船到横滨，再马不停蹄来到东京的孙中山，出现在赤坂区松町三番黑龙会会所，召开中国同盟会筹备会，而李四光就是其中一员。

在此之前，已有一些革命团体先后建立，如黄兴的华兴会、孙中山的兴中会、蔡元培的光复会等。在这次筹备会上，兴中会来了 3 人，光复会来了 1 人，华兴会来了 6 人，还有 60 多人尚未参加任何革命团体，只有一腔热血喷薄欲出，就如李四光一样。

一个新的战斗集体就要创立了，它比以往的任何组织都更像一个组织，人数也更多，分别来自国内十个省。除孙中山以外，民主革命家黄兴、宋教仁、何香凝、刘揆一、程家柽、梁慕光、田梓琴、居觉生、刘道一、曹亚伯、冯自由、陈天华、朱执信、马君武等日后大名鼎鼎的人物尽皆出场，李四光为自己能够参加这样的盛会激动不已。更让他激动的是，曾经只能在梦里出现的孙中山先生，居然走到自己身边，摸着自己的脑袋亲切地问："你为什么要加入同盟会呢？"

李四光大声说："加入同盟会，要革命，不要改良。"这句话应该击中了孙中山的心，孙中山既似领袖又像慈父般地对李四光说："好，好，你这样小小年纪就参加革命，这很好。同盟会的工作分为两个部分：一部分人准备回国举行武装起义，推翻君主专制政权；另一部分人准备在中华恢复后，把我们的国家建设得富强起来。现在，你年龄小，不必急于投身锋镝之间。我希望你努力向学，蔚为国用。"

李四光把孙中山的话字字句句牢记心里。他自觉长大了许多，特别是思想觉悟与此前相比判若两人。这也成了他在弘文学院毕业后勇于报考大阪高等工业学校，并且取得优异成绩的动力，"努力向学，蔚为国用"，从此成为他自觉走上科学救国道路的力量源泉。

会后，在孙中山的带领下，大家宣誓加入同盟会。总誓词为"驱除鞑虏，恢复中华，创立民国，平均地权"，每个人还要自书一个"个人誓词"。李四光的誓词是："联盟人湖北省黄州府黄冈县李四光，当天发誓：驱除鞑虏，恢复中华，创立民国，平均地权。矢信矢忠，有始有卒。如或渝此，任众处罚。天运乙巳年七月三十日中国同盟会会员李四光。"

宣誓毕，孙中山向会员们祝贺道："为君等庆贺，自今日起，君等已非清人矣。"人们正要离开会场时，轰隆一声巨响，室内后部的木板忽然坍塌。孙中山诙谐地说："此乃颠覆满清之预兆！"众人兴奋地鼓掌欢呼。

8月20日，在东京赤坂区头山满提供的民宅二楼榻榻米房，中国同盟会正式成立。同盟会最初叫“中国革命同盟会”，后为避免日本政府反对，改为“中国同盟会”，孙中山被推举为总理，黄兴等任庶务，除制定了《军政府宣言》《中国同盟会总章》和《革命方略》等文件外，还决定在国内外建立支部和分会，联络华侨、会党和新军，成为全国性的革命组织。年仅16岁的李四光，成为中国近代第一个革命党派中国同盟会第一批会员中最年轻的一位！

会后，李四光同马君武结伴在街上走。马君武是一个性情极其耿直甚至暴烈的人，但李四光同马君武之间的气氛总是非常和谐，友谊持续了终生。这得益于李四光温婉、不与人争的豁达个性。

两人边走边愉快地交谈，不意遇着留学生监督李宝巽。李宝巽开口便说：“你们小孩子不读书，在外面干些什么我都知道，再不要胡闹。”李四光和马君武既得罪不起这位大总管，更对此人厌恶有加，懒得理睬，转身就走。李四光对马君武笑着说：“你去请他加入好不好?”马君武觉得很有趣，便扯开嗓子，在大街上肆无忌惮地哈哈了两声。

黑龙会其实是日本民间黑社会组织，旨在谋求占领中国的黑龙江土地，故名黑龙会。但在当时，黑龙会对中国民主主义革命者的帮助非常之多，这次同盟会筹备会及成立大会，地点均由黑龙会提供，首领内田良平和顾问头山满还加入了同盟会。孙中山与黑龙会的密切来往，不仅在当时被康有为抨击，更为后世很多学者诟病，但在当时“黑云压城城欲摧”的极难境地，这种外援是孙中山不想依靠但也不得不寻找的，只有聚集多方的力量才能壮大中国反政府组织的实力，中山先生自有苦衷。

功课之外的大部分时间，李四光都投入了革命行动，俨然是一名忠实的三民主义信徒，总理的嘱托让他信心倍增，革命热情极端炽热，他从不落下任何一次活动。

同盟会成立后，清政府联合日本政府对中国留学生的行为加强了控制。在光绪三十一年七月二十五日《日字第102号杨枢致清政府》的信中我们看到，清政府密托日本政府对革命党人“随时踪迹，窥其举动”；十一月二日，日本文部省发布第19号命令《收容清国人留学之公私学校章程》，共五十条，这是日、清政府勾结起来对中国留学生革命活动进行迫害、镇压的信号和标志。

东京街头立刻爆发了中国留日学生总会反对《第19号令》的游行斗争。在留学生会馆，抨击两国政府的演讲此起彼伏，蔚为壮观。李四光积极参与了游行示威，也亲自参与了会馆演讲，到处都能看到他忙碌而激情的身影。大家做好了最坏的准备，为应付事变，成立了中国公学，李四光还准备同其他留日同学一起回国，用革命的激情点燃国内的战火。最后，经过斗争，日本政府迫于国内外舆论的压力，答应了中国留学生提出的条件，承认了中国留日学生会馆的合法权利。斗争取得圆满胜利，李四光第一次感到了组织的力量，感到了正义与公理在黑暗势力面前的尊严。

笃学尚行，学海无涯

当然，思想上完全融入了民主革命大潮，学习上仍然需要全身心回归弘文书院。樱花开了又落，3年的学习生活紧张而愉快，李四光没有用家里一分钱，他靠官府的资助银两加上自己打工赚的钱，完成了自己的弘文普通科学业。

1907年7月，李四光顺利从弘文书院毕业。接下来，又该何去何从？

读书，是必须的，但读什么专业，这就需要思考了。对李四光来说，个人的前途已经变得微不足道，“学成文武艺，货与帝王家”，国家之前途、命运才是李四光最为关注的，但李四光立刻面临一个巨大的考验：中国留学生进入日本高等专科学校的名额，受到当局严格限制。原因在于，来自中国的留学生数量逐年增多，加上日本国内考生总量上升，日本现有的各类专科学校难以容纳。当年（1907 年），清朝学部致湖广总督的电文中称，那年于日本等候进入高等专科学校的学生有千余人。可见，李四光面临的形势多么严峻。

明知山有虎，偏向虎山行。李四光决定报考大阪高等工业学校。这意味着什么？他不仅接受了挑战，而且，他直接是向最高的山头进发！

想考入大阪高等工业学校，那真是难上加难。这所学校的造船专业，是全日本最棒的，正是凭借这个主打专业，大阪高等工业学校才跻身日本最好的理工学校之列。学校创办于 1899 年，设有机械、应用化学、窑业、酿造、采矿冶金、造船、舶用机关和电气学科，学制 3 年。这 8 个学科，每年只招收 10 名中国学生，平均而言，每科每年仅招不到 2 名中国学生。但过高的知名度吸引了众多学子前来报考，1907 年这一届，同李四光同场竞争的中国学子有 1000 多人！李四光将面临怎样的考验，也就可想而知了。

李四光立志为国造船，就必须考舶用机关专业。在别人都去欣赏富士山和樱花、茶道的时候，李四光在钻研着课本；在别人都去品尝日式料理、狂饮清酒的时候，李四光在揣摩着老师的讲义；在别人都去看艺妓表演的时候，李四光在被窝中打着手电筒读日语名著。他当然聪颖超群，但能让他在一次次大考中顺利通过，靠的更是勤奋，日复一日的勤奋。

天才加上勤奋，李四光最终成为这10名幸运儿之一，顺利进入了心仪的专业就读。1907年9月初，李四光气宇轩昂地被纳入日本大阪高等工业学校舶用机关科一年级新生行列。本年级共有19名学生，李四光是唯一的中国人！

感谢张之洞，在新的学校，李四光还能够收到按月寄来的官费。但这有限得很，交完书费和学杂费后，基本上手头就空空如也了。清寒，依然是李四光必须面对和忍受的考验，好在他不怕这种苦，小时候的贫穷早已锤炼出他惊人的忍耐力，也大大缩小了他的胃口。他记得很清楚，那一年父亲被通缉逃往南京，足足在外躲藏了一年，母亲带着他和几个孩子，能填饱肚子成为每天最大的奢想。但他们挺过来了，饥饿虽然时常伴随着正在发育成长的身体，弟妹的哭声虽然总是如针刺般扎在李四光的心上，但他的心也被一点点锻造得坚硬起来，这让他受用终生。

现在的生活，比起那时候，已经很不错了，已获得了5年寄宿制好处的李四光，对此不仅毫无怨言，简直就是心满意足。他把生米泡在暖水壶中，就那么慢慢地泡上一夜，早起，加上点咸菜，这就是一顿早饭。他对吃喝毫无奢求之心，他的心思全然不在这。

学校坐落在大阪北区玉江町，共有学生400多人，李四光也是舶用机关科新生班里唯一的外国留学生。课程十分繁重，每周学时40小时，再加上不同的语言环境和教学方法，压力之大可想而知。他深知日本的学友大都从学龄时代就开始接受正规的现代教育，特别是理科比较扎实，在知识方面既有系统性又有连续性。自己原本是私塾学底，在武昌上了一年半的新学堂中才接触到带有启蒙性质的理科知识，即使在弘文学院的3年攻读中成绩出众，但也只是限于中国留学生的范围，未必能够达到日本初中的优秀水平。想在这所名牌学校站稳脚跟，就只有努力、努力、再努力，特别要在理科学业上狠下工夫。

按照《大阪高等工业学校规则》《大阪高等工业学校舶用机关科第一年级学年试业评分表》和《大阪高等工业学校舶用机关科第三年级试业评分表》等各项章程的明文规定，李四光和本班日本同学一样，逐学年完成了下列课程：

第一学年包括数学、物理学、无机化学、力学、材料强弱论、舶用机关、制图、实修（机械加工）和英语；第二学年增设了冶金学和造船学；第三学年增设了电气工学、水利学、工业经济、工场建筑法和簿记学。

由于课程繁难，学校规定每周授课总量为39至42小时，每天都安排得满满的。李四光根据自己的实际情况，把精力主要集中到几门主课上，取得了较好的效果。三年攻读，历尽艰苦，李四光受到了日本师生的尊重，以真实无虚的各科学识获得了日本师生的赞许。第一学年，他的物理成绩全班第一；第三学年，他的机械加工成绩全班第二，英语全班第四。三年间，各科成绩的总汇，李四光始终居于全班上游。

一分辛劳一分才，这些饱含着汗水的成长脚印，分别记载于该校明治四十一年至四十三年（1908—1910年）舶用机关科第一、第二、第三学年的试业评分表中，成为永恒的历史见证。

3

归国，一腔热血欲报国

学堂任教，末代进士

自离开回龙山下的小山村独自出来闯世界，一晃，8 年过去了，1910 年 7 月 10 日，年满 21 周岁苦读了 8 年书的李四光，拿到了大阪高等工业学校的毕业文凭。他精力充沛，感觉自己的知识储备相当丰富，但他没有丝毫的延迟，决定立刻回国，他要将全部的所学所得，献给自己满目疮痍的祖国。

归心似箭，回国的船开得似乎比来时慢了许多。李四光雄心勃勃，他要为国家造大船，造出金刚般的超级战舰，不再畏惧日本，不再低眉于欧美，要将自己造的大船游弋在茫茫的大海上，保家卫国。

如果说当年怀揣梦想的李四光为了学到真知，可以忍受任何磨难，现在，学有所成的李四光，遇到了人生真正的第一道坎：没有人请他去造船！这种奇怪的现象，来自当时清政府对官费留学毕业回国者的两条规定：一是需要进京赴部考试，二是必须先任五年教员。

无论如何，他首先赶回家乡探望了亲人。这时，李家已由下张家湾村迁至附近的香炉山。3 年前，他从东京弘文学院毕业，利用暑假回来省亲一次。当时，乡亲们依旧每日饮用池塘里的脏水，已具备了一定科技知识和动手能力的李四光，在困难的条件下，因陋就简发明了一种土法过滤器，使全村各家各户喝到了前所未有的“纯净水”。乡亲们对此事一直念念不忘。这次回来，除了父亲、母亲高兴，兄弟姊妹高兴，全村男女老少都非常高兴，纷纷来“瞻仰”这位神一样的大人物。

早以革命者自居的李四光，对清政府的政策不以为然，他以自己时间仓促为由，没去参加当年的考试，但为了谋生，工作是应该先有一个的。对未来充满期待的李四光，欢天喜地地来到昙华林，他的工作单位，湖北中等工业学堂。

这是一所新式学校，源于 1898 年湖广总督张之洞创办的湖北工艺学堂，1901 年改为湖北中等工业学堂，是当时全湖北唯一一所中等工业学校，非常引人注目，顺延至今天，就是著名的武汉科技大学。此学校最让李四光满意的有两点：

第一，学校人才济济。教师中，还有张继煦、祝长庆（工科举人，日本高等工业学校毕业）、恩崇（工科举人，德国高等工业学校毕业）、赵建熙（工科进士，日本高等工业学校毕业）、王式玉、万家壁（工科举人，日本高等工业学校毕业）、方兴楚（工科举人，日本高等工业学校毕业）等一干精英人士，大家的交流比较方便，这是能留住李四光的重要原因。

与此同时，他在这里备受重用，一身兼任教师、翻译和校实习工场负责人。校内聘有日本理化科教师，其课堂讲授均由李四光用汉语翻译，工作量比其他教师多了一倍；校内附设木模、锻工、翻砂和打磨等实习工场，因为李四光在大阪读书时的实修课成绩突出，被委任为实习工场总负责；李四光注重课堂教学与实际操作相结合，自己又有熟练掌握机械制造方面的技能，为学校管好工场自然责无旁贷。这样下来，他的工作量比一般教职员增加多少倍，无法计算。

李四光对此压根也没有计算过。他不是患得患失的人，他有自己的理想，与实现理想无干的东西，他都弃之如敝屣，他的一生都是这样。此时，他预感到多灾多难的祖国即将发生翻天覆地的巨大变化，谨记孙中山先生“努力向学，蔚为国用”的谆谆教诲，为心里已点燃的引航明灯，每天都兢兢业业地工作，也因此受到全校师生的一致信赖与崇敬。

第二，此时的李四光，既是一名典型的新知识分子，更是一名民主革命的热血先锋。学校所在地昙华林，明清时是湖北各县秀才下榻盘桓、苦读备考的地方，也是清廷负责地方军事衙门的所在地，有以戈甲命名的营盘。1861 年汉口开埠后，此地逐渐形成华洋杂处、比邻的地域特色，意大利、英国、美国、瑞士的传教士纷纷来此传教、办学、施医。受西方文化及资产阶级“自由、平等、博爱”思想和价值观的影响，中国第一座公共图书馆在此建立，一批民主战士在此组成了湖北最早的反清、反封建的革命团体。吴禄贞领导的

“花园山聚会”，刘静庵领导的“日知会”，熊十力领导的“黄冈军学会”，梁耀汉领导的“群学社”，相继在这里诞生。这些团体催生了一大批辛亥武昌起义的仁人志士。凭此种种，昙华林得天独厚地成为中国革命的渊薮之地。对此时一心向往“革命救国”的李四光来说，这个洋溢着革命气息的风水宝地，让他精神振奋，每日欣然！

此时的大清，新式学堂的数量比起 1902 年，算得上是几何级数增长，这得益于清末新政。1900 年的义和团“疯狂爱国”情绪大爆发后，被“侵害”了利益的八国联军悍然入侵，大清朝廷内部顽固保守势力也受到了严重打击，在改革势力的呼吁下，慈禧太后最终同意开始推行康梁在“戊戌变法”中所提出的改革方案，是为“清末新政”。

影响最大的政策，是 1905 年 9 月 2 日，清政府废除了延续 1300 年的科举制度，开始兴办新式学堂。到辛亥革命前，全国已经有 6 万多所新式学堂。

大量以参加科举谋求官职的中国传统文人，开始失去了出路，新的事物开始在古老的土地上滋生。从日本最著名的理工高校毕业来到大清的这所著名的中等学堂，李四光深知科学的极端重要性，他站在讲台上，除了一种新鲜感，更多的是沉甸甸的责任感。

作为一个教育家，这是李四光教育生涯的起点，他做得中规中矩，当然，他现在教授的还只是一些基本的数理化知识和机械学常识，还没有涉及到日后让他名声大震的地质学，但在工业学堂，他的教学水平还是得到了较多的称赞。李四光从来没有老师的架子，同每名学生之间的关系都非常融洽，他更像一个善待弟弟妹妹的兄长。这一点，也许源自父亲李卓侯的行事风格。

1911年，湖北学务处命令本省的留学毕业生于农历七月十日（公历9月2日）以前去北京学部报到。为了应付官府，也为了更好地了解清廷统治中心的虚实，李四光这次决定前去应试。

科举制在1905年已经被废止，然而科举思想的余韵却远未根除，清政府很快找到一种中西合璧的新玩意儿，这就是所谓的科名奖励制度，具体办法是：对留学生进行考试，依据成绩给予进士、举人、拔贡等出身，名目包括工科进士、文科进士、格致科举人，甚至还有牙科举人。1905年，清廷举行了第一次归国留学生考试。

1911年秋天，一位儒雅俊秀、身材瘦高的青年，踏着矫健的步子走进北京铁匠营胡同，走进由敬谨亲王爱新觉罗·尼堪的府邸改建而成的清学部。这是李四光第一次进京，参加的是清政府组织的第六次游学毕业生廷试。各位须知，此时，李四光早已割去了头上的辫子！

10月4日，清政府公布了考试黄榜。众多甩着大辫子的学子引颈急观，现场一片嘈杂混乱，只有李四光站在不远处悠闲踱步，对李四光来说，旧功名他早已弃之如敝屣。

很快，一些已相熟了的学子们看榜后纷纷走到他的身边，祝贺他金榜题名。他向大家道谢，神态平静，望着远方，“工科进士”几个字后面，赫然写着——李四光。

本次考试，李四光被清政府列为最优等，同科高中的，还有日后在地质学界声名赫赫的丁文江、章鸿钊。毕业于东京帝国大学的章鸿钊和毕业于英国格拉斯哥大学的丁文江，同样名列最优等，被授“格致科进士”。这绝不是一个单薄的称号，“进士”由政府任用官职，领取薪俸，成为国家“公务员”，从此不用再自谋生路，可谓一步登天！

在众多学子或摇头叹息或欢呼雀跃时，李四光的平静绝非作秀，事实上，在京张铁路建成通车的第二年年初，立下汗马功劳的詹天佑被清政府授予“工科进士”后，旋即担任了归国留学生考试的主考官。在对考生发表讲话的时候，詹天佑告诫留学生们，在当时的中国，想做事就不要当官贪图安逸和富贵，但是想要干一番事业，取得一定的官职则是势在必行。

李四光并没有听说过詹天佑这番入情入理的话，但他的思维显然已超越了当时的詹天佑。在李四光看来，通过做官再做事业，已经不应该再成为学子们的追求，真正的革命，是要彻底打破旧封建、旧官僚的压迫，建立起一个真正“人尽其才、才尽其用”的美丽新世界。

燃起革命烈火

李四光在任教期间，一面教书，一面注视着国家政局的发展变化，并积极组织和参与民主革命的各项活动。在李四光的学生中，有三人与李四光有着亦师亦友的不寻常关系，他们是后来名震武昌的学堂“三杰”：赵师梅、赵学诗、陈磊。与这三名学生的深入交往，代表着李四光革命生涯的深入发展。

人尽皆知的武昌起义，是由文学社和共进会两个团体联合组织的。文学社成立于1911年，是革命党人借“研究文学”之名，在新军士兵中发展社员，以扩大组织发展力量的革命团体；共进会成立于1907年，是一部分同盟会员为策动长江流域革命而在东京另行建立的革命组织。黄花岗起义失败后，以文学社和共进会为主的革命党人决定把目标转向长江流域，准备在以武汉为中心的两湖地区发动一次新的武装起义。

文学社和共进会是新兴知识阶层的革命组织，是辛亥革命时期重要的革命组织。基于1903年革命先驱吴禄贞发起的武昌花园山聚会时提出的反清革命必须运用军队的“抬营主义”，当时各革命团体都认为士兵是发动革命的潜在力量，文学社和共进会也一直是以新军士兵作为主要工作对象，武昌起义时已经有5000多名武汉新军各标营的士兵加入了文学社和共进会，约占新兵总人数的三分之一。而张之洞着力建设打造并屡屡亲自督练而成的有思想的新军，最终成了大清王朝的掘墓人，此乃张之洞万万没有料及的事，也终使张之洞获得“不言革命之革命家”的奇特称号。

但作为教师，更作为同盟会的会员，李四光深知新式学生在革命中的特殊作用。他在学校积极倡导革命理念，规模只有160人的省城工业学堂，至少有20名师生参加了革命！革命党人占据八分之一的比例，这在学界算是一个惊人数字。在20世纪中国第一次革命时期，中等工业学堂因此成为不折不扣的“铁血之校”，而其后学生在革命运动中发挥的巨大作用，更加验证了李四光卓越的革命思维。

在联合两个革命组织的过程中，李四光四处奔走，积极斡旋，并与陈磊、赵师梅、赵学诗频频联系，这三人，都是共进会在学校的代表。李四光为了能够更方便地开展斡旋工作，以同盟会会员的身份参加了共进会，成为共进会在工业学堂的负责人，可以说，武昌起义能够成功，有赖于两个组织的有效融合，而融合之首功，就在李四光及学堂“三杰”身上。

9月14日，两个组织终于达成在武昌起义上的共识，成立了统一的领导机构，负责领导起义。在李四光具体指导和筹划下，“三杰”成为武昌起义中的重要人物，赵师梅、赵学诗是堂兄弟，他俩担任起义军中“命令传达人”的重要职务，陈磊任常驻军事筹备员，负责炸弹制造等军事准备工作。三人因具备工科知识，还一起研究设计了起义军军旗，武昌起义成功后，高高飘扬在城市上空的鲜艳的十八星旗，正是出自学堂“三杰”之手！

这其中，陈磊与李四光的私交最好。比李四光仅小一岁的陈磊是中共一大代表陈潭秋的三哥。1912年1月12日中午，陈磊在南京某餐馆用餐时，隔座有人擦拭手枪时突然误触扳机走火，陈磊被击中当场殒命！其突然的逝去，拉开了李四光一生中与一位位挚友惨痛告别的序幕，让人在无限唏嘘中，也渐觉生命之无常。

同时，李四光又联络日知会等团体共同参与策划了后来于阴历八月十九日举行的武昌起义。日知会由曾担任黎元洪书记官的刘静庵等人于1905年2月在武昌成立，1906年冬天轰动全国的“丙午日知会谋反案”后，日知会的整体活动暂告终止，但会员化整为零，参与进了其他团体继续革命。基于对刘静庵“铁汉精神”的敬重，李四光知道日知会大多数隐藏起来的会员都是不可多得的革命力量。他多方寻找，将共有100多人的原日知会骨干成员找到了半数还多，武昌起义中，这些人都发挥了巨大作用。这是大科学家李四光作为革命者的独具慧眼之处和特殊贡献。

让人稍觉遗憾的是，李四光首先是一个学者。这既源自他真正的兴趣和禀赋，也受限于他当时的身份。李四光没有亲自参与武昌起义是他此生极大的遗憾，但他实在是没有办法。前面已提到，清政府规定官费留学生回国后必须进京考试。

“野鸭无意绪，鸣噪自纷纷”，功名在手的学子们纷纷翘首以待下派何官职，而考中“工科进士”的李四光却显得满不在乎，因为他早已做好了回武昌的准备！

历史证明李四光这次对考试的漫不经心完全正确。6天后，辛亥革命爆发，清王朝土崩瓦解，李四光等人成为中国历史上最后一批进士！

1911年10月10日，震惊中外的武昌起义打响第一枪。消息传到北京，李四光兴奋不已，马上取道天津、上海，南下武昌，投奔革命队伍。此前，他还说服了刚从黑龙江到达北京的湖北留日学生高仲和参加革命。

于武昌起义后第二天即成立的中华民国湖北军政府，任命刚刚回到武昌的李四光为理财部参议。10月14日，清廷下诏起用袁世凯为湖广总督，督办对武昌起义的剿抚事宜。为谋求政治利益，袁世凯称病未赴任。10月18日，民军进攻汉口刘家庙，阳夏战争开始。10月27日，黄兴、宋教仁等从上海乘轮抵武昌，黄兴随即赴汉口前线督战。11月1日，袁世凯的“以退为进”计谋得逞，逼迫皇族内阁辞职，清廷命袁世凯为内阁总理大臣，随即，袁世凯派他的部下冯国璋率领大军猛攻汉口，企图扑灭革命的烈火。

危急关头，李四光终于得以参加生命中第一次也是唯一一次真刀实枪的战争。他积极组织码头工人和人力车工人运输军火，支援前线，进行抵抗。

在清军强大攻势下，汉口最终失守，被北洋军放火连烧了三天三夜，民军退守汉阳、武昌。此时，长沙、西安、九江、太原、昆明、南昌、贵阳、杭州各地纷纷起义，短时间内纷纷宣布独立，革命形势一片大好。李四光却已从汉口保卫战的失利中，隐隐看到了革命的脆弱，他陷入了深深的思考：革命的持续性，到底在哪里真正蕴藏？

应时局，民国生

无论是宋教仁的浸染，还是孙中山的勉励，对李四光来说，科学才是他最孜孜以求的根本。一直以来，他主要汲取的都是理工科知识，社会理论知识较少，他所获取的革命理论和知识基本上来自他所接触的革命党人。在革命这条路上，他不乏思考，但更多的是热情和决心，自身的革命理论储备不足无法指导他系统而真正地开展革命，而当时的中国，也尚未出现先进的、科学的革命理论。

年轻气盛的李四光，总体来说，此时还处于热血贲张的状态。1911 年 11 月初，在北洋军阀冯国璋用大炮隔江猛轰都督府（湖北咨议局）时的某夜，李四光的革命启蒙导师宋教仁再度出现。挚友重逢相见甚欢，而两人的约谈地点就在炮火连天的咨议局旁的一座公馆内，现场还有宋教仁同时约来的其他几人。宋教仁同大家谈论时局，以及就即将在南京组织革命政府、南京临时政府相关人选等事宜，征询李四光等人的意见。

宋教仁说："汉阳恐怕难以支持下去，不过不要紧，听说孙先生已经回国了，南京已经到了我们手中，我想明天到南京组织革命政府。程德荃的态度不错，不管他来不来，我们都要让他做内政部长，觉生做次长，主持其事；蔡鹤卿（蔡元培）做教育部长；张季直不管他干不干，也要发表说让他做实业部长，不过还要找个次长来管事，你们有什么人适宜？"

李四光认真思考后，建议道："孙先生果真回国了，君武必定也到了，我想最好是请君武。如果君武还没有到，请蘅青（石瑛）也是一样。”

宋教仁立时说：“我竟把君武忘却了，该死！好，得了孙先生的同意，我们就这样干。”

南京临时政府成立在即，能够即将再次见到心中的偶像孙中山，李四光激动不已。在当时的政治人物中，孙中山各方面都出类拔萃，其三民主义的理念更让李四光折服。孙中山的政治风度、演讲能力和豁达胸怀，无不让李四光仰望与迷恋，最让李四光一心追随的，是孙中山一身大无畏的革命精神。

12 月25 日，从美国募捐归来的孙中山一到上海，许多记者便纷纷向他提问：“您这次带了多少钱来?”孙中山回答：“予不名一文也，所带来者，革命之精神耳!”

此间，风起云涌的革命形势也催生出一段“黄冈四杰”的佳话。这一年的腊月，为庆贺武昌和黄冈光复，李四光与时任汉口军政分府秘书的吴昆、鄂东军政分府政务科长刘子通、临时湖北革命都督府参谋熊十力相约聚会于雄楚楼，时李四光也正担任着临时湖北革命都督府理财部参谋一职。

四人均为在武昌工作的黄冈人，热血同流，意气相投，个个才华横溢。他们结为密不可分的好友后，时人称之为“黄冈四杰”。

“黄冈四杰”绝非浪得虚名。吴昆是著名革命组织“日知会”的创始人之一，并与宋教仁共同创立了同盟会辽东支部，1912 年成为国会议员。宋教仁被刺后，吴昆弹劾袁世凯，放弃议员职务，主张武力讨袁。刘子通是中共正式建党前全国 53 名早期中共党员，中共杰出的马克思主义理论宣传家。熊十力则是著名哲学家，新儒家开山祖师，著有《新唯识论》《原儒》《体用论》《明心篇》《佛家名相通释》《乾坤衍》等书，其学说影响深远，在哲学界自成一体。“熊学”研究者遍及全国和海外，《大英百科全书》称“熊十力与冯友兰为中国当代哲学之杰出人物”。早期同样热衷于革命，同宋教仁、吕大森共同创立了中国第一个革命团体科学补习所。

四杰指点江山，豪情满怀。兴至处，取来纸笔，泼墨抒怀。吴昆写的是李白《山中问答》：“问余何故栖碧山，笑而不答心自闲。桃花流水渺然去，别有天地非人间。”刘子通写的是：“生而不有，为而不恃，功成而弗居。若有心，若无心，飘飘然飞过数十寒暑。”熊十力写的是：“天上地下，唯我独尊。”李四光写的是：“雄视三楚。”

李四光笔下的“三楚”，是指江陵、彭城（今徐州）和苏州。四杰以英雄的视野纵览天下，但谁知一次聚会，竟成箴言：吴昆几次革命，终告失望，晚年赋闲，借酒浇愁，1942 年 10 月 3 日逝于恩施旅舍，死后无钱安葬，尸体腐烂，友人敛资安顿。算得上是“桃花流水，别有天地”。刘子通更是一生坎坷，他终身从教，飘飘然度过 39 个寒暑。1922 年先是被反动校长解聘了职务，接着又被反动政府悬榜通缉。1924 年冬积劳成疾，含愤病逝于北平。而迫害他的人，首功当推王式玉——当年同李四光一同在湖北工业学堂任教的同事。熊十力护法失败后，转向学术，“出于儒佛而归于儒”，成为“天上地下，唯我独尊”的当代哲学界杰出人物，其最狂的一句话如下：“胡适那点儿科学知识跟我没法比，冯友兰根本不识字，金岳霖说的那些玩意儿也就戏说！”李四光则最终“雄视三楚”，为我国地质力学、石油工业做出了巨大贡献！

12 月 29 日，在南京的各省代表召开正式选举临时大总统会。十七省代表，每省一票。开票结果，孙中山得十六票，黄兴得一票。孙中山以超过投票总数三分之二以上，当选为中华民国第一任临时大总统。1912 年元旦，孙中山由上海前往南京就职。当晚 11 时，孙中山在总统府举行了大总统受任典礼。1 月 3 日，南京临时政府各部总长、次长人选名单获得通过，所任命的实业部次长，果然就是马君武。

宋教仁能够认真征询李四光的意见，孙中山能够欣然采纳李四光的意见，是因为两位革命领袖除了在日本时对少年李四光已有了初步了解，更欣赏李四光在推动武昌起义中所表现出来的政治能力，也包括对李四光在实业建设方面所具备的能力和经验的认可。

在李四光的一生中，第一个真正繁忙的时刻到来了。

肩挑振兴实业重担

民国政府建立后，同盟会总部从东京移到南京，活动也从秘密改为公开。此时，同盟会的“一哥”地位牢牢确立，共进会、文学社等之前意气风发的革命组织一起并入湖北同盟会，重新建立支部。李四光一年前的结义兄弟石瑛被选为支部长，李四光被选为书记（相当于秘书）。这是李四光政治生涯中第一个响亮的头衔。

被后人誉为“民国第一清官”的石瑛，是孙中山先生的忠实信徒和亲密战友，早在 1905 年就与吴稚晖等接受孙中山指示，在英国组织同盟会欧洲支部，是该支部的创建人和负责人，为推翻帝制、建立民国立下了汗马功劳。1910 年，石瑛与李四光义结金兰。

而让李四光真正忙碌起来，还在实业方面。孙中山特别重视民族实业的振兴，称它是“中国存亡的关键”，特通电各省军政府立即设立实业司，专门从事实业管理。南京临时政府成立后不久，李四光即被孙中山委任为特派汉口建筑筹备员。为促进实业发展，临时政府还成立了不少促进实业发展的协会，在中央和各省成立实业部和实业司。

李四光于1912年初参与发起组织了中华民国实业协会。1月30日，该协会在南京召开成立大会，选李四光、万葆元为正副会长，马君武为名誉会长。该协会的宗旨为："振兴实业，扩充国民生计，挽回利权。"中华民国实业协会的宣言书称："中山先生三民主义，以今日观之，民族渐趋统一矣，民权自兹日伸矣，民生问题独未解决……同仁安得不各竭所知，聊尽绵薄欤。"表示了他们努力推进实业建设的意愿。

1912年2月7日，湖北军政府最高军政长官都督黎元洪召开省府政要会议，设立实业部，用投票方式公开推选实业部长（类似于今天的省发改委主任）。由于李四光担任建筑筹备员期间工作出色，又是湖北人，公选投票中获得绝大多数选票，顺利荣任实业部长。此时的李四光，年仅23岁。

实业，即工农商业。实业部长，是一省实业管理的最高行政官员，掌管全省农工商矿及一切实业行政事宜。湖北是国内实业比较发达的区域。早年，张之洞在这里先后创办了汉冶萍钢铁公司、纱麻布丝四局，以及造纸、制革、针钉、毡呢和制砖等众多类型的官办实业。与此同时，民办工商业更为兴隆，至中华民国成立之前，仅武汉一地就涌现出纺织、水电、玻璃、碾米、面粉、榨油、纸烟、火柴和机械制造等20余所不同规模的工厂。然而，全省的金融和交通等要害领域，却被英、日、德、美等列强控制。

武昌起义前后，革命军虽然也曾派人保护官办企业的厂房与设备，但终因战事影响，清兵败退之前又在汉口大肆焚毁，极多企业受到不同程度的损失。不言而喻，摆在李四光面前的振兴实业任务极其艰巨。

实业部设正副部长、参事、秘书、庶务各室。另设三科：农林、工商、矿务，统筹全省农林、工商和矿业各方面行政事务。除副部长之外，各级官员达70余人。如此重任担在一个20岁出头的年轻人肩上，压力之大可想而知。2月16日，实业部在武昌三道街旧盐通署开始办公。3月5日，南京临时政府内务部下达指示，各省实业部一律改为实业司，李四光由部长变成司长。

因实业行政事务非常繁忙，不久，实业司改三科为五科：农、林、工、商、矿。其中，农科设五课：农事、水产、畜牧、蚕桑、茶务；林科设三课：林政、生产、经营；工科设三课：劝工、惠工、考工；商科设四课：商政、营业、登录、度量衡；矿科设两课：矿务、矿计。在李四光精心调整下，机构设置初步完善。23岁的李四光，初步展示出卓越领导者的风范，但这一切，只是源于他那颗善于思考和勤于推演的大脑。

除此之外，李四光每日翻阅昔日的卷宗档案，亲自到各厂矿调查研究，拟定了雄心勃勃的重振计划。他的肩上，沉甸甸地担着孙中山在《大总统令内务部筹划兴复汉口市场文》中提出的“务使首义之区，变为模范之市”的期望。这里既有对湖北实业的殷殷期望，更有对青年才俊李四光的殷殷期望。孙中山深知这个青年不会让他失望，只有更多地给他加担子，他才能做出更大的成就来。

李四光毕竟是李四光，不仅怀有报国壮志，而且具备实业管理的学识和才能，再加上废寝忘食的敬业精神，不仅很快医治了战争创伤，同时凭借各项强有力的措施，迅速扭转了混乱局面。他首先派人接管清朝劝业道（实业衙门）所属的各实业部门，腾出曾被军队占领的房舍，接着严惩一切贪赃枉法之徒，并且经过宣传与扶持，促使官办与民办各企业恢复生产。

此外，他与本司人员共同努力，创建了各科附属产业。农科有农事试验场、茶叶讲习所、蚕业讲习所、女子蚕业讲习所，林科有全省模范林事试验场，工科有全省模范大工厂、制革厂、红砖第一厂、湖北造砖厂，商科有两湖劝业场、商品陈列馆，矿科有炭山湾煤矿官厂、陈家湾煤矿官厂、韩家山铜矿厂、硝磺总厂、兴大矿物局等。

根据孙中山指示，李四光派人员清查、测量和登记被焚各家房屋地基的面积，同绅商就汉口商务、设立建筑公司、保护营业权、水陆联运等方面问题，统盘筹划，以恢复汉口商业市场。他频繁往来于南京与武汉之间，工作十分努力，为调整恢复工商业、支援革命战争做了大量工作，湖北省实业发展出现了勃勃生机。

未来的美好似乎变得清晰可见，在李四光的闭目冥想中，渐渐地，这样的生活只有动力，而毫无压力！

然而，好景不长，资产阶级自身固有的软弱和妥协，致使身居政府要职的黄兴、宋教仁和汪精卫等竟然响应了袁世凯的议和主张，孙中山陷入困境。最终，在内外夹击的形势下，孙中山无可奈何，只好让步。但他仍然以国民政府名义通电袁世凯，向他提出 3 项必须遵守的条件：一、清帝退位，政权同时消灭，不得私授其臣民；二、在北京不得更立临时政府；三、各国承认中华民国之后，临时总统辞职，请参议院公举袁为大总统。

按照这 3 条，就可以限制袁世凯在北京称王称霸，约束他遵照南京政府制定的宪章管理国家。此时，口蜜腹剑的军阀加政客袁世凯，通过各种诱骗手段促使南京政府内部响起一片歌颂其本人的聒噪之音。孙中山见大势已去，不得不于1912年2月14日将临时大总统的席位让给袁世凯。

又生乱局，引咎辞职

一个南北和谈的约定，让南京临时政府拱手交出了仅把持了三个月的政权！

突发事件劈空而来，同一片哗然的很多革命党人一样，李四光感到不可思议。尽管这时，他还不可能预见袁世凯已有恢复帝制、龙袍加身的妄想，然而对其阴险狡诈的嘴脸却早有耳闻。这样的军阀政客接任大总统的职务，能够解民倒悬为国效力吗？黄兴、宋教任等都是自己留学期间的忠实朋友和武昌起义的革命同志，又是孙中山极为信任的亲密战友，为什么在革命的紧要关头不顾孙先生的艰难处境，偏偏主张南北议和，而又拥戴革命政敌袁世凯呢？他们到底是维护革命大局还是仅仅出于个人利益？

如此等等，年轻的李四光困惑了。但是，有一点他非常清醒，那就是永远尊重和崇敬自己的导师孙中山先生，他深信，孙先生不会就此放弃他所致力的革命事业。

或许，孙先生还有新的打算吧？事实上，孙中山是出于各种考虑，最终违心辞去临时大总统职务的。1921年，在写给苏俄外交人民委员齐契林的信中他这样说道："现在我的朋友们都承认：我的辞职是一个巨大的政治错误，它的政治后果正像在俄国如果让高尔察克、尤登尼奇或弗兰格尔跑到莫斯科去代替列宁而会发生什么一样。”而他那句著名的遗言——“革命尚未成功，同志仍需努力”，更是鲜明地表达了孙中山一直以来的政治态度！

卸任之后的孙中山，仍然非常关注湖北各方面的发展进度。1912年4月10日，孙中山应黎元洪邀请来到武汉，随同的有章太炎、居正、庞青巨、胡汉民、谷钟秀、程明超等。李四光赴武昌黄土坡军政府都督府，与湖北军政界代表一同前去迎接。

湖北军政界召开欢迎大会，请孙中山发表演说。孙先生针对在场革命党人忧虑国家前途的心情安慰大家说：“仆此次解职，外间颇谓仆功成身退，此实不然。身退诚有之，功成则未也。”言外之意，是说他不会就此终止革命生涯，必须推动革命走向最后的成功。

会后，李四光和好友共同去探望孙中山。孙中山听取了李四光的实业计划和整顿后的厂矿情况，向他们讲解了社会革命的重要性、复杂性和艰巨性，同时，又阐述了有关兴办实业等政策问题，李四光再次受益良多。

果不其然，阴谋家袁世凯就任大总统后，立刻开始倒行逆施，鄂军都督黎元洪归附袁世凯。7月，黎元洪在湖北开始打击和排挤革命党人。李四光眼看革命首义地区的胜利果实落到了黎元洪之手，革命力量被排挤、打击、分化瓦解，自己的理想无法实现，十分忧虑中国的前途。在此情况下，想要发展实业，造福人民，建设新湖北，已不可能。

正所谓，“邦有道，则仕；邦无道，则可卷而怀之”。7月，李四光以“鄂中财政奇拙，办事棘手”为由，连续数次向黎元洪提请辞职。黎元洪表面上温语慰留，实则电告袁世凯予以批准。8月8日，袁世凯下令：湖北实业司长李四光呈请辞职，“准免，本官”。

革命未能拯救灾难深重的中华民族，辛亥革命失败的原因是什么？救国救民的路在哪里？知我者谓我心忧，不知我者谓我何求。李四光苦苦思索着。辞职后，李四光认为，力量不足以造反，因年龄还不太大，不如再读书十年，准备一份力量。对此，他在1959年的《我经历中的两条道路的斗争》一文中也有说明："辛亥革命以后，清朝的统治不存在了，名义上的共和国也建立起来了。但是旧势力依然占据统治地位，并通过依附它的新兴官僚的活动，和帝国主义进一步勾结。在这个时候，我也和一部分参加过辛亥革命的人一样，认为革命要继续下去是肯定的。但是在进行革命斗争的道路上，由于针对的目标不同，当时有两个不同的途径：其一，针对国内的反动势力，在国内用一切方法和它做你死我活的斗争，达到彻底铲除旧反动势力，重新建立真正民主共和国的意愿；其二，对国内反动派的后台老板——帝国主义，做长期斗争的打算，趁着年轻有为，去欧洲继续进修科学技术，学会更大本领，对抗帝国主义对我们的侵略、压迫和剥削。我选择了后一途径。"

他再度想起孙中山勉励他的话，"努力向学，蔚为国用"，科学救国的道路，在他内心基本形成。本来，"致君尧舜上，再使风俗淳"已俨然成为他的理想，但当尧舜摇身一变成为虎豹让他吃了一惊后，随之而发生的更多事件，让李四光彻底铁了心要出国求学。

1913年3月20日，袁世凯派人暗杀宋教仁。对李四光而言，宋教仁是一个极其熟悉、亲切而又崇敬的名字，他们亲密无间，心心相印，纵论时政，激扬文字，"粪土当年万户侯"。李四光由衷敬佩这位志向高远、才华横溢的同窗挚友，他是中国同盟会的骨干，是武昌起义的先锋，是国民政府的中流砥柱，是孙中山的得力助手。

尽管他曾参与南北议和，念在出生入死的战斗友谊上，李四光并未过多责难这位情同手足的好同志，毕竟，宋教仁是南京国民政府法制院的总裁，初衷在于成立政党内阁制约袁世凯的独断专行。

万万想不到，这样一位民主志士居然遭到如此暗害！宋教仁被刺后，袁世凯还假惺惺地令江苏都督程德荃缉拿凶犯，李四光进一步看清了袁大头阴险、毒辣的反动面目。

不久，孙中山发动的二次革命黯然失败，孙中山再次离开上海，东去日本。

今夕复何夕，共度此乱局？

李四光倍感失落。当年的李贺，只因为父亲名字里含有一个“晋”字，居然就被排斥在考取进士头衔之外，这让他发出了“我当二十不得意”的千古愁怨。而功名利禄现在唾手可得的李四光，尽管在世俗眼里压根算不上“不得意”，却同李贺一样，此时此刻，“一心愁谢如枯兰”！

读书随处净土，闭门即是深山。素有的求知欲望在心里开始呼唤。他静静观察，默默思考，凝神注视着自己未来的人生，等待着属于自己的时机。

命运宠爱意志坚强的人。南京临时政府解体时，曾在总统府工作的很多革命青年不愿去袁世凯那里做官，恳请孙中山设法派遣他们出国留学。孙中山立表支持，随即致电北平当局，认为这些青年“有功国民，向学甚诚，未便淹没”，要求当局用公费保送他们到国外求学，同时开列名单，希望以特禀全数派遣。袁世凯对追随孙中山的革命党人向来恨之入骨，但奈于前总统的旨令推荐又不好回绝，只得照办，将列为特禀的25 名革命青年分别派往英、美、德、法和日本等国留学深造。

马思边草拳毛动，雕眄青云睡眼开。李四光与曾在湖北军政府任职的许多年轻革命党人，听到这个消息都蠢蠢欲动，觉得这是摆脱袁世凯政权的最好的时机。大家立刻向黎元洪提出了留学申请。

已经荣任副总统兼鄂都的黎元洪与袁世凯一样，对革命党人深为忌惮，处理手段同样是分而治之，即威胁太大者杀掉，可拉过来者收买，难杀难拉者送走。他一向把李四光视为无可奈何的政治障碍，巴不得尽快将其送走。收到这批人的申请，一颗懦弱猥琐的心窃喜连连，马上以“李四光……等22员，劳勋卓著，精力富强，资送西洋俾宏造就”为由呈报袁世凯。同李四光他们的愿望居然惊人的一致，他也希望批文能够立即批准！

袁世凯心中却大为不悦。他本来对孙中山批准的革命党人出国留学就属于勉强应诺，为防止类似情况继续出现，还曾下了一道严令：“有功民国人员请派出洋留学，应以前临时大总统批准有案者为限，其余碍难照办。”现在，看到黎元洪的呈报，他本想按原令拒绝，但又觉得湖北是孙中山所称的“革命首义之区”，倘若不准，对自己打着“拥抱共和”的旗号十分不利。权衡利弊，他只好答应，并在批文之上附加一句：“不得据以为例。”——仅此一举，下不为例。

雁引愁心去，山衔好月来。值得庆幸的是，这一次，李四光抓住了有利时机，运用心理战术完遂心愿。不久，李四光获得当局通告，以“稽勋生”的资格派往英国留学。同去者中，有他的挚友、湖北军政府的秘书王世杰，他也是李四光那次结交中的拜把兄弟。当时，王世杰尚在湖北优级师范理化专科学校学习，而李四光已是工业学堂的教师。

4 人生转折点，科学才是王道

留学伯明翰，他乡识新知

1913年7月，李四光怀着极其复杂的心情，第二次离开了祖国，远渡重洋。这是李四光真正成为大科学家的人生重要转折点。

如果他坚持曾经的“军事救国”，那么，他也许在若干年后去到江南造船厂，在那里辛辛苦苦造大船，但显然，此时他的理念已发生重大变化，他知道，单纯的造船无法打败列强的侵略；如果他坚持曾经的“实业救国”，也许，他仍然会留在武昌，为北洋政府卖力。

然而，历史垂青了新中国。新中国地质学奠基人之一的李四光，在经历了“军事救国”“革命救国”和“实业救国”三个重要阶段后，终于在这时，选择了后来给予新中国第二次生命的“科学救国”！

无论是哪一条道路，只要涉及救国图存，就“易者亦难矣”。这不是在给自己谋碗饭吃，假若真像那些八旗子弟那样只是为了个人享受，李四光即使出身贫寒，但靠自身能力绝对能够换来高官巨俸，但他没有这么做。

和李四光同赴英国的有 4 个人，政府发放的路费则全是金条。李四光告诉同伴：“你们慢慢收拾行李，我去银行兑换钱币。”来到银行时，他的一身旧衣服引起银行职员怀疑，非但没有换回钱币，还被怀疑偷金条而被抓，如何解释也没有结果，连饿带冻，第二天才被同伴救出。

尽管如此，出国前，李四光仍然赶回黄冈，把自己节衣缩食的积蓄加上一部分旅费，交给父母，用以资助弟弟和妹妹们上学读书。在亲人的恋恋不舍中，李四光奔赴上海，再一次登上远洋的客轮。

落日照大旗，马鸣风萧萧。很显然，此次的欧洲之旅与 8 年前的扶桑之行不尽相同。8 年前的他，单纯而炽热；现在，他亲眼看见中国社会梦幻一般的不幸变革，亲身经历了由热求到失望的政治生涯，较以前更加成熟，更具有审视现实的理智。虽然，他的心有一半被迷雾重重包裹，但，无论任何情况，都改变不了他永恒不变的赤子之心和报效祖国的终生信念。

在纠结中奋力地思考，在彷徨中莫名地期待，伦敦到了，一个崭新的世界再次呈现在李四光的面前。站在车水马龙的大街上，五光十色令人迷醉，巍峨巨厦鳞次栉比令人眩晕，但在李四光的眼里，这一切统统跟他无关，他心里渴求的，是知识和科学。

漫长旅途中经过慎重全盘地思考，此次，在具体专业的选择上，他毅然放弃了曾经的专业“舶用机关”，决定改学采矿。这是一次极大的牺牲。在同样远离家乡的日本，有5年的时光，他孜孜不倦地扑在造船的研习上！这就像已建好了一幢巍峨的大厦，却不满意，立刻推倒重来！我们设身处地试想一下，这需要当事者多么大的勇气和胸怀！

但对李四光来说，支持他的道理再简单不过了：要想造船，首先需要铁和钢，而要想有铁和钢，就需要成熟的采、冶技术。在担任湖北军政府实业司司长时，他已经深知国家要富强，必须有充足的煤、铁等资源。中国虽然缺乏造船的人才，但从根本上来讲，更缺乏的是一线的开采和冶炼人才。

一切以国家为前提去考虑，个人的牺牲忽然就渺如芥子了。李四光是这么想的，然后他立刻予以了实施。否则，他又何必出来？假若他真的汲汲于功名，留在地熟友密的武汉，个人的荣华富贵又有何难？

工矿是实业的基础，洞悉了这个道理，做出重大牺牲的李四光倒如放下了巨大包袱一样轻松愉快，接下来的选择就容易得多了。作为资本主义文明的故乡、近代产业革命的发源地——英国，是当时世界上工业最发达的国家，采矿业尤其发达，而在采矿方面，最著名的大学是伯明翰大学。

李四光最终选择伯明翰，还有一个重要的原因：这里的学习用费比牛津大学和剑桥大学便宜一些。他没有在伦敦作丝毫的流连，立刻坐火车来到英国第二大城市——号称“冶金之城”的伯明翰，在伯明翰大学预科学习英语和补习数理化知识。

对新的环境，他感到非常满意。

伯明翰大学成立于1900年，是英国最著名的大学之一，培育了8名诺贝尔奖得主和2名英国首相。它设在伯明翰城的郊区，从市中心乘坐有轨电车，半个小时即可到达。校园占地276英亩，建在平坦开阔的土地上，绿草如茵，古树参天，假山怪石，小桥流水，弯曲的小路旁种满了碧绿的冬青树。校园中央，高耸着一座方形的尖顶钟塔，钟塔的一侧，是一群圆顶建筑，另一侧是一排排平顶楼房。站在假山上，可以俯瞰大学的全貌。远处可见起伏的山丘，丘边的池水清澈透底。站在高处眺望，令人心旷神怡。藉此，伯明翰大学校园跻身英国三大最佳校园。

李四光很快就在学校附近找到一家公寓安定下来。幸运的是，房东是一位热情的英国老太太，对李四光嘘寒问暖，竟犹如自己的老妈妈。

巧得很，稍晚时，公寓又住进来一位自费来读的中国学生，此即后来的著名物理学家和剧作家丁燮林，他既是中央研究院院士，又是中国现代喜剧的宗师，跨界玩得得心应手，连毛主席和周总理都称他为多面手。

上天的安排，让两个后来如日中天的人物不期而遇，但我们换个角度来看，这种成功决不能排除彼此间的深刻激励。花门楼前见秋草，岂能贫贱相看老。异国相逢，一见如故，更兼志同道合，心心相印，两人很快结成莫逆之交，从此互相帮助，还共同向房东老妈妈学习英语，简直亲如一家。幸福的味道，在异国他乡的公寓楼里开始弥漫。

攻读地质学

正是江南好风景，落花时节又逢君。李四光和丁燮林的相遇是不期而遇，而更巧的相遇，则是李四光和石瑛。三个月后，在优美的伯明翰校园内，李四光喜出望外地看到了拜把兄弟石瑛，真是人生何处不相逢啊！

此前，已是众议院议员的石瑛，同李四光一样，因为看不惯袁世凯窃国后的种种乱象，愤而写下名为辞职、实为讨袁檄文的著名万言书，结果在“二次革命”失败后，被袁世凯的北洋政府全国通缉。同李四光一样，时年35岁的石瑛也选择了读书，也来到了伯明翰，攻读冶金专业。不同的是，他是自费读书，因而生计更为艰难。

李四光惊奇地询问他为何前来，石瑛大笑着说：“我是为配合你而来的！你学采矿，我学冶金，毕业以后你来采矿，我来炼钢呀！”

有了新知与故交陪伴，李四光在异国他乡的求学生涯，不再寂寞和孤独，尤其是有了丁燮林的陪伴。丁燮林比李四光略小几岁，英语学习进步很快。李四光非常刻苦用功，通过一段时间的学习也赶了上来，无论耳听、阅读，还是口读与手写，都不亚于身边的小老弟。两人还刻苦攻读了许多英国古典文学作品，你追我赶，不到一年，英语双双说写自如。

在后来的闲暇时光，李四光还自学了德语和法语，这些都为他后来的学业和科研活动，奠定了坚实的外语基础。

休息日，李四光从来不出去玩耍，而是选择在校园里看书。他的身边，总是带着厚厚的书籍或报刊。在林荫里，在流水边，他一坐下来就开始做功课。在他看来，这是最好的休息。对一名有志求学的青年来说，能够静心读书，实在是一种真正的幸福。

预科学习临近期满，丁燮林与李四光探讨起各自的升学专业。丁燮林告诉李四光，他决定学物理。李四光知道丁燮林特别喜爱戏剧创作，便问道：“你不是喜欢文学，尤其喜欢戏剧吗？”

“那当然。”丁燮林道，“但我想，近代一切科学技术都离不开物理。我虽然喜欢研究文学中的对话，特别是西方的话剧，不过那都是课外兴趣，并不影响专攻物理学。将来我可以做一个爱写话剧的物理学家。如果写话剧，我就叫丁西林。”君子立长志，从这句话发端，日后中国果然出了个杰出的物理学家兼戏剧大师。

丁燮林随即问李四光是学习造船还是采矿，李四光郑重其事地说，这两样，他都不再学了。“我反复想过，要造船就得有钢铁，当然需要采矿，可光学采矿也不行，首先必须得知道哪里有矿藏。就说咱们中国，人称地大物博，但地质科学却十分落后。博大的矿藏究竟分布在什么地方，国人心里大都没有数。如果我们仅仅学会了采矿而不会找矿，到时候不过还是给洋人当矿工，做不了国家的主人啊！所以，我选择地质学！”

不一样的情趣和思路，同样的远大理想，两个人怀揣着各自的宏伟抱负，开始了更加努力的研读。1914 年的秋天，25 岁的李四光在艰苦的环境中，克服了学习上的一切困难，努力完成了必需的英语和数学基础，结束了预科学习，正式进入伯明翰大学地质系攻读。与此同时，丁燮林也顺利转入本科。二人又开始了各自的专业耕耘。

平静的学习生活并没有持续多久。1914 年 8 月 4 日，第一次世界大战爆发，以英、法、俄为一方的协约国和以德、意、奥为一方的同盟国，为重新瓜分世界展开了生死大战。英国是主要参战国，原有的民用工业大都转为军事生产，物价上涨，生活用品日益短缺。糖买不到了，冬季取暖的煤也越来越少，最麻烦的是晚间电灯常常不亮，买支蜡烛还十分困难。

英国许多高等学校因为收入骤减，不得不靠增收学生的费用维持教学。尽管中国当局也曾同意为留学生每人每月增发 20 英镑学费，但仍不足以解决困难。许多留学生无法忍受，纷纷离开英国。而在最艰难的时候，李四光的腿上偏偏长了一个脓疮。当时，他既没钱也没时间就医，耽误了治疗，索性，他咬咬牙用刮胡刀片把疮刮掉了。疼痛自不必说，腿上还因此落下了一个显眼的大疤！

但李四光从来没有考虑过去或留这个问题。凭着顽强的毅力和一贯的坚韧，他节衣缩食，克服种种困难，坚持了下来。每一个假期，他都到矿山去做临时工，赚钱维持生活和继续学业。对处处留心的李四光来说，这样做的另一个好处是，他对英国矿业情况有了初步的了解。

再苦再难，对李四光来说都能够挺得过去。只有一个念头，在深夜里，总是萦绕在他的脑海：什么时候，中国人不用出国，就能受到良好的教育？

令他欣慰的是，在地质系，他遇到了令他终生都感到亲切温暖的几位著名教授，尤以导师鲍尔顿对他的帮助最大。鲍尔顿是英国颇有权威的地质学家，爱才，惜才，非常喜欢李四光的真诚淳朴、聪颖才智和刻苦钻研的精神，对他倍加关怀。李四光更是经常向他请教，受益良多。

大名鼎鼎的威尔士教授也非常喜欢同李四光交往，不遗余力地指导其学业，经常请他到家里做客。威尔士的孩子们非常喜欢这位中国叔叔，因为他会做玩具！李四光一来家里，他们就缠着他制作。李四光尽量满足他们的要求，精心做了不少玩具，手枪、汽车、轮船、飞机，各个惟妙惟肖，洋娃娃们喜不自禁，对这位东方叔叔充满了崇拜之情，甚至认为他非常“神秘”！

李四光很清楚，在近代地质学的启蒙运动中，英国一直居于世界的领先地位，自己的生活虽然艰苦，但他丝毫没有放松学习。

有耕耘必有收获。1917年7月，28岁的李四光轻松通过伯明翰大学的学士考试。

志向高远的李四光并未因此而满足。学士帽还没戴热乎，他就开始了硕士学业的攻读。当年暑期，他尽其所能，查阅了大量地质资料，绘出一幅中国若干地区的地质情况及路线踏勘图表，呈送鲍尔顿教授指正。鲍尔顿认真审阅之后特别兴奋，更加认定李四光是个极有前途的未来的地质学家。鲍尔顿肯定了这项工作的意义，建议他既要借鉴前人成果，还要进一步提出自己今后的研究方向，找到学术上的突破点。

这番话给予了李四光很大的启示，也更加鼓舞了他的治学信心。在此基础上，他进一步广泛收集当时能够查阅到的一切有关中国地质的文献资料，研读世界著名地质学家的学术见解和我国前辈地质学家丁文江、翁文灏先生的著述，时间在辛勤的汗水和认真的思考中度过。

不知不觉间，李四光在英国留学已有6年。6年中，他完整地学习了地质学的所有最新学说。从一个地质学的门外汉，完全凭着硬打硬拼，李四光闯到了地质学的前沿阵地！

艰辛治学，开启地质人生

1918年5月，李四光用英文写成长达387页的论文《中国之地质》，勇敢地提出了自己的评价和见解，论点明确，论据充实，论证严密，提交给伯明翰大学地质系。这篇论文具有较高的学术价值，引起学校的高度重视。当年 6 月，学校组织了公开的论文答辩，李四光顺利通过，被授予伯明翰大学自然科学硕士学位。

自获得学士学位后，不到一年时间再获硕士学位，在老师和同学的眼中，其学业长进之惊人自不待言，其坚韧不拔、勇攀高峰的精神也着实令人肃然起敬！

《中国之地质》是李四光从事地质科学专业的第一篇学术论文，也是他地质人生的第一曲炫美乐章。全文共分三个部分地形、地质概况、经济地质，第二部分里的“地层”一章最为引人注目，其内容也最为丰富，占整篇论文的二分之一篇幅。难能可贵的是，他在论述每个时代的地层状况后，都附有详细的化石图表，并且注明了每种化石出现的具体层位及地点，整体呈现了中国 960 万平方千米土地的地质概貌，堪称中国地质学的里程碑之作！

《中国之地质》的问世和伯明翰大学硕士学位的头衔，使年轻的李四光在海外享有了一定声望，引起各方关注。鲍尔顿教授希望他能留在大学继续治学，取得博士学位后再谋高就；另外一位教授则热情地推荐他到印度某矿山担任地质工程师。

这些，无论对事业还是个人生活乃至今后发展都大有益处。当时，第一次世界大战宣告结束，同盟国于 1918 年 11 月11 日被迫投降，协约国取得胜利。英国作为战胜国显然得恢复战争前的各项事业，这对李四光的继续深造极为有利。印度方面的邀请，则可以给李四光的学术实践打开方便之门：印度是祖国之近邻，地质构造有很多相似之处，经过一段采矿和开矿的工程实践后，再回国从事地质科学研究，岂不更为得力？

是何等样人，便会遇到何等样事。在这令人兴奋、遐想，又百般纠结的时候，李四光事业中的真正领路人出现了。他就是我国第一代地质学家丁文江。

丁文江，字在君，比李四光大 2 岁，出生于江苏泰兴，自幼饱读经书，16 岁时开始先后在日本、英国留学，获得地质学与动物学双学位，掌握英、法、德三国语言。1911 年回国后，考取了清朝最后一榜“海归”进士。中华民国政府成立后，他出任了工商部矿政司地质科科长，1913 年出任中国地质调查所所长，成为中国地质学界第一号人物。蔡元培称赞他：“精于科学而又长于办事……实为我国现代稀有的人才。”英国大哲学家罗素说：“丁文江是我所见的中国人中，最有才、最有能力的人。”

当时的北京大学名声赫赫，但美中不足的是没有地质学专业，颇有发言权的丁文江便向校长蔡元培建议创立地质学科，以适应国家需要。蔡元培于是委托丁文江物色合适人选执教。1919 年，丁文江随梁启超考察欧洲时，听说了李四光的名字，怦然心动，立刻亲自找到李四光，从祖国急需培养地质工作者的迫切性出发，建议他能立即回国到北大任教。

他郑重地对李四光说：“培养地质人才，是当务之急。”来自同胞的真诚邀请，让李四光深受感动，但出自对国内形势乌烟瘴气的痛恨和迷惘，他没有立即允诺丁文江，而是答应会慎重考虑。

在英国的这些年，李四光没有像在日本时一样热心于政治与革命，这有后期到伦敦政治经济学院读书的钱昌照的话为佐证。当时在伦敦读书的，除了李四光、丁西林、石瑛等，还有傅斯年、俞平伯、张道藩、罗家伦等人，钱昌照也曾见过到英国求师访友的金岳霖、徐志摩等。据钱昌照回忆，“除张道藩对政治感兴趣外，其他人都忙着读书，不参与政治活动。”

但事实上，受爱国之心的驱使，李四光学成回国是必然的。这在他的博士论文《中国之地质》已经申明得清清楚楚。在序言中，他说：“近几十年来，科学得到普遍迅速的发展，影响所及，促使地质学家也要做出应有的贡献。古老景观神奇般的再现，地球有史以来各个时期古地理的多种推测，自然地唤起地质学家扩大知识范围的渴望，加上开发矿藏的需要日益增长，使得许多西方地质学家把注意力转向新的角逐场——远东。现今，我们所有为量不多的有关亚洲大陆上幅员辽阔的中华共和国的地质知识，大都是在这种时代召唤之下，由那些热心的考察者努力的结果。”

他又情不自禁地指出：“今天，我们要求新兴一代的‘黄帝’子孙，认识到自己肩负的责任，也许并非为时过晚。一方面，要为纯科学的发展而尽力；另一方面，要用得来的知识，直接或间接地去解决有关工业的问题。就地质学而言，需要的是发挥我们的聪明才智，去倾听、研读自然界早已为我们准备好了的，古树残叶的语言和古河道的瘗文。”

很显然，这既是一篇学术论文的序言，更是一位年轻学者的爱国宣言，事实上，李四光一直祈盼着能够有一天，得见政治清明之世，为祖国毫无保留地贡献青春和热血。

为能让李四光回国，极为热心的丁文江回国后，和北大教授胡适一同去找蔡元培，并很巧妙地从学生成绩开始谈及。胡适对此有清晰的回忆：“北大恢复地质学系之后，初期毕业生到农商部地质调查所找工作，在君亲自考试他们，考试的结果使他大不满意……他就带了考试的成绩单来看我。说，适之，你们的地质系是我们地质调查所青年人才的来源，我亲自给他们一个简单的考试，每人分到十种岩石，要他们辨认，结果没有一个人及格！我看那表上果然每人有许多零分，问他怎么办。他说，我本是想同你商量，我们同去看蔡先生，请他老人家看看这张成绩单，我要他知道北大地质系办得怎样糟。他会怪我干预北大的事吗？我说，蔡先生一定很欢迎你的批评，绝不会怪你。后来我们同去看蔡先生，蔡先生听了在君批评地质系的话，也看了那张有零分的成绩单，他不但不生气，还很虚心地请在君指教他改良整顿的方法。”

蔡元培再次听从丁文江的建议，决定请李四光到北大来。对此事念念不忘的丁文江于当年秋天，托四弟丁文渊去伦敦办事时，和丁燮林一同到英国东部的康为尔锡矿山找正在那见习的李四光，再次商谈请他回国任教之事。

建德非吾土，维扬忆旧游。孰轻孰重，在李四光的心中有着坚定的选择，正如丁文江所言，祖国急需培养地质人才的工作者。恰在这时，一个令人愤慨的消息传到李四光耳中：中国作为第一次世界大战向德、意宣战的参战国，却在 1919 年初英、法、日、美准备召开的对德和约的巴黎和会上，遭到列强的不公正对待。此事激起炎黄子孙的极大愤怒，爆发了震撼世界的“五四运动”。

李四光的心情难以平静，他谢绝了鲍尔顿教授的诚心挽留和其他教授的善意推荐，决定回国。这个决定显然是坚定不移的，但是想到祖国正上演着军阀混战，到处都是你争我夺的不堪局面，非常不利于开展科学研究，他难免有些犹疑。时光不容浪费，李四光决定先去欧洲大陆作一次地质旅行，并对战后各国情况做些了解之后，再行定夺。

欧洲大陆的地质旅行

1920年伊始，李四光与丁燮林、王世杰同行离开英国，相继到德国、法国几个有名的工矿区进行考察。2月上旬，三人来到巴黎。巴黎也是中国留学生的集中地，这里的中国留学生多是半工半读的勤工俭学者。此时的李四光，尽管硕士毕业不足两年，但在海外学子的心中已是偶像级的人物，他们听说李四光到来，非常兴奋。

李四光对这些同胞也感到十分亲切，他深知，这批勤工俭学者大都是祖国的优秀青年，生活普遍艰苦。自己虽然享受官费出国，但是后几年也是在半工半读的艰苦岁月中坚持过来的，诸多方面与眼前的学友颇具相似之处。

2月28日上午，李四光应巴黎中国留学生勤工俭学会的邀请，作了题为《现代繁华与炭》的激昂讲演，遍受广大听众的欢迎。李四光首先表明了自己对当前欧洲各派学说纷争的态度："我们看待世界上的事物，包括学术问题，往往抱有一种人云亦云的态度，人类进步甚慢的最大原因恐怕就在这里。我们要互相勉励，要勇于向遇到的新景象、新学说进行科学分析，看它究竟是怎么一回事。"

接着，他进一步陈述了自己的心得。他说从事学术研究应该是："心只管细，胆只管大，只要掌握了逻辑的思维，哪怕是纷繁复杂的世界，天经地义的学说，都不能吓倒我们。当然，我们万不可故意与人家辩驳，与人家捣乱，或者逞一己的偏见，或者沽名钓誉。那种虚妄的行为不是勇猛精进的正道，它已远离自由讲学的正轨。"

在这里，李四光既提倡破除迷信的勇于创新精神，又强调实事求是、谦虚谨慎的作风。毫无疑问，这是一位伟大科学家必备的治学品格。

最后，他把主题扣紧在“繁华与炭”上来：“什么东西是现代繁荣的最大的凭据？这个东西就是大家知道的天然势力。天然势力的种类虽然很多，但可供人类使用的，至今只知道有流行的热势力。如若没有热势力，地球上今天恐怕没有生物，自然连人类也是没有的。热势力是由什么地方来的？小部分由煤油转变的，大部分是由煤炭转变的。从地质学上考究起来，我们确知世界上的煤油远不及煤炭多。所以最要紧的问题，还是煤炭。如今，哪一个所谓文明的国家不在大量开采煤炭？只有中国对煤炭矿藏还没有一个详细的调查，许多煤厂尚没有用新法开采。”

他凭借自己的学识积累，一口气把中国各省区已知的煤矿如数家珍般逐个讲述一遍，然后自豪地声称：“欧战之前，全世界一年所烧掉的煤炭大约有10亿吨。如若这个数目可为将来每年消耗煤炭的平均量，那么中国一国的煤炭可供全世界1000年之用。但是，人类越趋于繁华，煤炭的消耗量就越增加。有朝一日，中国的煤炭要烧尽，世界的煤炭也要烧尽。那么，有什么东西可以代替煤炭，维持人类的繁荣？”

这里，没有丝毫的个人名利与得失，一切都是为了祖国与世界的繁荣。这是他成为地质大师后在新中国的大地上指点江山，勘测出一片又一片丰富的石油，最终一举摘掉西方学者强加给中国“贫油”帽子的根本原因所在。

在这篇讲话中，李四光把人类能源概括为三大动力体系，即天体转动的潮汐动力，原子裂变的动力，太阳直送的动力（含直接的太阳辐射能量和间接的水力、风力等能量）。他还指出，另有一种蕴藏于地中的热能。显然，这种种卓越的学术见解，与他善把物理学和地质学融为一体进行综合研究的学识及方法密不可分。年仅30岁的李四光，能在20世纪之初明确指出研究解决人类能源问题的重要性及主要途径，令人叹服。

讲演结束后，李四光对留学生们给予了真诚的鼓励。他以自己为例，鼓舞大家不要被暂时的困难吓倒，每一字，每一句，都说到了学生的心坎中，赢得了热烈的掌声。这并非李四光天生具有过人的演说能力，他所说的，都是他一步步走过来的真实经历，讲起来自然真实生动。

事实上，在留学最艰难的时候，他一样乐观旷达，并且劳逸结合。为丰富业余生活，他学会了拉小提琴。心灵手巧的禀赋再次赋予了他神奇的魔力，他的演奏技巧后来变得非常高超。这次在巴黎，他用随身携带的一张8开12行的五线谱纸，谱写了共计5行、19小节的小提琴曲《行路难》。千万莫小看这次似乎无心插柳、率性而为的创作，这是中国人创作的第一首小提琴曲！

多年奔走空皮骨，信有人间行路难。袁世凯篡权后，觉得一肚子晦气才出国寻求救国之道的李四光，在英国苦读7年后发现国内军阀依然混战，这首《行路难》是此时此刻李四光心情的真实写照，低沉的主调中，带着高亢和悲愤的强音！这首曲子的手稿，现藏于上海音乐学院图书馆，该学院的作曲系教授陈钢认为："最可贵的是乐曲立意深邃，行路难，这真是中国知识分子苦难历程的一个大概括！"

回国后，李四光曾请北大同事、音乐家萧友梅过目提意见，萧友梅赞不绝口。在近八十年之后的北大百年校庆的晚会上，这首曲子第一次得到公开演奏。它的面世，修正了“马思聪是中国最早的小提琴曲作者”的说法。

为什么中国第一首小提琴曲不是出自音乐家而是出自李四光这样一位科学家手中？其一，当时的开明人士都清楚，要想挽救摇摇欲坠的旧中国，必须要到先进的西方国家去学习，而最早跨出国门的，正是一批批科学家，他们是最早接触小提琴这类洋乐器的中国人，而冼星海、马思聪、谭小麟这些著名的音乐家出国学习音乐，是后来的事了；其二，中国老一辈的科学家，所受的教育中都包括最正统的中华国学传统，以“习乐”来提升自身修养，自然也是李四光一生的爱好和坚持。实际上，李四光有着极深的国学基础，他的散文声情并茂，旧体诗神采飞扬，即使是地质学论文，同样写得龙文虎脊，有声有色！

离开法国后，李四光来到瑞士，深入考察了阿尔卑斯山。他登上海拔 4811 米的勃朗峰，考察了琳琅瑰丽的现代冰川及地貌形态。斑斓绚丽的冰川地形给他留下了深刻印象，他满心欢喜地摄下了它的写真照片。这些照片，成为后来研究中国第四纪冰川期的重要参考资料。

随后，李四光一行来到德国柏林，察看战后景况，并深入莱茵谷地，考察了有关矿山。在柏林，他收到了由伦敦转来的蔡元培字诚意真的电报，电报说希望他能尽快到北大任教。

李四光终于动心了。

他出国留学，就是为了回国报效，这毫无疑问。但他长期在英国专心治学，对国内政治形势和北大所知甚少。慎重起见，他给刚从北大毕业到伦敦留学的傅斯年写信询问有关事宜。

傅斯年立即回信如实相告，李四光这才得知，孙中山于1920年初发表了致海内外国民党党员信函，对“五四运动”表示了充分肯定并抱以热情期望，同时准备重返广州组织北伐，实现统一中华的共和大业。

北京大学是在清末京师大学堂的基础上扩建而成的。文科聘有陈独秀、李大钊、钱玄同、刘半农等一批倡导新文化的学者任教，理科与文科比较则略差一些，因此急需扩充师资。在蔡元培的开明领导下，学校正在大刀阔斧改革教学管理体制，提倡组织社团活动，并且成立了评议会，在教授中选出评议员共同进行民主管理，可谓风景一时新！

如此的政治形势和学校概况，让李四光看到乱局中的一线曙光。他拿定主意，停止了欧洲的学术考察，与丁燮林、王世杰一道在柏林坐上火车，穿过辽阔的西伯利亚，踏上了归国的路途。

与此同时，丁燮林也接到了蔡元培让其担任北大物理系教授的聘书。有好友继续陪伴在左右，这是李四光立刻回国的“非主流”因素。

洞庭一夜无穷雁，不待天明尽北飞。没有什么可拖泥带水的。祖国的召唤，正如母亲的声声呼喊，对离家已久的孩子来说，充满了无与伦比的魔力！

5

乱世露峥嵘

北大授课

1920 年 5 月，李四光回到祖国。

到北京之前，李四光先到阔别了 7 年的黄冈老家看望了亲人和乡亲。父母明显见老，而弟弟妹妹们已成长起来。他百感交集，作为孝子，他觉得没尽到敬奉老人的责任；作为兄长，他又觉得没有尽到携幼培育的义务。他感到深深的愧疚和自责。

然而，父母一致为他感到骄傲，认为他是李家的杰出后代，没有辜负先祖的期望；哥哥、弟弟、妹妹齐刷刷地为他感到自豪，认为他是时代的骄子，同胞的榜样。那一双双眼睛中流露出的，没有哀怨和指责，相反，都是赞许和钦敬！

李四光感到浑身颤栗，还有什么，能比理解更让人温暖得不可自持呢？雨果说：“亲善产生幸福，文明带来和谐。”李四光的各种行动都能得到亲人的一贯支持，是他能够坚持追求“科学救国”大业的坚强保障。

此时的北大，因人事方面不便更替，到京后的李四光先来到农商部，被任命为科长，与所长兼编译股股长丁文江、地质股股长章鸿钊、矿产股股长翁文灏等一起工作。

1920 年的秋季，北大地质系开课，李四光正式开始了他的教授生活。北大坐落在景山之东，地质系设在马神庙，在位于皇城内的吉祥胡同，街坊们开始经常看到三位文质彬彬的年轻学者的身影。

比这些街坊们幸运的是，这三人，我们都认识：最年轻的叫丁燮林，北大物理系教授，后来成为北大物理系主任；年长一些的叫王世杰，北大法学教授；年纪最大的是李四光。李四光与包括这两位好友在内的其他七人一起租住了胡同里的一所大院。因为都是刚归国的北大年轻教授，独行时风采翩翩，结伴则云龙风虎，时人称之为“吉祥八君子”，名噪一时。

1922 年，石瑛也应蔡元培之邀回国到北大任教，吉祥胡同的阵容更加强大，大家在一起纵横捭阖，指点江山。1923 年，李四光的两个结义兄弟王世杰与石瑛一道创办《现代评论》刊物，王世杰负责编辑，北大的石瑛、陶希圣、周鲠生、王星拱、皮宗石、丁西林等四十多名教授为主要撰稿人。《现代评论》文字明快锋利，为传播马列主义、弘扬民主与科学、倡导新政起到了积极作用，为当时最有影响的刊物之一。周建人、林语堂、吴稚晖、胡适、郁达夫、沈从文、李大钊、陈独秀等都热心为该刊撰稿。

李四光是怀着“科学救国”的志向从海外归来的，自然也是以科学家的态度从事教学工作。他非常赞同法国科学家巴斯德的见解：“科学是没有国界的，因为它是属于全人类的财富，是照亮世界的火把，但学者属于祖国。”

李四光从两次出国留学和在武昌负责实业管理的经历中深刻感受到，目前祖国的自然科学水平，尤其是地质科学水平与发达国家相比差距甚大。正是由于这种差距的长期存在，才导致五千年的文明古国在近现代工业落后、民族贫弱、听任列强宰割。要使中华民族尽快复兴，必须努力缩小这种差距，除了要推动社会制度的变革之外，就是要培育科学人才。而为了造就人才，必须在教育观念和教学方式上，进行紧跟时代步伐的大胆改革。

李四光对北大校风感到满意，觉得在这里试行教学改革没有多大阻力，对各项工作充满了信心。

他主讲岩石学和高等岩石学两门课。加上实习课，每周授课23个小时。他讲课极为认真，课前总要参考大量书籍资料，编写提纲，备足岩石标本、形象挂图和专用显微镜等直观教具及操作仪器，一丝不苟，从未发生过遗落。他对学生的要求同样非常严格，特别注意对学生的基础知识和基本功训练，从对岩石的肉眼识别到显微镜下的鉴定以及化学分析过程，他都要求学生熟练掌握。

这种严格教学在若干年后，居然产生奇效。1930年，一位失业的大学生正在上海街头徘徊，忽然看到熙熙攘攘的人群当中，有一个背影，他一眼认定，那就是自己的老师李四光！

他为什么只凭借一个背影就能认出老师呢？

原来，李四光对学生的要求严格到连走路也要练好基本功。他经常对学生说，脚步就是测量土地、计算岩石的尺子，迈出的每一步距离都要相等，并且要记住自己每一步的步长。要求学生做的，李四光自己首先做到。他走路不紧不慢，步子大小相等，迈一步就是0.85米。不论到哪儿，他仿佛都在度量着脚下的距离。时间长了，他的学生只要看见他走路的模样，就能认出他来。

这名学生叫许杰，北大1925届地质系毕业生。毕业那年，正值上海发生“五卅惨案”，全国各地工人、学生运动风起云涌，大革命风暴即将来临。读书期间就热衷于参加爱国学生运动的许杰，渴望能够投入到更火热的战斗中去。他婉辞了政府部门的聘任，回到老家安徽从事革命活动。但事与愿违，不久，大革命失败，他开始了不停的辗转颠簸，最终因为无事可做而流落街头。

这次巧遇，改变了他的一生。李四光望着衣衫褴褛、面黄肌瘦的许杰，几乎流出眼泪。他把自己的手绢递给许杰：“你暂时留在所里，安心工作，相信会有一番作为的。”在人头攒动的大街上，许杰向李四光深深地鞠了个躬。

经李四光举荐，许杰进入中央研究院地质研究所任助理研究员，从此开始致力于地质矿产调查和地质研究事业。凭借自己的才华和革命斗志，许杰最终成为我国著名地质学家、中国笔石学奠基人，直至成为恩师李四光的左右手——新中国地质部副部长。

如果没有李四光的慧眼识才和古道热肠，这些显然都将不复存在。鲁迅所言“横眉冷对千夫指，俯首甘为孺子牛”，在李四光身上是真正落实了的。

为教好这两门课，李四光要求学生掌握相应的数学、物理、生物、化学乃至矿物学、地层学等多学科的基础知识，达到“以广博求精深”的目的。课堂讲授与实验指导的相辅相成，是李四光教学的显著特点。他的课堂往往变成师生共同动脑、动手的实验工场。他以指导者的身份出现，把学生的注意力引入规定性的单元章节里，通过必要的讲授，不时展开当众的问答、讨论，组织大家利用标本、图例及仪器进行观察与分析，直至得出扎扎实实的结论，打破了“先生只管动嘴、学生只能动耳”的传统机械讲课模式，课堂气氛非常活跃。

学业考试更为独特。首次考试，同学们大都遵从以往的习惯背诵讲义，选择重点进行押题。谁都没想到，李教授只在黑板上出了两道闭卷考试题目后，就发给在场者每人几块不同类别的岩石标本，要求学生按照标本编号写出准确名称、矿物成分、生成条件以及与哪些矿产具有直接相连的关系。

就连一向“善考”的学生都被难住了，不少人下课铃响时仍在抓耳挠腮。走出课堂，大家相互吐舌头、做鬼脸，暗暗埋怨老师的古怪。然而，经过一番议论之后，大家又忽然觉得怪而不怪，感到唯有如此才有助于把所学知识变为实际运用能力。

理解了李四光的良苦用心，学生们更加敬佩这位教学脱俗的师长。没错，这种考试方法锻炼了学生的实际操作能力，为以后独立完成工作打下了坚实基础。

端正科学态度，改革地质教育

李四光任教期间，还经常带学生到野外进行实地教学，边看边讲。一个山头、一个沟谷、一堆石子、一条裂缝，他都不放过。这正是地质教学的鲜明特点，尤其是岩石学更离不开这个环节。虽然经费比较短缺，但他想方设法积极筹措。

1921 年的春天，李四光带领学生几次到北京西郊开展实地考察，路线是由三家店至金庄河畔的山下。

按教学要求，大家首先依据原有的地质图表辨认当地地质构造。经过反复核对，大家发现了不能自圆其说的学术结论：遵照《西山地质图》上的说明，这一带应该属于石炭二叠纪的辉绿岩和庙岭砂岩区，可是大家观察用地质锤敲打下来的所有碎片，却都是白色的石灰岩，这应该属于震旦纪。

是图表的记载错了，还是大家的辨析存在偏差?

李四光觉得这是一个不容忽视的重要问题。他领着学生继续考察，结果证实学生们的怀疑有理。这一带确实盛产石灰岩，甚至还专铺了一条便道铁路，不断从这里开采石灰岩运到金庄的铁矿公司。但是，很多同学不敢轻易怀疑《西山地质图》会有错误，因为该图是一位知名的外国地质学家亲手绘制和标明的，况且又是经过官方地质权威机构审定的出版物。

全体同学一致希望李教授给予圆满解释，这是多么值得珍惜的科学态度!

科学是什么？科学就是整理事实，从中得出普遍的规律或结论，它的反面则是盲从与迷信。“真知灼见，首先来自多思善疑。”李四光按捺住高兴和激动的心情，启发大家说：“从现实情况判断，我以为大致有两个问题需要大家再度思考：一，是否由于我们自己的经验不足，尚难理解图表上的标志含义；二，是否尽管图表作者属于学术权威，也曾来到这里做过调查，但是因为观察和辨析不够慎重，或者当时没有进行细致的记录，而后仅凭记忆中的大概印象仓促绘图并作如此说明的。”

“可是，李教授，我们所做的一切都是您亲眼得见的呀。”一个学生道，“再说，眼前的岩石都是您指导我们鉴定的，大家共同认为丝毫没有差错……”

“是的，咱们的工作属实没有丝毫差错。”李四光当众赞成。

“那么，归到学术结论上，到底是谁错了？我们应该相信谁呢？”另一个同学进一步征询老师的明确见解。

李四光笑了，拍着这个同学的肩膀对大家说：“我们应该相信事实，服从真理！”

这次野外作业，同学们大有收获，大长见识，最重要的是增强了相信真理、远离盲从的科学精神！大家也更加愿意跟随李四光进行艰苦的野外实习。他们多次奔赴华北平原开展各项考察，经常自发提出问题互相讨论。大家在李四光的具体指导下，对各种地层的层序、走向、倾角、断裂方位做好实测记录。每次实习回来，同学们都自觉背回很多有价值的岩石标本，分类整理，贴上标签，有序陈列在实验室里。这些标本，日后都成了我国地质宝库中的明珠。

一次，在西山杨家屯煤矿实习，一位名叫杨钟健的高年级学生背着一块含有植物化石的大石头，兴致勃勃地放在李四光面前。李四光十分欣慰，打量着满脸汗水的杨钟健，借用陶渊明《归园田居》中的一句“戴月荷锄归”，风趣地说：“你这该是‘戴月荷石归’啊。”师生俩顿时开怀大笑。

杨钟健是李四光的高材生，后来成为著名的古生物学家，曾任中科院院士、古脊椎动物与古人类研究所所长，著有《李四光老师回忆录》，对李四光老师的崇拜和信赖，维系了杨钟健的一生，而他自己所走过的路，甚至可以说是李四光当年的翻版。

1923 年夏，杨钟健从北大地质系毕业。当时，我国的古脊椎动物研究完全处于空白状态，这对我国中、新生代地层研究造成很大阻碍。在李四光的建议下，杨钟健把研究古脊椎动物作为自己终身事业，并于 1924 年 4 月考入德国慕尼黑大学地质系古生物专业，专攻古脊椎动物学。1927 年，他的博士论文《中国北部之啮齿类化石》发表，受到国内外学者赞誉，被认为是中国古脊椎动物学诞生的标志。深受老师爱国主义精神熏陶的他，次年 2 月返回祖国。1942 年至 1943 年，他参加了新疆石油勘测队，先后在独山子、库车和阿克苏进行填图找油的工作。在野外生活中，很多人不习惯边疆地区的膻肉酪浆，杨钟健却能适应这种生活环境，他还很有兴趣地向当地少数民族学习手抓羊肉和维族面包的手艺。1948 年秋，杨钟健出任西北大学校长，大义凛然地抵制了胡宗南将学校迁至成都的图谋。1949 年 4 月，他拒绝了国民党胁迫他去台湾的引诱，在南京迎接了解放。

极强的适应性和豁达开朗的个性，跟恩师李四光何其相似！

在狠抓教学的同时，李四光特别重视良好的学习环境和必要设施的建设。经费不足，他带领学生白手起家。当时的马神庙院内，因长时间无人清理，杂草丛生，潮湿脏乱。李四光组织学生丈量面积，绘制图纸，自己动手建设。他们在院中心建了一座高约 1 米半的圆形小石台，石台上安放了一架日晷，石台四面各刻一句话，连接起来就是："仰以观于天文，俯以察于地理，近取诸身，远取诸物。"以石台为中心，向四周有几条放射状小道，分别通向大门、教室、礼堂各处，全用碎石铺砌，两旁栽有冬青、刺柏。经过改造，院内立刻井然有序，舒适幽雅。

除此种种，精力充沛、眼观全局的李四光，积极参加学校各种校务活动。他担任过北大二院的庶务主任，北大预科、仪器、聘任、财务及图书委员会的委员、主任等职务，无论身处何职，他都热心为师生服务，得到了广大师生的拥护和信任。1922 年 11 月和 1924 年 10 月，李四光两度当选为校评议会评议员，参与了有关治校的决策性讨论。

1922 年，北大建校 25 周年，为扩大学校影响和取得社会支持，蔡元培主张借校庆之机展示一下办校成绩，李四光负责地质部分的展览。

沉甸甸的任务加在了李四光的肩上。他带领学生不辞辛劳，夜以继日，把矿物、岩石、化石标本及学生的报告、论文等分门别类展示在地质系各个教室里，由此诞生了中国首次内容丰富的地质科学展览。从 12 月开始，北大各研究所、实验室、图书馆全部开放，前来参观的人络绎不绝，校庆简朴、热烈而隆重。

32 岁喜得娇妻

1921 年，已经 32 岁的李四光，高大英俊，性格温和，是一个不折不扣的“帅哥”，从来不乏国内外姑娘们的青睐。但由于钟情于事业，他的婚姻问题迟迟未能解决。于是这一年，在著名化学家、北大化学系教授丁绪贤的牵线搭桥下，李四光与江苏无锡才女，23 岁的许淑彬结识。化学教授的“催化”能力显然不同凡响，这是一桩当事双方都终生满意的婚姻。

许淑彬的父亲许士熊曾在驻英大使馆任职，20 世纪初奉调回国任教育部秘书。许淑彬随父回国后，在上海天主教会开办的一所中学读了5年书。她天资聪明，勤奋好学，英语、法语、音乐成绩优异。中学毕业后，许淑彬随母亲来到北京，担任北京女子师范大学附中的音乐和英语教师。

说来也巧，两人曾经在某次公益募捐晚会上同台演奏过，一个弹钢琴，一个拉提琴，弦凝指咽声停处，别有深情一万重。现在，当两个人的目光隔着丁绪贤交织在一起时，双方似乎都立刻听到了对方心脏怦怦的强烈跳动声!

恋爱刚刚开始，许淑彬的父亲突然因病去世，家中事情主要由刚从美国留学归来的哥哥作主。许淑彬的哥哥虽然同样喝过洋墨水，却鼠目寸光，极力反对妹妹与李四光谈恋爱，理由是“李四光家境贫寒”。

许淑彬不同意哥哥的看法，说：“李四光才华横溢，事业心强，又无不良习性和嗜好，日后必有前途。你不喜欢李四光，是目光短浅，只见树木不见森林。”

所向无空阔，真堪托死生。许淑彬早已看出李四光“骁腾有如此，万里可横行”的杰出才华，一颗芳心牢牢锁定。兄妹俩为此时常争论，这令许淑彬陷入了痛苦之中。令她感到欣慰的是，李四光对她爱意甚坚，经常邀她一起作曲、唱歌、散步、玩乐器，谈人生和理想，感情日益升华。他的风度和执着，越来越让许淑彬欣赏之余感到无比的踏实。

许淑彬决定去求助母亲。所幸，许淑彬的母亲很喜欢李四光，为了女儿的终身幸福，老太太几次去找儿子做工作，好说歹说，最终让儿子改变了成见。

有情人终成眷属。经过长达两年的爱情长跑，1923 年 1 月14 日，这对新人在北京吉祥胡同李四光的住所结婚。婚礼谈不上豪华气派，但绝对称得上名流云集，星光璀璨：学界泰斗蔡元培前来证婚，丁燮林、王世杰、陈西滢、凌叔华等密友、同事都来捧场，一时间精英抱拳，牛人还礼，现场煞是好看！

李四光从此结束了单身生活，旋即举家搬出吉祥胡同，在东城学池小住一段时间后，又迁往三眼井胡同西口外北边，自己设计并监工，造了一个安乐窝。

一年明月今宵多，甜蜜的新婚生活开始了！

然而，矛盾随即出现。“三日入厨下，洗手作羹汤”的许淑彬，兴致勃勃地开始了崭新的生活，殊不知却“热脸贴在冷屁股上”：婚后的李四光，认为自己已过而立之年，正是大干事业的好时机，万万不可因小失大，因而，埋头于科研时，他总是顾及不到家庭和许淑彬，谈恋爱时的主动和殷勤，霎时恍如昨日黄花。

并非是许淑彬心中没有“勿为新婚念，努力事戎行”的识大体、顾大局，实在是婚前婚后的反差过于强烈：婚后的李四光，常常是夜以继日地工作，甚至很少休息。每天他都工作到很晚，一般街上路灯已经通明很长时间了，李四光才拖着疲惫的身体骑着自行车回家。每次李四光回到家，工作的痕迹也会带回来，只见他脸上科研时候带上的泥痕白一道、黑一道，好像化了妆，让人看了特别好笑。每次这样，许淑彬都会开玩笑地说：“又演什么角色了?”但当看到李四光手提包里的馒头一天却只咬了几口，她又特别心疼。

心疼归心疼，长此以往，年轻活泼的许淑彬难免感到会寂寞、孤独。一次如此，两次照旧，三次照样接着来，李四光对许淑彬的无暇顾及，让她积压的情绪从量变到质变，逐渐将失落积累成了愤怒。

一次，许淑彬约李四光星期天一起到颐和园散心，到了日子，李四光却因为要急着修改一篇文稿到学校去，满口许下的承诺霎时打了水漂。许淑彬怒不可遏，独自抱着刚满一岁的女儿去往颐和园。如梦初醒的李四光骑着自行车在颐和园门口赶上她，并且一再向她道歉，她的气许久未消，对李四光很长时间不理不睬。

石头，是李四光的最爱，在野外考察时，他有时困得不行了就枕着一块硬石头睡觉，什么时候被石头硌醒了，就立刻起来工作，可谓睡也石头，醒也石头。单身时，当然无人对此评头品足，但婚后依然将其视为唯一，让李四光很快就触了"霉头"！他不亦乐乎地往家里搬石头，今天五块，明天七块，大大小小的，摞在一起，堆个假山都够了。而且，一研究起来，他就把妻子、孩子都忘在了脑后。

新婚的娇妻还比不过面貌丑陋的陈年石头，许淑彬怎么也想不通。一次，她趁丈夫不在家，偷偷将一块石头拿去压了腌菜。殊不知，李四光对别的东西总是大大咧咧，对石头却无比敏感。他回家后立刻发现了这一"严重问题"，板着脸批评了许淑彬一通，许淑彬的火正无处发泄，立马顶了回去。为这事，两口子一连几天不说话。

"萧娘脸薄难胜泪"，但优雅端庄的许淑彬需要继续忍耐下去。有一段时间，李四光因赶写科研论文，每天都深夜才到家。许淑彬怕他身体垮了，一再嘱他晚上要早一些回来，就这么一个"小小"的要求，李四光却硬是无法做到！

是可忍，孰不可忍。为改变李四光的这一"不良"习惯，许淑彬终于决定出手了！这一天晚上，她乘李四光未回，抱着孩子偷偷回了娘家。李四光深更半夜回来后，以为妻子、孩子像以往那样早已睡了，便轻手轻脚走到床边，照例满含歉意地掀开被子。他顿时吓了一跳：被子里没有人，而是一块长石头！

片刻的震惊之后，李四光第一次坐下来，认真思考家庭生活。第二天一大早，经过冷静思考的李四光，急匆匆赶到许淑彬的娘家，解释、道歉、赔礼、哄劝，终于把娘儿俩又接了回来。

“石头”风波对李四光颇有触动，他深深感到：事业与家庭相辅相成，家庭问题处理得好，是事业的推进剂；处理得不好，就要拖事业的后腿。家中出现的几次矛盾，自己是逃不了干系的。自此，他学会了如何经营婚姻与家庭，对妻子的生活渐渐变得体贴、关心了。紧张工作之余，他还主动报名，演奏优美动听的小提琴协奏曲给妻子听。而随着聪明可爱的女儿一天天长大，家庭乐趣更是越来越多。

这一天，很晚了李四光还没回家，妻子领着女儿到学校去接丈夫。女儿轻手轻脚走到爸爸的身旁，正在专心致志观察着显微镜的李四光感到身边有个小孩子，就头也不抬地问：“你是谁家的孩子？这么晚了还不回家去，你妈妈要想你了。”瞬间爆发出来的大笑声险些骇倒李四光。

事实上，李四光在生命的最后时刻，只想到两件事：一件是他如鲠在喉的地震预报尚未攻克；另一件，就是对许淑彬放心不下！

李四光去世后，许淑彬果真痛苦至极，精神几近崩溃，生活索然无味，由于对丈夫的过度思念，她病倒了，不久后，也撒手西归。

“请你选择一下，是专心于事业的人好呢，还是只能陪你玩的人好？我有我的工作，现在年轻时不干，年纪大了就干不成了。”也许，在许淑彬最后的时刻，她的耳边会依稀想起李四光结婚以后对她提出的这个问题。为了事业，两人牺牲了太多的家庭生活，但无疑，历久弥深的这种夫妻间的情深意切，令人赞叹。

赴南京，创立地质研究所

1925 年秋季，苏联科学院邀请北大参加该院成立 200 周年纪念大会。苏联科学院原称彼得堡科学院，实力雄厚，名流聚集，成果累累，享誉世界，建于 1725 年，1917 年十月革命之后改为此名。

北大决定派李四光前往。李四光欣然受命，也很想借此了解一下共产党国家的科研状况。到达莫斯科的时间是 9 月 3 日。苏联政府为了这次大会，专拨 200 万卢布的巨额经费，并且做了近半年的充分准备，李四光为苏联当局如此重视科学事业深受感动。

大会举行了 10 天。前 5 天在列宁格勒，后 5 天在莫斯科。李四光在列宁格勒参观了科学院直属的 30 多个科研单位，诸如人类学陈列馆、矿物陈列馆、地质陈列馆、动物陈列馆、亚洲博物馆、生物学院、生理学院、物理学院，以及托尔斯泰陈列馆等，其类别之健全，内容之丰富和价值之巨大，使李四光赞叹连连。

在莫斯科进行的各种学术报告，也深深吸引了李四光。期间，他会见和结识了许多苏联和其他国家的知名学者，更与苏联科学院院长卡尔宾斯基，地质学家巴甫洛夫、波里西雅克、克里脱菲维奇，矿物学家费尔斯曼，古生物学家鲍尔霍维金诺娃等交往密切，就地质学、矿物学、地球化学和古生物学的现状与未来各抒己见，互有补益。鲍尔霍维金诺娃还热情陪同李四光到莫斯科近郊波多尔斯克观看了中石炭纪地层实况。

此后，李四光与这些苏联科学家保持了经常性的学术往来，不断交流各自的研究成果，直接促进了两国地质科学的互动与发展。李四光还特别邀请了苏联科学院的永久书记欧登堡来中国进行讲学。

科学院和与会科学家对李四光都很热情与尊重，赞赏他在地质学和古生物学领域作出的贡献。一天，苏联科学家陪同李四光来到通往华沙的大道湾，共同登上一座小山游览。这里，是拿破仑扩张侵略一败涂地的地方。面对侵略者惨败的历史见证，李四光坚信包括瓜分中国的列强在内，一切帝国主义的侵略势力，最终都不会有好下场。

回国之后，北京大学专门举行欢迎茶会，李四光详尽地介绍了纪念大会的盛况和自己的各种观感，以事实批驳了某些人认为苏联政府不尊重自然科学和不尊重知识分子的种种说法，澄清了许多观念，直接推动了中、苏两国之间的科技往来。李四光此行，同时也使苏联科学家和各国出席这次大会的科学家，进一步认识了北京大学以及中国的科学事业。

1926 年，军阀张作霖控制了北洋政府，广东国民革命军开始出师北伐。1927 年 6 月，张作霖自称大元帅，指派刘哲为教育总长，不久，北京九所国立大专学校被合并为“京师大学校”，北京大学为此一度中断。

形势恶化，越来越多的学者开始注目于南方。

1927 年 11 月，南京国民政府决定成立一个全国最高的综合科研机构，定名为中央研究院。蔡元培出任院长，杨铨担任秘书长（后改称总干事）。首批组建四个直属部门，即社会科学研究所，理化实业研究所，地质研究所和一个观象台。经蔡元培推荐，由李四光筹建地质研究所。

李四光奉命来到南京，立即着手创立这个专业地质研究基地。第二年，地质研究所正式成立，李四光任所长。从此，李四光结束了在北京的八年生活，开始了新的征程。

这时的李四光，无党无派，但却是一位忠贞爱国的教授和浩气凛然的科学家。他自幼痛恨军阀割据的内战纷争，更憎恨外敌的侵入。他坚定地认为，祖国的强大需要依靠科技进步，民族的振兴需要凭借科学与民主的精神。他不赞同派别之间的唇枪舌战，也讨厌只唱革命高调的清谈家。他主张务实，他要以实实在在的科研成果报效自己的国家。

很多人不曾听闻，就在来南京赴任的前两年，李四光被卷入了一场学潮风波，与鲁迅展开了轰动一时的政治论战。北京女子师范大学校长杨荫榆女士是许淑彬的同乡，自然也与李四光有所交往。1925 年 5 月，杨荫榆不准女师大学生参加社会上的诸多活动，激起学生反抗，学生一度占领了学校，要求教育当局罢免杨荫榆的校长职务，此即轰动一时的“驱羊（杨）运动”。

平心而论，若在安稳的时期，两度留洋、拥有哥伦比亚大学教育学硕士头衔的杨荫榆完全有可能成为一名合格甚至优秀的大学校长，然而她身处乱世，劲敌太多，政治上的歧道纷出更是让她无所适从。她不赞成学生上街游行、荒废学业，用心自然是好的，处理方法却过于极端，最终引来警察入校，使对抗升级，更是极不妥之举。

杨荫榆在极端不利的情况下，邀请李四光以著名教授的声望来为女师大解困。李四光出于友情，来到女师大劝说了学生几句。这下可捅了马蜂窝！立刻，鲁迅发表文章怒骂李四光是杨荫榆的“死党”，接着又连篇累牍发表文章，对李四光进行指名道姓的讽刺与挖苦。

李四光当仁不让，也用冷嘲热讽的语言予以针锋相对的逐篇还击。其中很多文字，可以表达李四光这个时期的政治态度和人生观念。口开神气散，舌动是非生。李四光毕竟是拥有大心胸的学者，他立即意识到自己的这一行为于国于己都是无益的。

1926年1月30日，他在致北京《晨报》编辑徐志摩的信函中写道：“我听说鲁迅先生是当代比较有希望的文士……暗中希望有一天，他自己查清事实，知道天下人不尽像鲁迅先生的镜子照出来的模样。到那个时候，也许这个小小的动机，可以促使鲁迅先生作十年读书、十年养气的功夫，也许中国因此可以产生一个真的文士。”

第二天，李四光再次致函徐志摩，表示自己不想在国破家亡的危难处境中进行无谓的争执，申明就此休战的态度，他写道：“鲁迅先生骂我的话，虽然大部分都是误会，但在他也未必没有几分捕风捉影的理由。在事实证明了的时候，我的事完了，用不着多说话。”最后写道：“任我不懂文字的人妄评一句，东方文学家的风味，他似乎格外的充足，所以他拿起笔来，总要写得露骨到底，才尽他的兴会，天下想无不了之事，况且现在我们这个中国，已经给洋人、军阀、政客弄得不成局面，指导青年人，还要彼此辱骂，造出一个恶劣的社会环境，这不是自杀？对于一切的笑骂，我以后决不答一辞，仅守沉默罢了。”

徐志摩赞同李四光的表态，在发表他的最后一封信函时，以

《结束闲话结束废话》为题撰写短文，希望双方停止笔战。文中写道："带住！让我们对着混战双方猛喝一声：'带住！'"然而，"一个都不宽恕"的鲁迅仍不罢休，又于2月3日发表文章，题目就是《我还不能"带住"》。不过，李四光确实信守自己的诺言："不答一辞，仅守沉默。"此后，人们再也见不着李四光的回敬文字。李四光觉得没有意思，无端浪费了很多宝贵的科研时间。许淑彬为此感到对不起丈夫，后来内疚地说："那场纠纷，都是我给他惹出来的！"

事实上，这场风波绝非两个人之间的争议，而是宛如党派矛盾。自从1925年女师大学潮蜂拥以来，浙江籍北京大学国文系教员马幼渔、马廉兄弟，沈士远、沈尹默、沈兼士兄弟，鲁迅、周作人兄弟，以及马叙伦、钱玄同、朱希祖等人，一直站在号称是"法日派"的国民党元老李石曾、吴稚晖、易培基、顾孟余等人一边，与已远在欧洲的蔡元培为精神领袖的蒋梦麟、胡适、石瑛、王世杰、周鲠生、陈源、丁西林、李四光等"英美派"及"现代评论派"成员，处于敌对状态。

艰辛筹建研究所

无论如何，李四光是接受了这次教训到南京任职的。他发誓要力戒空淡，务实进取，他暗暗以曾到访过的苏联科学院为标杆，开始了艰苦的地质研究所筹建工作。

首先是选择所址，购置设备。

当时，国民政府刚刚建都南京，诸多机关纷纷成立，房舍异常紧张。为了不耽误筹建日程，经主管部门批准，李四光暂时把所址设在上海。他带领有关人员赶到上海，临时租用民房安营扎寨。开始时住在闸北宝通路，不久迁至霞飞路，隔一年再搬到沪西曹家渡小万柳堂，又隔一年，因淞沪之战爆发，曹家渡处于战线区无奈继续转移，几经商洽才转到中国科学社的明复图书馆借地安身。

堂堂的中研院地质研究所，逃荒式地东奔西跑，让人啼笑皆非。多年以后，李四光回忆此间情景时，不无慨叹地说："隔不了多久，几个人又要扛着'地质研究所'这块招牌，在上海马路上跑来跑去。"

这年秋天，中研院于南京鸡鸣寺路的办公大楼终于建成，地质研究所总算有了一个家。此前，他们等同于游击队，队长便是李四光。得到一个固定场所，李四光欣喜异常，从选址、设计到施工监理，李四光几乎全部参与，很多细节亲力亲为，比他为自己建造北京的私宅时更加尽心尽力。

时光可鉴。如今，这座古朴的三层小楼，虽然略显陈旧，但曾经的大气和优雅尚存，室内地面依旧光滑，窗子仍然保持当年原状没有变形，可见李四光及他的设计、建筑团队当年是如何用心！

随之，在杨铨的鼎力帮助下，图书、资料和仪器等必要设施逐渐得到充实。

接着是健全队伍，确立岗位。

从这时起，李四光把主要精力转移到了领导地质研究所的工作上来。为把研究所办成学术权威机构，李四光吸收了一批年轻的学者到所里工作，还聘请了一批有贡献的地质学家为兼职或特约研究员。

此时，又是丁文江给予他大力协助。初期，所内只有研究员6人：李四光、孟宪民、叶良辅、李捷、李毓尧、王恭睦，加之助理研究员俞建章、陈旭、丘捷、赵国宾、朱森及助理员何作霖、舒文博，13 人堪称建所元勋，6 名研究员则是核心和台柱。而其中的叶良辅和李捷，毕业于农商部地质研究所，并在农商部地质调查所工作，是丁文江和翁文灏的得意门生兼得力助手，将两员心腹爱将调过去协助李四光，是丁文江对李四光最大的支持。

李四光主张人员和机构必须精干，各项工作都应取得事半功倍的效能。随着人员不断招募，所员达到 29 人，其中专职研究员 8 名，兼职研究员 1 名，特约研究员 4 名，助理员 11 名，绘图员 2 名，图书管理员兼庶务员 1 名，文书 2 名。以后，人员虽有更迭，总的变化却不大，所长和秘书一直由研究员兼任。

李四光对人员聘任十分严格，既重视学识又强调品德，除特约研究员之外，尽量选拔年轻有为者，而且量材使用，明确分工。在他运筹帷幄与精心调度下，朱森主攻地质构造，叶良辅和喻德渊研究火成岩，孟宪民和张更扎根矿床，舒文博专注岩石，李捷和张祖立足区域地质，斯行健研究古植物，俞建章研究头足类及珊瑚，陈旭研究蜓科，等等。李四光的知人善任，最终使这些研究员都成长为本行业的领军人物！

关于研究所的工作方向，李四光在组建开始便有明确阐述。他说："本所的研究工作，应特别注重讨论地质学之重要理论……目的在于解决地质学上之专门问题，而不以获得及鉴别资料为满足。"为此，他尤其强调理论联系实际，毫不含糊地指出："野外调查是研究地质之根本。"此外，他还关注与其他地质部门的协作关系，要求派调查人员时应该"事先与国内其他地质机关协商联系，减少同一地区之重复和人力物力浪费"。

建立严格的规章制度，是李四光一贯的工作作风。他亲手设立所内人员考勤卡片，研究人员每天上班必须到所长或秘书办公室领取当日卡片，真实填写到所时间、工作简况和离所时间，及时交付存档。累一月钉成一册，作为季度、半年和全年考核依据。

每次工作人员从野外调查回来，李四光都要仔细阅读他们的报告，逐个检查采回的标本，看鉴定是否准确，最后再对他们的工作提出意见和评价。在李四光的耐心指导下，研究人员的业务水平提高很快。

李四光对所员关怀备至，同时又奖惩分明。对有培养前途的人员，设法创造条件派到外国访问考察。他说："地质科学是一门世界科学，一个国家再大也只是个局部。"他先后派出俞建章、朱森、张更、陈旭和斯行健等分别去英国、美国和德国进行学术交流。

为增强学术气氛，李四光创办了"地质研究所同仁半月会"，制定会章，每隔一周举办一次内部学术演讲，讨论地质学各种问题。与此同时，筛选价值较高的专题论文汇集成册，分中文集与西文集印刷出版，被研究院评为"杂志刊物的标准成绩"。

短短几年时间，一个人员精干、体制完善、学科齐全、运行有效的正规研究机构，在"中华民族到了最危险的时候"破天荒地傲然崛起！这其中，凝聚着李四光的多少心血，饱含着他的多少汗水，无法计算。

地质科学的特殊性在于，要想判断现在的某个研究，必须参考之前发表过的种种文献，必须和之前收集的古生物标本作对比研究，因此，离不开古生物标本和文献资料，李四光对此非常重视。

担任所长后，他带领学生和研究人员常年奔波野外，精心收集生物标本，逐渐，这方面的资料越来越丰富。

但相对于遍地都是的生物标本，相关的理论书籍则非常缺乏，这让李四光非常头疼。好在，当时李四光经常赴欧洲讲学、参加学术会议，他抓住一切出国机会，动用自己所有积蓄，在欧洲遍求地质学、古生物学的二手书籍。当时的地质学术中心在欧洲，很多理论书籍也是欧洲专家所撰写，李四光每到一处必拼命收购市场上的二手书籍，最后居然搞得当时的欧洲二手书市场价格猛涨，这不能不算作一个趣谈。

虽然耗费了几乎所有积蓄，但是李四光收获颇丰，到现在中科院南京地质古生物研究所古生物专用图书馆的很多书籍，都是李四光当年不远万里从欧洲带回来的。当然，标本馆内，也存有大量李四光采集回来的古生物标本。“南京古生物所能够成为世界三大古生物研究中心之一，李四光先生功不可没。”谈起第一任所长李四光千金散尽为国家的爱国主义精神，现任所长杨群由衷赞叹。

武汉大学迁校，定址珞珈山

1928 年 7 月，南京国民政府大学院（教育部）决定改建武昌中山大学（原武昌高师）为国立武汉大学，大学院院长蔡元培任命李四光、王星拱、叶雅各、张难先、石瑛等人组成“国立武汉大学”新校舍建筑筹备委员会，李四光为委员长，农学家叶雅各为秘书，负责筹备和建筑新校舍。

1929 年，李四光的好友王世杰正式出任国立武汉大学校长，他在就任演讲中说：“武汉大学不办则已，要办就要办成一所有崇高理想的一流水准的大学。”他提出要把武汉大学办成一所拥有“文、法、理、工、农、医”六大学院的综合性大学，规模要达到万人以上。这在当时是一个极其宏伟的理想。

李四光投入了紧张的选址工作中。他和叶雅各带着干粮，骑着毛驴一次次地出城选址。1928 年 10 月，一个阳光灿烂的星期天，当他们来到武昌郊区东湖罗家山一带时，李四光立刻看到了若干年后的美景！他激动地从毛驴上跳了下来，一遍一遍地说："没有比这更合适的校址了！没有比这更漂亮的地方了！"

罗家山过去是坟山，主人姓罗，故名罗家山。此时，周遭尽皆荒山野岭，一片凄凉。后来，受命为文学院院长的闻一多给平庸俗气的罗家山换了一个韵味无穷的名字，此即一直延续至今的"珞珈山"。

选址定下来后，民间立刻响起很大的反对声，很多人到省政府请愿，说"祖坟山不能建大学"。最激烈的时候，老百姓扬言要挖王世杰的祖坟。但王世杰、李四光认为这个地方如果不建大学就愧对后人，尤其是王世杰，他冒着风险，力排众议，果断派学生把路边的坟一夜之间全部迁掉。最终，经过李四光、王世杰等人的斡旋捭阖，此事得以圆满解决。

之后，李四光亲赴上海，请来国际一流建筑师凯尔斯，担任新校园建筑规划总设计师。凯尔斯精通中西建筑，为清华大学做过设计，时年 58 岁。他敬畏这座山，每天在山上不停地转，有时会静默地站在某处，一站就是几个小时。半年后，凯尔斯拿出规划设计图。原本，罗家山土薄缺水，不适合民居。凯尔斯设计的建筑化腐朽为神奇，根据中国传统建筑的"轴线对称、主从有序、中央殿堂、四隅崇楼"的原则，并巧妙利用珞珈山地形，完成了非常优美宜居的武汉大学新校舍的设计。

李四光随即又请来湖南大学土木工程系缪恩钊教授做监理工程

师。缪恩钊毕业于清华土木系，留学麻省理工学院和哈佛大学，是一位优秀的青年建筑专家，一流的监理工程师。委员会选定驰名全国的大公司汉协盛、上海六合、袁瑞泰、永茂隆等营造厂负责承建。

十年辛苦不寻常，在众多精英人士的鼎力配合下，文学院、法学院两座独特的骰形广厦，理学院和工学院两大片中西合璧建筑楼群傲然而生，造型风格各具特色，在国内高校独树一帜。学生宿舍樱园老斋舍依山就势，巧手天成；学生食堂、小礼堂与俱乐部秀外慧中，特别是老图书馆，古朴典雅居群楼中央，扼校舍至高，俨然一座惠泽天地的科学殿堂。

与此同时，由叶雅各负责引进种子，王世杰亲自带领师生从东门口到珞珈山一路拼命造林，半年内即植树50万株，校园绿化林基本成型，这才有了今天武大的树木葱茏。

武大从武昌东厂口迁至珞珈山。开学典礼上，王世杰动情地说道："十二年前，我和李四光在回国途中曾经设想，要在一个有山有水的地方建设一所大学，今天，这个愿望实现了！"

武大校长任后，王世杰还担任过国民政府教育部长、宣传部长、外交部长等职，但他临终前嘱咐子女，其墓碑上只保留'前国立武汉大学校长'一职，可见其对武大的情有独钟。珞珈山，是他最后日子里，一个撒手尘寰都解不开的结。

从古老的风水学来讲，武大同样是建筑史上的杰作。它紧紧地扣住了风水学中的四个要点：觅龙、察沙、观水、点穴，而这四点，每个都和环境有关。觅龙指建筑要有山而依，但不要建到山顶上；察沙指建筑不要把旁边的"左青龙、右白虎"遮挡住；观水指不要破坏地与水的联系及水的形态；点穴指要在合适位置，不能太霸道，也不能太委屈，勿邪求正。

李四光选的这个穴位在狮子山，位于珞珈山和洪山之间，珞珈山是左青龙，洪山是右白虎，南望山是左青龙外山，蛇山是右白虎外山。它坐在狮子山上面，正前方一块高地是前岸山，后面的华师桂子山是后岸山，朝山是九峰山。它以水龙作为龙脉，这个龙脉是发源于昆仑山的汉江，堪称大气磅礴，街道口的排放水则是它的水口。凡此种种，鲜明地显示出李四光雄厚的中华传统文化根基。

事实上，中国古代的建筑极少是建筑师设计的，大多都是文人，文化在中国建筑中不仅是先导，更是灵魂！今天，如果要评选武汉最好的老房子，在太多人的心目中，非武大建筑群莫属。这里，充满了李四光逻辑思维、国学底蕴以及浪漫思想的三重交响！2003 年 11 月29 日，李四光与王世杰的塑像在武汉大学隆重揭幕。

斯时，李四光身兼三职：中研院地质所所长、北大教授、武大“建委会”委员长。他不知疲倦，又平易近人，每次到校，总是愉快地接受王世杰的邀请，利用晚上在理学院的阶梯教室向师生做学术演讲。他的报告题材很广，大多取自其研究课题：《庐山冰川问题》《东亚恐慌中中国煤铁供应问题》等，他的演说从来都是言之有物，更兼忧国忧民之情。

这是李四光某次演说中的内容，“抚顺的烟煤，其产量很多，煤质亦佳”，而“日下全区煤田，全在日人势力控制之下”，“中国蕴藏百分之九十以上之采取权，完全操诸日人之手”。他大声疾呼：“国人早日醒悟，急起图之！”李四光的每次讲演，都极受欢迎，教室内外挤满了人。

从到任之日起，直到十余幢建筑全部落成，李四光方才卸任，给人们留下了一栋栋流光溢彩的古典建筑、一座座金碧辉煌的玉阁黉宫，这中西合璧的完美杰作，像一幅绝美画卷，镶嵌在葱茏叠翠的珞珈山麓，如今大都成为国家级重点文物保护对象。

古生物蜓科鉴定法

相比李四光运筹帷幄的地质学科学才能，他对当官素来缺乏兴趣，更没有官场人士必备的复杂心机。这在他代理中央大学校长一事上最早得以体现。

1932 年 7 月 6 日，面对一年内接连换了 5 个校长的中央大学，行政院特设中央大学整理委员会，蔡元培被聘为委员长，顾孟余、李四光、周鲠生、俞大维、竺可桢、钱天鹤、张道藩、罗家伦和谭伯羽等为委员。7 月 18 日，行政院聘任李四光为委员会副委员长，同日，蔡元培提名李四光为中央大学校长。7 月 20 日，蔡元培致电李四光，请他速从北平南下接事，李四光同意一周内即赴南京出任副委员长，但他特别强调其并非“代校长”，只是执行委员会各项计划，待校长正式任命他人后，自己仍继续从事研究工作。

7 月 28 日，李四光抵达南京，以其著名学者身份和薄弱政治背景，受到中央大学学生的热烈欢迎。他态度谦逊，表示需赴上海和蔡元培商妥各院长及系主任人选后才能进行实际的整理工作。

最初尚属顺遂，李四光每日在校办公，主要进行准备工作，如确定学生甄别委员和各学院院长人选，考虑重新聘请教授事宜。他极为谨慎，从不独裁整理事务，常到上海和蔡元培商量，并希望蔡元培来南京统筹。但是，李四光逐渐发现中大是个烫手山芋，整理工作很不顺畅，首要问题就是教授的消极抵抗。

段锡朋代理校长时，中央大学曾向62位教授颁发了下一学年聘书，照例应聘者应于一月内交还聘书，不应聘者也应退还聘书。但时至李四光代理期间，仅有20人送来聘书，致使教授聘任工作受到严重阻碍。这背后的深层原因，是中央大学因学生“驱段”而被解散时，教职员连同解聘。相当一部分教授非常不满，教授的对立情绪在学校进行整理期间仍然延续，李四光执行中大整委会决议的合法性因而也受到牵连——颇受质疑。

8月10日，蔡元培致函其他委员，称李四光因“实施甚为困难”，已向行政院提出辞去副委员长职务，蔡元培也准备辞去委员长一职，并请所有委员集体辞职。当天，蔡元培代表所有委员向行政院长汪精卫提请辞职。8月23日，行政院会议决议，准予蔡元培等辞去整理委员会委员、李四光辞去代理校长的职务。

李四光首先是一名学者，他没有能力和经验应付此时中央大学复杂的局面。他在致胡适的信函中，袒露了自己的抑郁心绪：“关于中大事，惭愧极了。我不能整理，也觉得无法整理。一面是整委会，一面是老教授，一面是政府，一面是学生，四把尖刀好像都集中在我一个人身上。”“到南京上任后，终日活埋在人丛祸结中，找不到一条出路。我想我是什么人，哪会干这种玩意儿，误人害己，罪恶难逃，想来想去，终只有辞职一途。”

做官不成，但是做学问，却是李四光擅长并热爱的。而作为地质学家，李四光的理论建树是多方面的。其中最为卓著的，首先是人所共识的古生物蜓科鉴定法。

蜓，是一种潜海的单细胞动物，栖于海底，靠丝状伪足伸缩爬行，由于外壳酷似纺锤，国外称之为“纺锤虫”，最早出现于石炭纪初期，曾广泛分布于世界各地，种属繁衍甚多，到二叠纪末期绝迹。我国石炭二叠纪地层分布很广，对比研究各种各样蜓化石的形态和特征，确定它们种属演化的关系，是详细划分石炭二叠纪含煤地层，寻找和开发煤炭资源不可缺少的一种可贵依据。

所谓石炭二叠纪，是地质年代石炭纪与二叠纪的合称。石炭纪是主要造煤时代，分为早、中、晚三世。二叠纪分为早、晚两世。近代世界对于蜓科化石的研究仅有几十年历史，某些外国学者曾在19世纪前后到中国做过一番零星调查，由于他们占有的标本有限，所居层位也不系统，得出的结论很难说明问题。可见，当时国际上对于蜓的研究亦属于薄弱学科。

李四光认为，划分含煤地层是个重要课题。地层划分不清，就不可能推知矿产生成规律，而要解决这个问题，必须首先研究保存在地层中的古生物演变历史。据此，深入开展蜓科研究，探讨蜓科鉴定方法，对全国和世界煤田的科学开采来说，极其重要和迫切。他觉得有责任、有义务承担这项填补世界空白的系统研究工程。

毫无疑问，这项工程复杂而艰巨，仅就微体鉴定而言，就需要将标本从若干不同方向切成薄片，磨到约十分之几毫米的厚度，再放到显微镜下观察分析，从中辨别古生物体的内部结构形态。

李四光一头埋在了这项繁难的研究工作之中。

我国北部煤炭资源丰富。为实地了解资源分布情况，李四光多次带领学生到河北南部的六合沟煤矿进行实习，此后又赴山西、河南、山东等省开展煤田地质调查，先后采集了诸多标本，主要是石炭二叠纪地层中所含的微体古生物蜓科化石标本。

经过长期刻苦钻研，李四光连续取得可喜的阶段性成果，几年之间分别发表了《蜓蝌鉴定法》《蜓蝌的新名词描述》《山西东北平定盆地之蜓蝌》和《葛氏蜓蝌及其在蜓蝌族进化程序上之位置》等多篇学术价值巨大的论文。在这些论文中，李四光没有沿用“纺锤虫”这个名称，出自对“纺锤虫”壳架构造特征的考虑，创新命名为“蜓蝌”，意为“蝌状之蜓”。此后，他又感到从古生物学上讲，“蜓”是原生动物门伪足纲有孔虫目的一个科，为直接称呼这类古生物，干脆把“蜓蝌”改称“蜓科”，这个称谓从此在国际古生物学界一直沿用至今。

李四光通过大量蜓科化石的鉴定，感到描述繁琐，记载庞杂，茫无头绪。经过缜密考究，他独创蜓科鉴定的十项标准，按照蜓的主要特征，用相关曲线表示出来，既有定性概念，又有定量概念，同时减少了文字描述的繁琐，提高了鉴定的准确性和科学性。这十项标准被中外学者全部或部分采用。

为系统概括我国北部蜓科的类型，李四光又将其分成 20 多个新属，有的新属分别用伯明翰大学鲍尔顿教授、威尔士教授和我国前辈地质学家丁文江和翁文灏命名，旨在感激他们对自己的帮助和尊重他们为科学事业作出的贡献。

关于我国北部石炭二叠纪含炭地层时代的划分问题，学术界长期争论不休。李四光蜓科研究成果的运用，顺利解决了各种争端，统一了认识观念，推动了地学探查的深入开展。

1927 年，李四光把上述成果予以系统归纳，以《中国北部之蜓科》为题由中国地质调查所作为“古生物学专著”公开出版。这是李四光第一部科学论著，也是一项引人瞩目的重大学科建树，出版后，立即受到其导师鲍尔顿教授及国外有关专家学者的高度重视。

早在1925年，中国地质学会第四届会长王宠佑为纪念其师葛利普，就捐款600元为基金，每二年以其利息订制金质的葛氏奖章，由中国地质学会就对于中国地质学或古生物学之有重要研究或与地质学全体有特大之贡献者授给之，两年一次。1929年，在中国地质学会第六届年会上，翁文灏和葛利普建议将第三届葛氏奖章授予李四光，奖励他关于蜓科的研究成果，建议得到丁文江、王宠佑、章鸿钊热烈赞同，评议委员会也一致通过。1931年在北平地质调查所举行的中国地质学会特别会议上，理事长翁文灏主持大会并致辞，宣布李四光因著《中国北部之蜓科》这部古生物学巨著而获奖，指出该专著不仅具有重要的古生物学意义，而且通过这项研究，李四光及其学生赵亚曾成功建立了中国北部石炭纪海相地层的层序。李四光因事未能出席授奖仪式，由丁文江代为接受。

1931年，伯明翰大学鉴于李四光关于蜓科研究的重大成果，授予其自然科学博士学位。

誓卫民族尊严

站在众人瞩目的高台上，李四光的注意力再一次溜了号：什么时候，中国的大学也能培养出自己的硕士乃至博士研究生来呢？这一天要什么时候才能来到？

一切，都源自他强烈的民族自尊心。长期的国外留学生活，别人看到的也许是花花世界，他感受到的是中国人所受的歧视和凌辱。事实上，就是在国内，这种歧视也时常遇到。

1925年4月初，李四光和袁复礼应邀参加北京学术界在中央公园来今雨轩召开的欢迎会，会议主旨在于欢迎美国人组织的亚洲第三考察团凯旋归来。考察团团长安珠士演讲时说：“我们找到了巨大的恐龙化石，这可是一件了不起的重大发现。在内蒙，我们打着庄严的美国国旗，唱着美国国歌，迈着大步，胜利前进。我们美国立国历史虽短，但在科学上并不落后于人。我们要走在世界的前面。这是毫无疑义的。”

洋洋自得之情溢于言表。李四光非常愤怒，安珠士讲完之后，他既不鼓掌，也只言未发。散会后，他对袁复礼说：“听见了吧，希渊，美国人太傲慢了！我们一定要有自己的作为，要不然，咱中国人就没法在外国人面前直起腰来！”

并非是李四光的“心眼”小，是极为强烈的民族自尊心让他在两年后依然牢记此事。1927 年春天，袁复礼代表北大考古学会，参加了中国学术团体协会与瑞典探险家斯文赫定就组织西北考察团合作办法的谈判和拟定。3 月下旬，为维护国家主权，李四光与袁复礼、李济（历史学家、考古学家）一起将徐炳昶（社会学家，时任北大教务长）等拟定的西北科学考察团合作办法译成英文。5 月 3 日，考察团成立，由中外科学家组成，中方团长为徐炳昶，外方团长是斯文赫定，袁复礼为中方团员。李四光一直惦记中方工作，考察团出发前两天，李四光找来袁复礼，说：“希渊，你还记得美国人安珠士在中山公园演讲时说的话吗？我们一定要争气！”

李四光特意选定在考察团出发的 5 月 9 日，带领北大地质系三年级学生黄汲清、朱森、李春昱、杨曾威等去内蒙实习，并特意搭乘考察团去包头的专车。从西直门车站上车后，李四光就去找袁复礼，但因袁复礼有事需晚两天才能走，李四光立即找到应聘到考察团的几名大学生，给他们介绍地质知识，要求他们协助袁复礼做好工作。李四光在车上同大家同吃同住，同学们都非常兴奋。

1928 年年底，徐炳昶和斯文赫定因事离队回北京，中国学术团体协会指定袁复礼为团长继续调查。1932 年 5 月，考察团经过 5 年的艰苦工作，胜利完成任务回到北京。这次考察，中国地质学家的成果最多、成就最突出！其中袁复礼是连续考察时间最长、采集品最多、收获最大的团员之一。李四光一直关心此事，得知此情况后，立刻邀请刚回到北京的袁复礼来北大做关于西北科学考察的报告。

1932 年 5 月中旬的一天上午，袁复礼到北大做报告。李四光亲自主持，简单讲了几句开场白，就到台下为袁复礼放幻灯片。袁复礼将在新疆发掘的 72 具爬行动物（包括恐龙化石）的辉煌成就向师生汇报，图片、幻灯与报告内容配合非常默契，袁复礼因专心汇报没有发现李四光的亲力亲为，听众中却有人迷惑不解：那么有名的教授怎么亲自放幻灯片？

他们不能理解此时此刻李四光的激动心情！

袁复礼讲毕，忽然发现李四光在收拾幻灯片，恍然大悟，跑到李四光面前表示歉意，说："真对不起！"

李四光说："对不起什么！你为咱中国人争了气，看看安珠士他们还能说什么！"

然后，李四光指着自己的头说："中国人的这个，一点不比外国人次，我们绝不要自轻自贱。这回是咱们高举旗帜，迈着大步，胜利前进了！"还未说完，李四光已笑容满面。

对扬我国威的优秀人才，李四光特别尊重，并且能够一辈子牢牢记住。北京地质学院成立后不久，已经是新中国地质部长的李四光在副部长何长工陪同下前来视察。他下车后一眼就认出了已调地质学院任教的袁复礼，径直绕过欢迎队列中的学院领导，率先在队列中与袁复礼握手问候。

普通教授袁复礼的内心再次被深深温暖。友谊是互相的，袁复礼终生都对李四光保持着崇敬之情。李四光逝世后，李四光研究会成立，袁复礼积极支持，在1980年的李四光研究会上，他被推选为名誉理事长。这不仅是一件让他欣慰的事情，更是一种伟大友谊最好的验证——超乎个人利害，突破身份界限，全凭民族与国家之情。

李四光说过："我们不能不承认人家的文化程度比我们高，艺术比我们精。人家已经开辟了十块田地，我们的一片沃土，还在那里荒着，请他们做好了，再拱手还给我们，世界上恐怕没有那么一回事。所以，我们的生机，还在于我们的民族，大家打起精神，举起锄头向前挖去。"

基于此，李四光上课时，除了科学专有名词外，始终坚持中文讲解。有一次上课，一个学生叫他"Mr. 李"，他说："你可以称我老李、小李或阿猫、阿狗什么的，但是我不准你叫我'Mr. 李'！"

这种"反洋奴、树国威"的思想，在李四光内心根深蒂固，处处体现在他的日常行为上。

那一年去苏联参加纪念大会，就是对李四光的一个深深的刺激。当时，由北京去莫斯科，需坐十几个昼夜的火车，国内行程需要3天3夜。这3天3夜，李四光换了3次火车：北京至奉天（沈阳）谓京奉铁路，由中国经营；奉天至长春谓南满铁路，由日本经营；长春经哈尔滨至满洲里谓中东铁路，由苏联经营。

3段铁路由3国分管，李四光在自己的国土上，要通过日本和苏联的两道关卡！祖国领土七零八落，李四光沉默不语，心里再次响起孙中山先生的临终遗嘱："革命尚未成功，同志仍需努力……"

辛亥革命的经历，使他得出应以科学来改变旧中国面貌的结论。但，随着时间的推移，他发现这种"科学救国"的理想很难实现。

北洋政府时期，军阀之间混战不已，没有一个管老百姓死活的。李四光曾化名在报上发表过一些讽刺、责骂的文章。1927 年 4 月 28 日，北京大学教授、中国共产党创始人之一的李大钊被奉系军阀张作霖残酷杀害。李四光多年与李大钊共事，非常崇敬李大钊的学识与人格，闻讯悲痛不已，对奉系军阀和北京政府恨之入骨。他写到："乱世之劫，形骸之秽，任之听之。此并非求哲理以自解，事实实如斯也。"

失望之情，无以言表。

内忧外患，科学之殇

1932 年李四光重返北大授课时，北大师生正准备为李大钊举行公葬。当时的葬礼分为三种：国葬、公葬和民葬。国民党统治时期，对李大钊当然不能给予"国葬"；民葬，李家又无力承担，李大钊牺牲六年后才得以入土，原因正在于此；最后不得不采取公葬方式。北大同事想予发起厚葬，李四光立刻将 10 元钱捐出，还特地定制了一只大铜墨盒，在盒盖上刻上李大钊的名联"铁肩担道义，妙手著文章"作为铭记。这个墨盒，常在他的身边，几十年如一日，走到哪里带到哪里，只要安居下来，就把它端端正正放在办公桌上，借以"如对斯人"。

南京政府时期，他亲眼看到国民党的腐败和国民党对科学的不重视，看到爱国青年受到追捕迫害。作为一名正直的科学家，李四光坚持真理，伸张正义，从不肯向黑暗势力低头。

所谓南京国民政府，实际是蒋介石的独裁政府。它的前身是第一次国共合作时期，由孙中山先生奠定的广州国民政府。1927 年 4 月 12 日，蒋介石发动反共政变，4 月 18 日在南京另立国民党一党专政的统治机构，改称南京国民政府。7 月 15 日，以汪精卫为首的武汉政府也宣布反共，与蒋介石一道形成“蒋汪合流”的统治集团，从而揭开第二次国内革命战争的序幕。

1931 年，日本侵略军向辽宁、吉林、黑龙江三省发动全面进攻。次年，东北全部沦陷，爱新觉罗·溥仪在日本帝国主义扶植下成立傀儡政权，时称“满洲帝国”，亦即满洲国。这便是李四光创建中研院地质研究所的时代背景。

从 1931 年秋开始，李四光兼任北大地质系系主任和教授职务，直到 1936 年暑假还领着四年级毕业生上庐山实习。这期间，他经常奔波于南京与北京之间，除及时指导两地科研工作协调开展而外，还继续投入自身拟定的研究项目。

1933 年 6 月 18 日，中研院总干事杨铨惨遭蒋介石的特务杀害，李四光非常愤怒和悲痛！

杨铨是蔡元培的得力助手，更是李四光的创业支柱，三人在共同的事业中结成密不可分的友谊。李四光所在的这座办公大楼，就是在杨铨亲自张罗下才拔地而起的。这些年来，李四光致力于学术，杨铨忙于管理，两人谁也离不开谁。这期间，杨铨还积极参加爱国民主运动，兼任“中国民权保障同盟会”总干事，被害之前正为营救被反动政府逮捕的进步人士而积极奔走。蒋介石非常憎恨这个组织，早想借机消灭，慑于发起组织者宋庆龄、蔡元培等人的崇高声望而不敢公开下手，就把打击目标锁定在杨铨身上。

其实，此前李四光已经知道杨铨曾收到多封国民党特务装有子弹的恐吓信，甚为杨铨的安全担心。这一次，蒋介石终于下了毒手。国民党特务为了掩人耳目，没在南京下手，而是在上海的海亚尔培路开了枪。

李四光接到蔡元培由上海发来的急电，马上赶到上海，参加了19日蔡元培主持的会议，并参加了20日的送殡仪式。

返回南京，李四光的心情依然难以平静。他将此前蒋介石的“四一二”大屠杀和日寇侵占东北的不抵抗态度等联系起来一并思考，更加认清了蒋家王朝的实质，对其专制政权不抱任何希望。

他要抗议！他要斗争！

他决定把自己最近确认而尚未命名的一个蜓科新属命名为“杨铨科”，以纪念这位勇敢的好友。他愤然提笔：“杨铨先生的惨死，凡是为科学事业忠心服务的人，都不能不为这种令人沮丧的境遇而感到痛心！”

他以此向全世界宣告：“各国古生物学者们，只要你们查索蜓科化石的谱系，都将看到在被黑暗笼罩着的30年代的中国，曾有一位热心为科学事业服务的人被杀害了！光荣将属于被害者！耻辱永远是属于刽子手的！”

杨铨遇难，但中央研究院不能少了总干事，蔡元培有意让李四光出任。李四光推辞说，自己有可能在年底去英国讲学，无法胜任。他特意推荐了丁文江，表示相信丁文江能干得很好。

事实上，杨铨遇刺身亡后，当时的大多数学者们“百感从生，悲愤无状”。对研究院事业，他们有危机感的共识。对后继人选，他们也有唯丁文江是举的共识。李四光等老朋友积极劝说丁文江能允就总干事一职，初遭丁文江拒绝。

6 月23 日，丁文江赴美国参加第16 届国际地质学会大会，会后在美访问。此间，代理总干事丁燮林与李四光、傅斯年等人联名致函丁文江，极力劝他出任总干事。他们在劝驾长函中，字斟句酌，如泣如诉，于公于私，于情于理，甚至用激将法迫“丁大哥”就位：“目下研究院之局面，自有其困难处，非振作一下不易保得住。不保得住，则以前所费之国帑，吾等所用之心血，皆付流水矣。环顾学术界人士，更无他人有此魄力。见义不赴，非所谓‘丁大哥’也。”

在信中还有几句话，显然出自李四光和傅斯年（历史语言所所长）之肺腑。他们了解丁氏是以学术为重的人，因此说：“地质、史语所皆在北极阁下建屋，地质所年底可成，史语所初春可成……兄可在其中开若干工作之室，参考资料、辅助人员，皆易接近。总干事一职，初任时自然甚忙；数月之后，必能腾出甚多时间，自己做工。此吾等就事实考量之言，绝非虚语也。”

人生有知己，秋水共长天

1934 年5 月18 日，丁文江就任中央研究院总干事。南山与秋色，气势两相高，丁、李二人由此同院共事。李四光于1934 年12 月赴英讲学，还特意拜托由丁文江代为指导地质研究所工作。

此时，丁文江是北大地质系的研究教授，李四光是兼职北大教授，他们共同的学生和助教高振西惋惜地对李四光说：“您要出国，又把丁文江先生推荐到中央研究院，那么我们北大地质系损失就太大了!”

不仅对北大学生充满了留恋和牵挂，对中央研究院地质研究所，李四光何尝不念念于心？但他需要出去提升自己，这是一个科学家自我修炼进程中不可或缺的一步。

1934 年底，李四光出发去英国后，丁文江在总干事一职上干得极为出色，丝毫不亚于杨铨。而有限的闲暇时间，他也基本都用来对地质研究所进行代理指导，这是两人之间深厚友谊的再一次体现。

长恨人心不如水，等闲平地起波澜。近些年，有人质疑丁文江和李四光的关系，理由是建国后李四光曾在一次会议上公开否定过丁文江。其实，作为民国时期的著名科学家，曾一度从政的丁文江在建国后很长时期内没有得到公正评价，迫于当时的政治环境，“又红又专”的李四光也几度陷入发言不能代表自己的尴尬境地，又怎能不说一些违心的话呢？往事犹可追，我们能想象得到，李四光说那些话时，其中的无奈和心酸！

丁文江本人，对任何朋友都可以说是真诚实意的，1911 年 9 月，丁文江赴北京参加游学毕业生考试，与章鸿钊等同取“格致科进士”。据章鸿钊回忆他们初识的情景：“我和丁先生初次在北京见面，是前清末年，即民国的前一年。那一年，丁先生初从欧洲载誉归来，只不过 24 岁的一位少年，英英露爽的眉宇和真诚坦率的态度，一见便知道他才德兼优，不由使我产生相见恨晚之情。何况那时候在中国要觅一位地质学界的朋友，远不像现在这样容易，也许还没有第二人。所以这一次会面，在我一生中，是最有意义，也最不能忘记的。”

也因此，1936 年 1 月 18 日，中研院在南京假中央大学大礼堂为丁文江举行追悼会时，由蔡元培论其行政工作，翁文灏评其专业成就，胡适述其个人交谊，这样的安排十分恰当，颇为得体。安排胡适褒扬丁文江的交谊之道，反映了丁文江一生在其工作、学术成就之外，还有其成功的另一面——交友有方。胡适当年在为《独立评论》“纪念丁文江先生专号”撰写的《丁在君这个人》一文，主要称誉的也是丁文江的为人处世之道。

事实上，作为中国现代地质事业的前后两任掌门人，丁文江和李四光在地质事业中并肩战斗十多年，结下了深厚的友谊。

1922 年 1 月，丁文江主持筹建中国地质学会，他提议成立的五人筹备委员会，就包括李四光在内。1 月 27 日，中国地质学会在北京成立，包括 3 名外国专家在内的 26 位地质学家成为创立会员。2 月 3 日的会员大会上，章鸿钊当选为首任会长，李四光和翁文灏当选为副会长，丁文江当选为编辑主任。从此时起，直至 1936 年丁文江逝世，两人都在地质学会的领导层里、工作上互相给予了充分的帮助和关怀。

丁文江对李四光在生活和工作上都很关心，两人之间建立了良好的私人关系。李四光对校系建设贡献突出，丁文江多有助力。李四光在校中主持修建地质学馆楼，就是采纳了丁文江出的主意。李四光在北大任教时，一度经济拮据，工资都不够家用。丁文江得知后，利用个人影响，为其在京师图书馆谋得副馆长一职，以弥补其家用之不足。

对于丁文江的知遇之恩，李四光亦是投桃报李。1929 年丁文江来到北京，暂无房屋居住，李四光热情地将他接到自己家中寄住。

1931 年北京大学与中华教育文化基金董事会达成协议，决定在北大特设研究教授职位，聘请 15 人担任研究教授，丁文江和李四光同时受聘，丁文江名列第一，足见丁氏在当时学术界的地位。丁、李二人遂同事三年，联袂执教北大地质系，培养了一大批地质精英，直至 1934 年 6 月丁文江升任中央研究院总干事。台湾著名地质学家阮维周回忆道，1931 年他从北大预科毕业，因仰慕地质系超强的教授阵容（丁文江、李四光、葛利普、谢家荣等），遂放弃了向往已久的“炼丹取金”的化学，专攻“刮地皮”的地质学。

丁文江去世时，李四光正在英国，刚刚完成《中国地质学》一书，闻讯后在《自序》中沉痛地写道：“正当我的原稿整理工作将告结束时，传来了我的朋友和最尊重的同事丁文江博士不幸逝世的消息，如果我借此机会对这位如此忠心致力于中国地质科学的人表示敬佩之意，或许不会是不合适的。”

1937 年 12 月，李四光在长沙出席中国地质学会理事会期间，专门前往位于岳麓山左家垅（今天的中南大学一侧）的丁文江墓地祭拜，再次表达对亡友的怀念之情。

1940 年 3 月，中国地质学会的第一届丁文江奖授奖大会，由李四光主持。第二届丁文江奖，则奖给了李四光。在这两次授奖大会上，李四光都对丁文江表达了极大的尊敬。

1944 年 3 月，李四光到重庆北碚参观经济部中央地质调查所，对该所地质主任黄汲清提起及早整理丁文江遗稿一事，并说丁文渊（时任同济大学校长）也对李四光提及此事，大家都希望尽快将遗稿整理出来。在黄汲清、尹赞勋等人的努力下，1947 年该所出版了《丁文江先生地质调查报告》一书。

自始至终，丁文江和李四光之间都保持着真挚的感情。十年浩劫中，极左路线登峰造极，丁文江作为旧时代的地质界领导人乃至一度的国民党官员，成为攻击目标不可避免。于斯乱境，谁能抵挡住历史的疯癫？但实际上，据李四光的秘书段万倜说："我在李四光身边工作了十多年，从来没听见他指责过丁文江和翁文灏。"

排除了政治压力和影响，李四光对丁文江的态度才是最真实的。周总理曾经问过李四光："丁文江是你的死对头吧？"我们且听听李四光巧妙的回答："是朋友，又是对头，对立的统一嘛！"

6 学术精深，誉满天下

创建地质力学

1935年6月7日，国立武汉大学发布法、工两研究所的“研究生招考规则”“研究生研究工作规则”和“研究生招生简章”。1935年9月，方宗岱、邓先仁两人成为武汉大学首届研究生，石瑛、李四光的理想和愿望得以实现，武汉大学从此进入研究生培养教育的新阶段。

从1935年至1949年，武汉大学共培养研究生77人。虽然规模不大，但成效显著，涌现出陈荣悌、方宗岱、邓先仁、余长河、刘涤源、甘士杰、曾启贤、万典武、文浩然、王名扬、缪琨、李格非、谭英华、郭守田、林应茂、焦庚辛、李培森、王焕葆、王燊等知名学科专家。

这当然是一个好消息。然而，在那个白色恐怖时期，很多的消息都是让人肝肠寸断的，诸如前述的李大钊和杨铨被害。秋坟鬼唱鲍家诗，恨血千年土中碧！此时，国内形势一片迷茫，李四光坠入人生最低谷。

1934 年 12 月，李四光应邀去英国讲学，时年 45 岁。他很愿意出去，他真的不想再在这乌烟瘴气的国内待片刻。首渡东洋时的激情，求学伯明翰时的彷徨，此刻，全部变成了失望，彻头彻尾的失望！

出国之前，他还借钱在庐山买了几间小房，对友人说，从英国回来，就在此结庐隐居了！江村独归处，寂寞养残生。这样的低沉状态，是李四光一生中绝无仅有的。黑暗与腐朽的政治，对一名矢志报国的热血男儿造成了极大戕害！

这次讲学，是遵循中英两国交换教授的协议出国任教的，李四光将在英国近十所大学进行演讲。因此，着重讲授什么，成为他出国之前必须认真考虑的问题。蜓科鉴定，已经为地质界所共识，现在，应该讲些什么呢？

“中国！”李四光的眼前不由分说闪现出这两个大字。对，讲中国，讲中国地质，介绍中国的地质全貌和地质科学的现实与未来，让世界了解中国！

主意拿定，他请学生张文佑（时任研究员，新中国成立后为中国科学院院士、地质研究所所长）协助收集材料，编绘图表，自己动笔撰写讲稿，一部具有中国风格的地质学讲义逐渐成型。

12 月上旬，李四光一家三口从上海搭乘意大利客轮，再一次踏上旅欧的航程。沧海桑田，光阴似箭，当年，他是远洋留学，汲取知识；而今，他是出洋讲学，传授知识；当年，他是单身的青年学生；而今，他是成家立业的知名教授，并且享有崇高的国际声望。心情是沉重无比的，但李四光在科学的道路上，从未停止过探索的脚步。

他习惯在航行中沉思，无边的大海总能让他浮想联翩。他在甲板上构思讲授课题，澎湃的波涛激起他阵阵灵感。他想到，某些西方学者对中国地质科学目中无人的骄横态度；他想到，近百年来列强瓜分中国的狰狞面目；他想到，大英帝国逼迫北洋军阀割让西藏地区为其殖民统治的野蛮行径……

他决定，从西藏高原开篇讲授中国地质，让全世界人民都知道：西藏，是中华领土不可分割的部分！这是一个不同寻常的开篇。按惯例，讲授中国的任何历史，大都要从中原开始，按地理方位和时代变革，横向扩展，纵向延伸。现在，李四光的讲义却从西藏开篇，许多学者一时难以理解。后经李四光联系1913年至1914年的“中英藏西姆拉会议”，对英帝国拉拢西藏分裂祖国分子妄图独立的阴谋加以解释，才使人们感悟到其中的用意：他是把政治形势融入到自然科学的讲授之中！

李四光的爱国主义，一向如此实际而又具体。

至于讲授内容，除了全方位阐述中国地质状貌之外，便是贯穿他多年探索的地质力学见解。经过长期精心研究，李四光确认：造成地壳运动变迁的主因，是由于地球自转的速率，在漫长的地质年代中，发生了时快时慢的变化！这就是李四光所创立的地质力学！作为地质学的分支学科，这是李四光在地质理论上的独立建树。

18世纪以前的地质学研究方法，大都停留在直观和猜测的层面上，不仅没能超出矿物学的胚胎阶段，甚至还深深禁锢在神学理念之中。

19世纪30年代，英国地质学家赖尔把传统的地质研究方法向前推进一步，出版了名著《地质学原理》，以完善和发展了“化石对比法”和“将今论古法”，被地质界称颂为“现在了解过去的一把钥匙”。

但在李四光看来，赖尔的观点和方法仍然存在严重缺陷。“将今论古法”的认识基础是机械唯物论，不足以从本质上揭示地壳构造及其运动规律，还是没有彻底摆脱传统观念的束缚，仍旧妨碍地质科学的发展。

李四光经过多年努力，掌握了充分的材料和理论与实践相结合的论证，运用力学观念，创建了一门新兴的边缘学科，并亲自命名为“地质力学”。新兴学科的创建，有破有立，建树过程极其艰巨。因此，他决定在庐山买房安家，在致力于第四纪冰川探研的同时，搭好地质力学的写作框架。

实际上，早在1925年参加苏联科学院成立200周年纪念大会时，李四光对地质力学已经开始了深深的思索。

火车从满洲里隆隆驶入苏联，雄伟壮观的乌拉尔山脉让李四光精神振奋。作为地质学家，他更注重审视山脉的体构与走向：这条山脉突兀地由南向北耸立在广袤的草原上，应该怎样解释这种现象呢？它是孤立的存在，还是与欧亚大陆有关地质现象拥有必然联系？窗外的景色向后移去，李四光头脑里的问号一个接一个地出现。

纪念大会结束，李四光踏上归国的旅途。经过乌拉尔山脉，他还在思考这一值得探究的地理现象。会议期间，他曾带着这个思考认真研究了苏联地质图，发现乌拉尔山脉并非孤立存在。实际上，它的南边有东起的阿尔泰山脉，经过高加索，西至黑海以北，构成一条东西延伸、向南突出的巨大弧形山系。这条东西走向的山系恰与南北走向的乌拉尔山脉组合在一起，如同弯弓上的一支利箭，彼此合成一个雄浑的“山”字。虽然这弯弓与利箭相距甚远，但都生成于相同的地质时代——晚古生代，足见这绝不是巧合。

科学的思考在于拉直一个接一个的问号。面对这个“山”字形的地质构成，李四光运用自己掌握的物理学知识进行综合思考。他初步认为，如此现象可能是在地球自转速度加快时，引起地壳广泛运动而产生的一种内在关联的构造体系，或者叫做构造形式，那么，深入探究这种“山”字构造体系，应该是地质科学领域最易认识并且对地壳运动辨析最有价值的重大课题。

奠定学说基础：《中国地质学》

创建一个新的学科，是项艰巨而又复杂的系统工程，并且需要经过实践的验证。1935 年，李四光认为这一切尚不成熟，因此，他认为这次主要应从中国地质出发，奠定学说基础，题目就定为《中国地质学》。

李四光在英国十所大学的讲学，花去半年时间，产生极大反响。他纯熟、标准的英语让听众倾倒。讲演中，他首先介绍了中国的自然区划，接着讲述了自己研究的新成果，如中国第四纪冰川的遗迹、几种地壳构造体系等，并且进一步指出自己对地壳运动变迁的最新研究心得。李四光的很多观点，与传统地质学大相径庭。讲演一结束，立即被听众团团围住，反对者纷纷提出质疑，李四光则从容加以解答，驳斥了一些荒谬的观点。他的论证逻辑性强，即使是反驳也很有分寸；不卑不亢的态度，赢得了众多国外学者的钦佩。

更多的学者惊赞他的新发现和新论点，进而引起了广泛讨论。为此，英国方面盛情挽留他，希望他在英国继续停留一段时间，以便把讲义整理成专著，由英方印刷出版。他被如此盛情和浓郁的学术气氛感动了。他觉得，继续停留一段时间有利于著作的出版，还可以和海外学者进一步交流学术观点。况且英国又是他大学读书期间母校的所在地，这里有他熟悉的校友和尊敬的师长，而且不乏中国的留学生，特别是还有自己在国内的好学生。

他征得许淑彬和女儿的同意，决定在伦敦暂住下来。他们在伦敦租了两间房子，不久，又迁至中国驻英大使馆的第 3 层顶楼，李四光对这里的环境感到满意。这期间，伯明翰大学的威尔士教授还请他与新老校友会面和旅游，并且把自己的实验室无私地向李四光开放，任他在这里进行各种实验。

俞建章这时正在英国留学，住在布列斯特，离伦敦较近，经常来看望老师一家人。

利用接下来的一年时间，李四光埋头著书，包括打印、拍照、贴图和校对，都亲自完成。与此同时，他还应约用英文在《亚细亚》杂志发表了题为《中国煤的资源》等许多专论文章。

这期间，他当然没忘记在欧洲大陆进行考察。路过瑞士时，他还惊喜地见到了自己的学生王恒升和李春昱，并结伴去考察阿尔卑斯山的冰川。

王恒升是李四光非常欣赏的学生之一。有一次，李四光带领王恒升和很多同学一起到野外实习，临返校的前夜，当发现一个很贵重的精密罗盘仪忘在山头上时，李四光寝不安枕。第二天凌晨，王恒升踏着拂晓月色，一口气跑了一二十里，爬上几百米山头，将罗盘仪找到，兴冲冲跑回住地。李四光准备踏上归程之前，见心爱的宝物被王恒升不辞辛苦地找回，对王恒升赞赏有加。以后几十年间，师生情笃。

此时的王恒升，正就读于瑞士苏黎世高等工业学校研究生部，师从著名岩石学、矿床学大师保尔·尼格里教授，专攻岩石学和矿床学。震惊中外的卢沟桥事变后，他谢绝外国的高薪聘请，于同年底回到灾难深重的祖国。一身正气，都来自于自己所最钦佩的老师李四光！

日后的中科院院士、著名岩石矿床学家王恒升记得非常清楚，1924 年，他和同学在李四光带领下去鄂西的长江三峡地区实习，途经武汉时，看见一个英国水兵坐中国人力车夫的车，不但不给钱，反而毒打车夫。李四光二话不说，当即上前给了水兵几拳，势大力沉，水兵张皇失措，还没来得及发怒，李四光又立刻劈头教训了他一通。这个水兵混混见李四光师生人多势众，且人人手持一把地质锤，只得乖乖给了车钱，狼狈逃走！

1936 年初春，《中国地质学》全书脱稿，交给当地出版部门。李四光没有马上回国，他决定去北美旅行。许淑彬和女儿非常高兴，觉得这次可以尽兴观光北美风景了。其实，李四光的用意是去考察那里的地质状况，他的心装着整个地球。

4 月，一家三口从伦敦出发，乘船抵达北美东岸的纽约码头，正在美国留学的朱森和吴半农早已在码头等候自己的领导和老师。师生在异国相聚，犹如梦境，特别是 34 岁的朱森，兴奋得像小孩子看到了久别的父母一般，形影不离老师身边，将他们照顾得无微不至。

朱森是李四光最喜欢的学生之一，受李四光的教益最多，其学识和品德都深受李四光的影响，是李四光目中最有前途的学生。吴半农 1929 年自清华大学毕业后，来到陶孟和主持的北平社会调查所担任副研究员。1933 年，因为李四光与广西的李宗仁私交甚笃，经李四光介绍，社会调查所派员去广西做经济调查，吴半农便在此列。调查从 1933 年 7 月到 12 月历时半年，后吴半农写成《广西经济概况》一书，由上海商务印书馆出版。对吴半农来说，李四光深具知遇之恩。

朱森和吴半农陪同李四光暂住一段时间之后，李四光一家三口开始了美国的漫游。

美国幅员辽阔，北接加拿大，南联墨西哥和墨西哥湾，东濒大西洋，西临太平洋，从北到南长 2700 千米，由东至西宽达 4500 千米，地形复杂，气候多样，主要山脉均为南北走向，这又成为李四光观察“山”字形地质构造的主要对象，他立刻想起包括欧亚大陆的乌拉尔山在内的诸多名山大川的走向与形态。

三口人从纽约乘火车西行，沿阿帕拉契亚山麓走一段观察一段，第一站到了华盛顿，然后通过维基尼大平原进入兰岭山区。这里的岩层、地层及其呈现的状貌，清晰映入李四光的眼帘，印在李四光的心里，使他认为当地很可能存在一个古老的“山”字形构造。在后来的考察中果然得以验证，这也成为其后来创建地质力学的重要依据之一。

再往西南，李四光穿过纵贯平原的密西西比河，来到圣路易斯。这里属于美国中部地区，也是全国水陆交通的重要枢纽，李四光立刻想到自己的家乡武汉三镇，两个地方是多么相像啊！“秋山起暮钟，楚雨连沧海”，世界如此辽阔，许多地方如此相似，然而同这里的自由相比，家乡此时依然在黑暗中痛苦地呻吟！

如果没有科学研究作为有力的支撑，这时的李四光也许要倒下去，要疯，但他还有新的任务等着他，他不允许自己无端地就放任自流。

继续前进，他们经过密苏里，来到俄克拉何马州。在这里，李四光细致考察了当地的岩层和石油勘探及开采状况，同时思考着祖国的地形及石油分布与蕴藏的现状和前景。在他的脑海中，需要解决、需要思考的问题实在是太多了！

再向西南，他们翻越落基山脉，爬上科罗拉多高原，科罗拉多大峡谷发育于此高原之中。由于河流切割，谷底深达4000多米，人立崖上，俯视流水，有如蛟龙奔驰，叹为观止。李四光被这一奇特的地貌特征深深吸引。这里地面平缓，一路上几乎为不毛之地，往往数十千米，乃至数百千米内都渺无人烟；而高原的边缘却峭壁千仞。气候干燥，树木稀少，这是否又像祖国的西北高原和新疆的广袤沙漠？

行走在风光绝美的异国他乡，李四光的心仍一直紧紧地装着疮痍遍布的祖国。如果说妻子和女儿此行更多是为了旅游观光开眼界，李四光则是把所到之处都当成了做野外作业的天然大课堂！

一路上，他们专乘慢车，在许多小站停留，为的正是不错过每一个可供考察的对象。倘若没有旅馆，他们就在乡间借宿，或住民房，或住护路工人的简陋木屋，他们并不觉得难以忍受，何况，到处是友好的氛围。

经过两个多星期的跋涉，一行三人最后到达北美西岸的洛杉矶，李四光在这里考察了西部港口城市的工商业情况，最后，从这里登船，横渡太平洋返回祖国。

完善地质力学理论

1939年，李四光的《中国地质学》由伦敦杜马·摩尔第出版公司出版，在学术界引起了轰动。英国皇家学会会员、国际著名科学史家李约瑟教授在阐述中国大地构造时，激动地说："很幸运，在这方面，最卓越的地质学家之一李四光为我们提供了第一部内容丰富的著作——《中国地质学》。"

一部世人瞩目的学术巨著，在抗日战争的烽火岁月里辉煌问世。除英文版外，还先后出版了俄文本和摘要汉译本，学术界给予了极高的评价。这是世界科学史上，第一部由中国人撰写的阐述中国地质的杰出著作。

基于当时中国人的国际地位，反对和质疑的声音必然存在。例如，有人在美国《科学》杂志上如此指责李四光，"在没有宣扬外国学者在中国的工作的情况下，是根本不配讲中国地质学的"，"作者在书中没有提到美孚公司打钻人的名字，也是一个缺点"。

尔曹身与名俱灭，不废江河万古流。李四光当然无暇理会这些偏颇且激烈的攻击。

该书英文版第222页，李四光在分析新华夏构造体系沉降带发育的特点时，明确提出在华北平原下部，有可能找到石油储藏，充分反映了他从研究构造的角度寻找隐藏资源的独到见解，更隐含着李四光未来的研究方向。书中还专辟一章，特别介绍了中国第四纪冰川遗迹的真实材料，反映了李四光对这一问题的认真和执着，这就是李四光一生学术生涯中第二项重要成就：中国第四纪冰川。

法国哲学家狄德罗说过："知道事物应该是什么样，说明你是聪明的人；知道事物实际上是什么样，说明你是有经验的人；知道怎样使事物变得更好，说明你是有才能的人。"李四光既是聪明的人，又是有经验的人，更是有才能的人。其实，他在国内早就对类似地质现象做了大量调查、考证、分析与研究，幼年时家乡那块巨石从未离开过他的脑海。眼前这"山"字形地质构造的现象，使他对地质力学等重大学说的创立更加充满了信心。

其实，有关地质力学的创建，早在1926年和1928年，李四光就在发表的《地球表面形象变迁之主因》及《晚古生代以后海水进退规程》等文中，从理论上探讨了自水圈运动到岩石圈变形，自大陆运动到构造形迹等问题。这是他涉足地质力学的起端。1929年，他提出构造体系这一重要概念，建立了一系列构造体系类型。

1941年，在演讲"南岭地质构造的地质力学分析"时，李四光正式提出了"地质力学"一词。

1945年，中华书局出版了李四光的《地质力学的基础与方法》，这是地质力学学科的第一部专著。书中，地质力学被详尽而科学地阐述。它是力学与地质学相结合的边缘科学，用力学原理研究地壳构造和地壳运动及其起因。它从地质构造的现象（构造形迹）出发，分析地应力分布状况和岩石力学性质，追索力的作用，从力的作用方式进而追索地壳运动方式，探索地壳运动的规律和起源。

地质力学认为结构要素、构造地块和构造体系是地质构造的三重基本概念，对于探索地壳运动规律具有极为重要的意义。现已认识的构造体系，可划分为三大主要类型，即纬向构造体系、经向构造体系和扭动构造体系。这些体系主要是地壳的水平运动（经向和纬向）造成的；而水平运动则起源于地球自转速度的变化。李四光把地球自动调节自转速度变化的作用称为“大陆车阀作用”，因而把这一假说称为“大陆车阀假说”。

为了在有生之年能够完成地质力学的建树，建国后，自50年代起，李四光加快了研究的步伐，费尽心血，接连发表了下列重要论文：1951年的《受了歪曲的亚洲大陆》；1953年的《关于地质构造的三重基本概念》；1954年的《旋卷构造及其他有关中国西北部大地构造体系复合问题》；1955年的《地壳运动问题》；1957年的《莲花状构造》；1959年的《东西复杂构造带和南北构造带》。

上述著作都以独特的学术见解，成为地质力学建树的基础，各篇论文都引起中外地质学界强烈的反响。

对李四光来说，真正的休息包括休养是极少的，他将一切时间都用在所热爱的地质科研中，新中国建立之后，尤其如此。《旋卷构造及其他有关中国西北部大地构造体系复合问题》，是李四光在杭州疗养期间定的稿。紧接着，1954年的夏天，李四光到北戴河休养，为给这一论文提供附图，休养期间，他把全部时间和精力都用在绘制《燕山运动以来中国西北部大地构造相发展的综合简图》工作上。

这一论文及附图发表后，在国内外学术界引起强烈反响，成为他最重要的地质研究成果之一。苏联国家地质出版社1958年用俄文将论文翻译出版，列宁格勒矿业学院专家瓦洛诺夫读后异常兴奋地致信李四光：“在全球范围内，您早就有了类似的观点。假如我及时看到了您的作品，我就不至于受到别人那样的责难。真可惜，在那时我不得不听受这些责难。”

在新中国，李四光的地质力学理论受到了特别大的重视。1956年地质部成立了地质力学研究室，1958 年改成研究所，李四光亲自任所长。

1958 年冬天，李四光离京到青岛海滨疗养区疗养，环境当然幽雅宁静，这对于刚刚做过肾切除尚未完全康复的李四光来说是个理想住所。但是李四光无法静心休养，尽管同时患有高血压和心脏病，他仍然不顾一切地投入到写作之中。他的房间经常彻夜灯火通明，有时，他也自己口述，由秘书记录——疾病的折磨使他不能长久地伏案工作。

不知经过多少个日日夜夜的辛勤工作，一部 20 余万字的名著终于脱稿，这就是 1962 年 1 月开始在中国内部发行的《地质力学概论》。

这部著作，系统总结了李四光和他的学生们几十年的研究成果，是地质力学文库中的经典著作，标志着地质力学的完善与成熟。

地质力学研究所用这部书做教材，一连办了三期地质力学进修班，向 100 多名地质研究骨干，介绍了地质力学理论与方法，并使地质力学得到了进一步的应用、普及和验证。

在这部巨著中，李四光把已经确认的地质构造体系，第一次科学地概括为 3 大类型：（1）横亘东西的复杂构造带，即纬向构造体系；（2）南北走向的构造带，即经向构造体系；（3）各种扭动构造体系，这个体系容纳着“山”字形、“多”字形，“人”字形和旋卷构造及棋盘格式构造等。

以上三大类型的构造体系的认识，把地质构造的规律加以系统化。这是此前其他大地构造学派的所有巨著所共同缺乏的。

李四光在这部巨著中谦虚地说："地质力学这门边缘学科领域，现在可以说略具粗糙的轮廓，它的发展前景究竟怎样？这主要看它在地质工作哪些方面做出什么样的成绩，同时也要看看有关学科给予它什么样的支援。"

他又指出："目前可以清楚地看出，它在矿田地质，特别是在煤田地质和油田地质方面及工程地质方面，应该占有重要的地位，也一定会发挥主动积极的作用。它与新兴的天文地质学是不可分离的。它是构造地质学和动力地质学之间的桥梁，它是解决地壳运动问题的必然途径。"

读完这两段话，我们自然能够初步理解建树这门边缘学科的目的、意义、作用及其深远影响了。地质力学理论被李四光建树起来了，不仅得到了中外地质学者的共识，而且已经在广泛应用与充实着。在我国，它也在地震观测和预报方面发挥着越来越明显的功能作用，也可以视为它是建立地震预报学的有力基础。

打开奥秘之门，中国第四纪冰川

尝读远公传，永怀尘外踪。庐山，是李四光最常攀登的山。如果说李白五上庐山是顺承其"一生好入名山游"的天性，蒋介石塌庐山为"夏都"是为了于纳凉避暑中"运筹帷幄"，那么李四光登庐山，则完全是扑在他所热爱的科学探索上。

这一扑，正是与第四纪冰川息息相关。

地球发展史上，先后出现过三大冰期——前寒武晚期、石炭二叠纪和第四纪冰期。在漫长的冰期期间，大地一直被冰雪覆盖，待后来地球转暖，冰雪融化，遂形成流动的冰川。根据专家推算，距今最近的冰期发生在二三百万年前的第四纪，故这次冰期称为第四纪冰川。

在欧美许多国家都发现了第四纪冰川遗迹，但那些身在中国的欧美专家在没有经过详细考察的情况下，就断定中国没有第四纪冰川。主要理由是，中国广大地区于晚近地质时代是一片干冷的沙漠，温度偏低而降雨较小，没有第四纪冰川发生的可能性。

长期以来，“中国没有第四纪冰川”的定论，就这样堂而皇之地载入了世界地质史册。

对这种结论，李四光不肯轻易相信。在研究过程中，他从不为已有的观点和学说所束缚，而是按照自然规律，去寻找尚未被人们认识和掌握的真理。因此，他能不断提出创造性的见解，并敢于向一些旧观点提出挑战。

李四光对冰川之研究，始于其在研究石炭二叠纪地层问题的同时，发现了两个重大的问题。1921 年春，李四光带领学生到河北邢台南部的沙河县地质实习。一天，他们朝着东北方向横穿沙河盆地时，看见远处有一座中等高度的孤独小山沙源岭，走近时，发现地面上有一些奇怪的石头。这些石头，小的似西瓜，大的如磨盘，一些石块上可见到磨光面，上面有一些模模糊糊的擦痕。

李四光陷入了沉思：这些石头是从太行山上滚下来的吗？是洪水冲下来的吗？这两种情况都不可能。到底是从哪儿来的呢？李四光望着这些石头苦思冥想。突然他灵机一动：这莫非就是古冰川的遗迹？如果真是冰川作用的堆积物，那就可能在这些大石头上找到冰川的痕迹！

李四光立即带领学生进行认真细致的寻找，终于，在一块半掩半露的石块平面上，发现三组非常清晰、不同方向的擦痕。接下来，他们又在不少砾石的磨光面上，找到一处又一处隐隐约约的擦痕。这一重大发现，让师生们异常兴奋！

“真理，哪怕只见到一线，我们也不能让它的光辉变得暗淡。”这句话，正是李四光的名言。他和他的学生们，开始了更为积极的奔走。

这年夏天，李四光又在大同西南约20千米的口泉附近，发现一条东西走向的山谷，长数千米，谷身横切面呈U形。李四光被这一特殊地貌吸引住了，他顾不得烈日当头，立即走进神奇的山谷。山谷中散布着片麻岩、片岩、玄武岩和巨大石块，谷底为砂岩。经过仔细观察，李四光断定，山谷中散布的这些带擦痕的巨大石块和卵石是由冰川造成的，这个山谷是典型的冰川U谷！

李四光将这些引以为宝的条痕石标本带回北京，特意去找农商部顾问、瑞典地质专家安迪生鉴定，没想到这位当时首屈一指的地质专家不屑一顾地将标本扔在一边，说：“李希霍芬是德国有名的地质专家，在中国做了30多年考察，都没有发现冰川……”

李四光耐心地等他把话讲完，指着自己从太行山背回来的条痕石标本说：“请你看看这又深又长的条痕……”

安迪生的回答令人气愤，他轻蔑地说：“我们没有发现的东西，你们中国人永远也不会发现！”

李四光立即站起身，搬起标本走出房门。争辩和愤怒现在都无济于事，他相信，真理是掩盖不住的。

1922年5月26日，在中国地质学会第三次大会上，李四光作了《中国第四纪冰川作用的证据》之学术讲演。与会的安迪生依然态度冷淡，不屑一顾。基于他巨大的知名度和权威性，与会者各个噤若寒蝉。

1952年，李四光在一篇文章中回忆道："在我们地质学会初成立的那一年，我在太行山东麓大同等处，发现了一些冰川的遗迹，并且采集了带冰擦条痕的漂砾，回到北京。当时农商部顾问瑞典人安迪生在内幕指导地质调查工作，他看了我所带回的材料以后，一笑置之……他那一笑不打紧，可绕着他便形成了故意或无意地不理会冰川现象的一个圈子。由于这个圈子的把持，第四纪地质问题以及其他有关问题的发展，就受了很大的影响。"

李四光当然不会就此气馁或放弃，相反，他从此更加全神贯注地把这两次观察到的现象作为重要课题进行研究。1922年，他撰写了题为《华北晚近冰川作用的遗迹》的报道，在伦敦发表，文章完全否定了外国地质权威一贯认为的中国大陆不存在冰川的观点，引起了国内外地质地理界的广泛重视和争论。

李四光并不满足已有的发现，他要找到更多、更确凿的证据。

1928年，李四光开始领导中研院地质研究所后，继续坚持对第四纪冰川问题的探索。当他首次提出华北地区存在遗迹的时候，他的观点并未被大多数同行所接受，主要原因是没有足够证据。可是要找到更多的冰川遗迹谈何容易。长期的干旱气候，使残存的冰川堆积物深埋地下，难以发现。李四光曾多次努力想寻找到更多的遗迹，结果都失败了。

1931年夏天，李四光以北大教授身份带领学生到江西庐山实习。庐山位于长江南岸的鄱阳湖边，挺拔峻秀，苏东坡那首七绝几乎妇孺皆知：横看成岭侧成峰，远近高低各不同，不识庐山真面目，只缘身在此山中。

根据庐山的地形，李四光带着学生先从西南向东北依次考察各个时期地层的分布和构造情况，接着又下到山麓，察看东西两侧断层造成的峭壁。结合实地观察，李四光给学生讲解了庐山巍峨屹立的地质原因。他生动形象的讲解，在同学们心中绘出了一幅庐山地质概貌图。

这一天，他领着学生登上含鄱岭，师生顿时被眼前的美景吸引住了。李四光环顾着白云掩映中的一座座青山，突然，目光停在一条山谷里。他寻路下到谷底，发现这里的山谷非常平缓，两侧的岩坡却很陡峭。谷底淡红色的黏土中，夹杂着许多大大小小的石块和砾石，砾石的表面上，隐约能看到一些模糊的刻痕。

这里是不是发生过冰川？李四光继续开始深入思考这个问题。要证实自己的这一理论，就必须找到更确切的证据。

发现总是惠赐给那些有心者。没过几天，李四光在牯岭西谷发现一块巨石，长达一丈五尺，凌空独卧，恰似一个孤独的流浪英雄。他猛然周身热血沸腾：这与家乡那块巨石何其相似！

反复观察，反复琢磨，李四光最后提出了明确的疑问：此石与家乡石头一样，既不是山崩下落于此，又不是人力搬运于此，莫不是第四纪冰川漂砾？倘若是，它们均应是随冰川漂流而来的！从家乡问石开始，到今天在庐山邂逅几乎同样怪异的另一块巨石，时光一眨眼已过去34年！

1932年的暑假，李四光再次来到庐山。他在庐山一住就是3个星期，每天早出晚归，实地勘察每一个山峰和谷地，这一次，他得到了更多的证据，收益颇丰。

暑假结束，李四光回到研究所，把这次野外调查的资料进行分析整理，最后得出一条结论：庐山在第四纪地质时期，至少经过两次冰期，最后一次冰期历时最长。

他又结合庐山地区和江南其他地区的观察结果，得出一条非常重要的意见：中国第四纪冰川主要是山谷冰川，只有山谷冰川特别发育的山区，才有山麓冰川发生。

中国第四纪冰川的研究，终于找到了打开奥秘之门的第一把钥匙！

庐山论剑辩群雄

长期的野外考察，给李四光提供了大量的第一手材料，为他的地质研究提供了科学依据，同时也锻炼了他的身体，磨炼了他的意志。每次外出，他都和学生一样风餐露宿、同甘共苦。他们在崎岖的山路上攀登，在茂密的森林里穿行。有时要淌齐腰深的河水，有时要在茫茫戈壁上跋涉。冬天，他们时常要面对“瀚海阑干百丈冰，愁云惨淡万里凝”，夏季，则是“火山六月应更热，赤亭道口行人绝”。常年的风吹日晒，把他的皮肤晒得发黑，整天和石头打交道，手上磨出厚厚的老茧。每次野外考察，都要采集大量的标本和石样，背着重重的石块长途跋涉，实在不是一件轻松容易的事情。但这种负重行走，反过来又锻炼了师生的耐力和意志。

野外作业虽然十分辛苦，但也乐趣多多。置身于祖国的名山大川之中，饱览大自然的美景，呼吸着清新的空气，畅饮着甘甜的泉水，品尝着各种山珍野味，这一切真叫人心旷神怡、乐而忘返。傍晚，劳累了一天的师生们围坐在帐篷里有说有笑，畅谈一天的所见所闻，一天的辛苦和疲劳得到了最好的抚慰。

1933年11月11日，中国地质学会第十次年会上，李四光作了《扬子江流域之第四纪冰期》讲演。与会者有翁文灏、谢家荣、杨钟健、葛利普、德日进、尼斯特拉姆、诺林等，其中的外国专家几乎全部对中国有第四纪冰川持怀疑态度。

是外国的月亮圆，还是中国的婵娟美？针锋相对的两大派别各有各的理。然而科学不容截然相反的东西存在。1934年，著名的庐山辩论，就是试图解决这个矛盾的。

就在这次让人议论纷纷的讲演之后，李四光的挚友丁文江筹集两万元，在1934年的春天，邀请在华的外国地质学者到庐山参加第四纪冰川遗迹讨论会。

应邀参加的，有瑞典的安迪生、美国的巴尔博、瑞士的诺林、法国的德日进和特茵哈兰。中国方面有丁文江、翁文灏、李四光和杨钟健。最有名的外国学者，最强大的中方阵容，这就是史上著名的"庐山论剑"！

两万元，绝对算得上是一笔巨款！当时的名教授月工资为数百元，工人月工资则只有区区数元！

在以半殖民地、半封建的怪胎形象呈现世人面前的中国，本土科学家自然低人一等，事实上，外国学者中有相当一部分人是带着民族主义和种族歧视情绪来到中国的，他们压根没把中国人的智慧放在眼里。讨论会上，尽管李四光条分缕析，旁征博引，并将大量的标本摆在眼前，外国学者并没有改变他们的观点，仿佛一尊尊哑佛。

不见棺材不落泪，只好让他们开开眼了！

于是，李四光带领外国专家，登庐山去进行实地观察。登上小天池，李四光指着小天池下的U形谷说："先生们，请看冰川流动铲削成的U形谷！"

德日进却指着U形谷下一道深深的水沟说："这条水沟可以说明，这道山谷是过去的流水冲刷出来的，它与冰川没有什么关系。"

李四光立即反驳道："先生们，请你们注意这条水沟的位置，水往低处流，这是普通的常识。可是这条水沟，为什么不在谷底，却在谷底偏上的一侧呢？如果这个山谷是流水冲刷出来的，谷底就应该成为V字形，为什么它现在是U字形呢？"

外国专家一时无言以对，因为李四光一剑封喉：他谈到了问题的本质。在场的人都清楚：冰川遇到气候转暖便会融化，由于冰块表面将大部分阳光反射出去，所以它吸收的热量较少，而冰块两侧的山谷所吸收的热量则远远超过冰块，因此，冰块首先是从与山谷两侧岩石相接触的地方开始融化，这样在冰块两侧形成冰川排水道，而且山谷的阳面冰块融化快，冰水量较大，这面的水沟越来越深，所以冰川形成的水沟不在谷底，而是比谷底略高一些！

德日进沉吟片刻，辩解道："我是说，那宽阔的谷底，是古代的流水冲刷出来的；而那深深的水沟，则是今天的流水切割出来的。"

李四光感到好笑，反问道："古代的流水竟能冲刷出宽阔的谷底，而今天的流水倒只能切出深沟。请问，这古代的流水和现代的流水，为什么会产生这样截然不同的结果呢？"德日进被李四光的反问弄得十分尴尬。

德日进倒下去了，但立刻有其他"剑客"跳了出来，中方对阵则依然是李四光一人，他论点鲜明，论证有理有据，剑花轻挽处，一个接一个对手应声而倒。

以安迪生为主要代表的几个“傲慢派”外国专家再也找不出反驳的理由，但又不肯服输。你可以想象出那种状态。总之，辩论无法再继续进行了。

另有几位欧美学者，在确凿的事实面前开始转变态度。诺林在鄱阳湖畔看到石灰岩表面的条痕时，低声对李四光说：“假如在我们国家，这就是冰川造成的遗迹。”葛利普也私下承认：“这很像我在美国看到的冰川地形。”这分明已是肯定。但为了一个“势单力孤”的李四光，诺林、葛利普们还不敢冒风险，与更权威的安迪生唱反调。

不妥协，不认输，不放弃，李四光开始了进一步的探索，“不到长城非好汉”是他的鲜明个性。

1936 年 5 月，李四光带领学生从南京出发到安徽黄山进行考察。此行不为鲈鱼烩，自爱名山入剡中。他们汗流浃背地爬上海拔 720 米的慈光寺，眼前是飞檐斗拱，金碧辉煌。一位小和尚热情地为他们做导游：“请看，这北边五座山峰，多像五匹马呀。从前，每到夜晚，这五匹马就到殿前石头池子里饮水，所以这池子叫‘五马饮槽’……”

“现在呢？”人们好奇地问道。

“自从修起这道围墙，它们就不来喝水了。”小和尚边说边用手指点着，顺着他所指的方向望去，李四光忽然眼睛一亮，他大声对学生们说：“你们看！”他指着左面的珠砂峰和右边的紫云峰，用右手在空中划了个大半圆形，激动地说道：“这就是 U 形谷。古代冰川沿着山谷往下滑动，铲削力相当大，常把山谷削成深槽，谷壁陡直，谷底平缓，切面是 U 字形！”

从虚无缥缈的“五马饮槽”，一下子就跳跃到了 U 形谷，还没等小和尚弄明白是怎么回事，李四光已经带领学生，冲向了那令他们兴奋不已的U形谷。

大有斩获。在这里，师生们发现了冰川的确凿证据！李四光指导学生们绘制地形，挑选标本，拍摄照片，满载而归。正是这次黄山考察与研究，李四光和学生们找到了长江下游某地段确有第四纪冰川活动的证据，他激动得浑身颤抖，回家后依然热血沸腾，稍作平复后，立刻用英文撰写了《安徽黄山之第四纪冰川现象》，附8张照片，发表在1936年9月的《中国地质学会志》上，随即又送到国外发表，引起中外学者的极大关注。

在这篇文章中，李四光列举了大量事实，驳斥了中国没有冰川的谬论，在不可否认的事实面前，那些过去持错误观点的地质权威不得不低头认输！

在中央大学任教的澳洲专家费思孟，读了李四光的文章后，亲自跑上黄山，但却什么也没找到，只得来找李四光，请求李四光陪他再上黄山，李四光慨然应允。费思孟从黄山回到南京，立即发表了《中国第四纪冰川》一文，承认："这是一个翻天覆地的发现！"

十多年的艰苦努力，第一次得到外国科学家的公开承认。

最为顽固的安迪生，也特意从瑞典赶到中国，当他看到李四光手里大量的资料后，再也没话可说。他跑到西康找到一些冰川材料，返回瑞典后大做文章，吹嘘自己如何在中国发现了第四纪冰川的遗迹，闭口不谈中国人取得的巨大成果。

无论如何，中国存在第四纪冰川，终于成为举世公认的事实。

奠定中国第四纪冰川学说

其实，李四光早在1933年即攀登过黄山，并开始对此进行细致考察，飞来石，五龙潭，七十二峰，到处留下了他深深的足迹。再早，十九世纪下半叶，德国地质学家李希霍芬曾三次深入黄山调查。而再早，黄山的地理学研究则首推明代地理学家、大旅行家徐霞客，他两次登临黄山，发出了“薄海之外，无如徽之黄山，登黄山天下无山，观止矣”的非凡感叹。

但只有李四光的首度发现才证实，黄山花岗岩地区存在和发育有第四纪更新世时期的冰川遗迹，这一现象，在低纬度温带地区是不多见的，该问题的解决，对人类认识第四纪冰川以及古气候演变规律，具有重要的科学意义。

李四光认为，在第四纪更新世时期，黄山先后三次出现冰期和冰川活动，冰川的刨蚀、侵蚀和搬运作用，留下许多冰川遗迹，造就多种冰蚀地貌。今天，我们会看到，黄山的冰川遗迹星罗棋布，主要类型有 U 型谷、漂砾、冰臼、冰川擦痕、冰川悬谷、粒雪盆、冰斗、角峰、刃脊等，李四光的研究使黄山跳脱出风景名胜地的局限，从此成为地质学研究的地标所在。

2012 年 6 月 5 日，以中生代花岗岩地貌为特征的黄山世界地质公园盛大揭牌。它的建立，将黄山丰富的历史人文景观资源、动植物资源与花岗岩地貌、第四纪冰川遗迹、水文地质遗迹等地质遗迹和地质景观资源充分结合起来，构成了一座集山、水、人文、动植物为一体的大型天然地质博物馆!

可是，当年的李四光知道，他的研究和发现还远远不够，他要把更深入、更细致、更全面的冰川内幕全部都挖出来！他干脆在庐山购买了一所小房屋，但并非如前所述的“从此消极隐居”，而是节俭度日，就近钻研。

当地人常常看到，李四光穿着草鞋，身背工具，带领马振图和李淑唐（李四光的侄子），到以前没有考察过的地方进行野外作业。他们清早出发，由家门的芦林启程，顺着王家坡的U形沟谷，追索冰川沉积物，直至追到鄱阳湖畔的白石嘴。他们夜以继日地观察地形、发掘岩石、采集标本、分析鉴定、对比研究……

李四光算是在庐山扎下了根。1936年，他又在庐山脚下的下青山白石嘴，建立了一个冰川陈列馆，起名叫“白石陈列馆”，人们称之为“李四光万石馆”，更深入细致地进行冰川研究。令人愤怒和遗憾的是，抗战爆发后，蒋介石在青山水域训练国民党海军，借口其陈列馆妨碍军事训练，悍然炸毁！

青山是庐山世界地质公园的组成部分，位于庐山东麓的鄱阳湖滨，属鄱阳冰期，距今约150万年。青山的海拔并不高，仅127米，下青山更矮，仅有65米，但其特殊之处在于，在漫长的地质变化中，此处留下许多珍贵的地质遗迹，特别是第四纪冰川遗迹。李四光曾多次来到青山考察，青山冰川遗迹之重要性，李四光在1934年对白石嘴到下青山一带的泥砾剖面调查研究后曾说过：“鄱阳湖岸一个清楚出露的泥砾剖面中揭示的事实，使我最后得到庐山地区有冰川的肯定结论！”

青山现存的第四纪冰川遗迹景观有：下青山冰碛泥砾剖面，下青山表皮构造，下青山终碛垅，白石嘴冲断构造和羊背石蛤蟆石及冰川湖－谷山湖。今天，在庐山世界地质公园推荐的旅游线路里，下青山冰川遗迹是重要的一条，而凡到庐山考察第四纪冰川遗迹的国内外著名地质学家，则必到青山。

从1922年开始，对第四纪冰川的研究，李四光几乎用了一辈子的心血，我们无法统计，他究竟多少次登上太行、九华，登上庐山、黄山，还有那岩奇石怪的天目山。总之，他既看到过“薄云岩际宿，孤月浪中翻”的出世美景，也看到过“一川碎石大如斗，随风满地石乱走”的骇人图画，更经历过“青泥何盘盘，百步九折萦岩峦”的险境。

直至 1960 年，李四光依然在北京西山地质力学研究所主持召开中国第四纪冰川遗迹研究工作座谈会，并亲自带领与会人员察看西山地区新发现的第四纪冰川遗迹。在那次会上，成立了中国第四纪冰川遗迹研究中心联络组，李四光亲任组长，继续指导着全国第四纪冰川遗迹的调查研究工作。

“在科学上没有平坦大道，只有不畏艰险沿着陡峭山路攀登的人，才有希望达到光耀的顶点。”马克思这句话，似乎是看到了若干年后李四光的艰辛和辉煌，有感而发的！

1937 年，《冰期之庐山》初稿艰难完成，关于冰川的多年研究，在此书中得到了全面阐述。李四光明确指出，庐山是中国第四纪冰川的典型地区，是“困惑难解和耸人听闻学说的诞生场所”。由于抗战爆发，这部书 10 年后才得以出版。作为第四纪冰川学的经典著作，《冰期之庐山》为中国第四纪冰川学说奠定了深厚基础。

中国古脊椎动物学的奠基人，也是李四光在北大地质系首批学生之一的杨钟健院士在文章中这样评论道：“李先生之冰川论初发表之时，国内外地质人士怀疑者颇多，而李先生不恤众议，努力追求事实，使冰川问题之材料日益丰富……反之，如李先生所获材料可以反证冰川之不存在，吾知李先生亦必决然宣告放弃。此盖由于科学尚信实之精神有以致之。”

不唯上，不唯书，只唯实，因为科学的敏锐而相信其有，绝不受任何科学之外的干扰而踟蹰，努力证明真理的存在，这正是李四光身上最为纯粹的科学精神。杨钟健的话，是这种精神很好的注脚。

值得一提的是李四光首先发现中国第四纪冰川活动遗迹的沙河县。70 年代文革期间，在某铁矿建设、开采的过程中，发现第一层数十万吨铁矿“丢失”了。经过堪探，详细分析，才发现该层铁矿“丢失”的原因，是把冰川运动携带堆积的一个巨大“铁矿石块”，错当成了“一层铁矿”。人们这时才回想起五十多年前李四光的发现，但为时已晚，人力、物力方面已遭受重大损失。

7

时局动荡，坚守正义

庐山，人生气节

山雄水秀的庐山，除了数不清的美景，更深藏着无数动人的故事。公元817年初夏时节，被贬为江州司马的白居易登上庐山，写下了著名诗篇《大林寺桃花》：人间四月芳菲尽，山寺桃花始盛开。长恨春归不觅处，不知转入此中来。

而今，白居易咏桃花的地方已成庐山著名景点——白司马花径。

往事越千年，2003年6月，庐山的景寅山上，又增添了一处著名的人文景点——国学大师陈寅恪先生的墓茔。

陈寅恪一生奉行“独立之精神、自由之思想”，其一生之特立独行，无人能匹。他12岁就跟大哥陈衡恪去日本留学，直到35岁被清华国学院聘为导师，其间大部分时间在国外读书，却没有拿一个学位。1918 年，28 岁的陈寅恪赴哈佛大学学梵文和巴利文，两年半后，他认为该掌握的都已掌握，马上动身去德国柏林大学学习东方古文学。老师和同学都劝他等半年拿到学位再走，他说留学是为了学知识，既然已完成任务，再待下去就是浪费时间，浪费时间就是浪费生命，岂能为了学位而浪费生命？

1925 年，吴宓举荐陈寅恪为清华国学研究院“四大导师”之一，校方有些犹豫——这人既没有显赫的声望，又没有震服人心的学位。吴宓说，此人可了不得，精通近 20 个国家的语言，在语言学、史学、佛学等多领域都有极高造诣。校方试着先聘用一段时间，结果不久，校方就为找不到更大的教室而犯愁：每次陈寅恪讲课，听课的教授远比学生多，教室一换再换总是满足不了要求，陈寅恪很快就赢得了“教授的教授”的美誉！

新中国成立前夕，国民党几次派专机接陈寅恪去台湾，均遭到陈寅恪严词拒绝。在众多学者的心目中，陈寅恪是中国三百年甚至自宋代司马光以来一千年才可见的学术大师，刻在他墓碑上的“独立之精神，自由之思想”，象征着他惊天地、泣鬼神的气概，永为后人传诵，其惊世才华与高风亮节，俨然已成为中国当代知识分子的榜样。

庐山紧临陈寅恪的家乡修水县，其祖父陈宝箴、父亲陈三立多次上庐山游览，甚喜庐山的风景和环境。1929 年，陈寅恪出资在庐山购买了松门别墅，接 77 岁的老父陈三立上山定居，陈氏家族成员时常汇聚庐山，庐山遂成为陈家温馨的乐园。生时之喜恋化为死后之长眷，陈寅恪到此也该闭上深深的遗憾的双眼了。

陈寅恪与夫人唐筼的合墓，位于中国科学院庐山植物园内，建墓的山特意被命名为“景寅山”。合墓既高贵，又简朴、庄重。整个墓茔由12块第四纪冰川遗留下来的漂砾石搭建而成，这些石块已有200万年以上的历史，今天仍坚硬无比，象征着一代国学大师一以贯之的高标逸韵。

作为陈寅恪的好友，李四光对这位狂狷之士甚为敬服。同样，陈寅恪对才华横溢的李四光同样高竖大拇指。

蔡元培先生去世后，1940年3月中旬，中研院评议会秘书翁文灏与总干事任鸿隽、前总干事朱家骅、教育部长王世杰等人沟通后，呈报国民政府批准，召集散落在全国各地的评议员赴重庆开会，选举新一届中研院院长。

在昆明的蒋梦麟、傅斯年、陈寅恪、陶孟和、李济、竺可桢、李四光、丁西林等接到通知，纷纷来到国民政府陪都重庆，每个评议员都渴望自己看好的对象能够当选。同当时中国所有地方的官场都一样，由于各方面的明争暗斗，选举事项横生枝节，暗生波澜。翁文灏、朱家骅、王世杰、任鸿隽这四名在民国政坛中最明亮、庞大的“海龟”暗中较起劲儿来。

为了这次评议会，陈寅恪带病专程从昆明赶来参加，此前他还曾公开表示过自己的意见：“如果找一个搞文科的人继任，则应为胡适。胡适对于中国的几部古典小说的研究和考证的文章，在国外的学术界是很有影响的。如果找一个搞理科的，则应找李四光，因为，李在地质学理论方面的造诣，在中国无人能比……”

陈寅恪一语中的。翁文灏尽管是地质学界权威老“海龟”，但其成就主要体现在地质与矿产资源的调查方面，缺乏像新生代“海龟”

李四光所具备的宏大视野与学术理论构建。不能说翁文灏就不是天才，他与李四光的差别，实是天才大小的差异。二者相较，李四光为大，翁为小，至于任鸿隽，在陈寅恪眼里压根就不足道哉。若干年后的事实，证明了陈寅恪的眼力与识见。新中国成立后，李四光在地质学界发挥了开天辟地的重大作用，无论是在理论还是在实际操作中，都做出了任何同时代人无法企及的巨大贡献。当年与其争锋者，皆被他那科学巨人的身影笼罩得不辨牛马。同样留在大陆的任鸿隽则籍籍无名，没有什么值得一提的造诣和贡献。

只是，此时的胡适与李四光，皆属于不被国民党高层真正欢迎之人，陈寅恪之说，也是一时的宣泄怨愤而已，可谓明知不可为而为之。后来的选举结果也不出陈寅恪所料，亲蒋的朱家骅如愿当选。

庐山，不仅见证了李四光科学精神的异彩纷呈，更留下了大学者铮铮铁骨的千古回声。

1936 年底，李四光正陪患病的妻子在庐山疗养，西安事变的消息倏然而至。当他从报纸上得知中共有关和平解决西安事变的主张后，深为共产党顾全民族利益的决策所感动。他对家人抑扬顿挫地说道："共产党有远见，中国是大有希望的。"说完，他欢快地拉起小提琴。

1937 年 6 月，蒋介石基于全国人民"停止内战，一致抗日"呼声的巨大压力，不得不做出一点儿抗日和民主的姿态，与国民党副总裁、行政院长汪精卫来到庐山，邀请全国各大学教授及各界领袖共商对政治、经济、教育方面的意见，李四光名列其中，而且是蒋介石亲自点名的重要人物。

李四光需要进言了，他也的确有话要说。

7 月初，李四光来到庐山，准备参加首批会议。这时的中国国难当头，在庐山，贫富差距也逐年加大。达官贵人们仍在购买幽雅地面，争先恐后建造豪华别墅。“下街”里的平民则苦不堪言，原本破烂不堪的旧房，现在更加破烂。李四光从小就是一个心慈面软的人，面对那些成年累月出卖劳动力的苦工，他目不忍睹。他看到，一群群十几岁的孩子给旅社、饭店背送煤炭，山上山下死命跑一次，只挣几角钱。且不说荒废学业，单是糊口谋生也难以维持温饱！再看那些抬着游客上下山的轿夫，他更心疼。所以，无论是自己来此考察，还是陪同亲友浏览，每当人们劝他坐轿时，他都说：“我是人，他们也是人啊！怎么能自己坐着让人家抬呢？”

“你的话说得不错。”许淑彬理解丈夫，但又劝说道，“这些人是靠抬轿养家糊口，要是谁都不肯坐轿，他们的日子不更难过了吗？”

李四光只有叹息，没有答语。此后，他也雇轿上山下山，但仅在轿里放上几块采集的岩石标本，自己则坚持步行。他的爱心从未断绝过。而早在 1931 年当他重返北大授课，发现几名东北籍的流亡学生经济来源已经断绝时，当即与许淑彬商量，拿出家里的积蓄，逐个予以资助。

革命学者，铮铮铁骨

为共同抗日，李四光来到了庐山参加会议；而为摸清当局的基本态度，他首先去见了汪精卫。其实早在日本留学和孙中山组建南京临时政府期间，他就认识汪精卫，打过多次交道，彼此之间比较熟悉。

见到汪精卫，他免去客套与寒暄，单刀直入地分析目前形势，最后提出坚决抗日的主张。他说：“打，一定要打！现在不打，别无出路！”

“老兄，不要激动嘛。”汪精卫知道李四光是直来直去的硬汉子，又是扬名国际的大科学家，耐心听完之后，狡猾地讲了一通“打不得”的歪道理，妄图说服李四光。

两人在客厅里针锋相对辩论起来。汪精卫辩不过李四光，最后不得不摆出领袖的官架子，怒道：“你是书呆子，懂得什么？”

李四光气愤得一拍桌子站起来，冲着汪精卫大声喊叫：“好！让事实证明，看谁说得对！”李四光头也不回地走出了客厅。出来后，他直接来到老朋友李一平在庐山创办的交庐精舍。

“忘年之交”李一平比李四光年轻 15 岁，原任国民革命军总政治部社会科科长。他借助当时广东省主席陈铭枢的关系，奔走于国民党上层人士之间，呼吁结束军阀割据的混乱局面，被称为“政坛怪杰”。然而，军阀混战、政局动荡日益加剧，他痛感自己回天无力，于 1930 年称病，脱离了国民党军政界，在庐山创办学堂，实践“教育救国”的志愿。

交庐精舍原是外国人开的旅馆，停业后出售，李一平和林森、陈铭枢、李四光等好友集资买下来办学校，取名“交庐精舍”，意思是朋友交往的好地方，也含有佛经典故——李一平后来还担任过中国佛教协会常务理事一职。先期重点培养的是陈铭枢的八个晚辈，包括陈铭枢的长子陈广生。授课上，先教《四书》、《五经》，然后是数理化，皆用中、英文教学。李四光因为常来甚至常驻庐山，也一度教过他们化学。八位学子皆有所成，陈广生后来去英国求学，再后来成为天津冶金研究所的总工程师。其他各位，有的成为科学家，有的追随国民党去了台湾，有一位去了延安，解放后成为国务院一位副部长。

人各有志，尽管八位学子都是陈铭枢的晚辈，但有教无类的李一平为他们的人生开拓了一个海纳百川的心胸，此后的人生选择，全凭学子自己掌握，历史给出了不一样的答案即是鲜明例证。

交庐精舍后来日益闻名，更多的政要及本地农家送来子女，贫苦子弟前来入学则完全免费。黄炎培、林语堂曾撰文赞扬学校的办学方针。李一平一方面组织学生读书学习，一方面积极宣传抗日主张，教育引导学生走抗日救国道路，不少学生从这里走上抗战前线。遗憾的是，这所学校最终被蒋介石以“聚众讲学，图谋不轨”的罪名强令解散。建国后，李一平被周总理点名任命为国务院参事。

却说李一平看到李四光的脸色不好，已经料到他与汪精卫的会见大概不算愉快，便问：“怎么样？现在的这位汪院长给你的印象如何？”

“此人可杀！”李四光咬牙切齿地下了明确结论。

“是呀，汪可杀，蒋亦该杀！”李一平胸中原有的块垒也被触动，激愤地说道：“指望蒋、汪合流团结抗战，白日做梦哟……”

不过，李四光这次也没算白来。他看清了汪、蒋的政治嘴脸，发誓以后绝不与这两人进行任何来往。在今后漫长的岁月中，我们将会看到李四光对诺言的惊人践行！

让李四光甚感安慰的是，女儿此时正在交庐精舍读书，一家三口正好借此机会享受一番天伦之乐！

7 月 16 日，首次谈话会在庐山牯岭图书馆隆重举行。汪精卫主持座谈，蒋介石发表讲话，并设盛宴招待了与会人员。从始至终，蒋介石一直感到奇怪的是，李四光明明已来庐山，怎么却一直没有见到？

他不知道，李四光在同汪精卫谈崩之后，在交庐精舍气愤填膺地发了一顿牢骚，这还不够，他又独自跑到太乙峰哭了很久！兴废由人事，山川空地形。他为中华民族的未来而痛哭！

人们都为李四光捏把汗。拒绝出席蒋委员长的宴会那还了得！这在当时的知识界极为罕见。蒋介石毕竟是蒋中正，他似乎并不恼火，显示出大度的领袖胸怀。此后，凡他亲临的各界名流盛会，他依然照例邀请李四光，另一方面，李四光也仍旧是拒绝出席。这是一幅有趣的历史图景，漫长，而持续。

一次，蒋介石亲自来到中央研究院，参加这里的院务会议，又以委员长的名义举行盛宴，还把李四光的坐席定在自己身边。

会上，没有见到李四光；身边的宴席座位，也是空空的。他只好问翁文灏："怎么，李四光先生还没来？"

"喔，对不住委员长。方才我派人去请了，听说他患了重感冒，正发高烧呢。真是不凑巧，请委员长原谅……"翁文灏冒着"欺君之罪"，斗胆用谎言保护这位"不识抬举"的好朋友。李四光深受感动，后来他回忆说："翁公算是救了我一条命啊！"

谈到现代中国的科学家，地质学界无疑最令人刮目相看。从丁文江到翁文灏、李四光，不仅专业上响当当，而且个个行政能力极强，都是治国平天下之才。丁文江在 1925 - 1926 年间当过淞沪商埠督办公署的总办，相当于上海市长；李四光是新中国的首任地质部长；加上做过浙江省主席、国民党中央组织部长、教育部长、行政院副院长的朱家骅，真是让人有“风景这边独好”的感慨。这其中，不愿当官却官运亨通的翁文灏，似乎最让普通人羡慕：他官至“宰相”一级，所谓“一人之下，万人之上”，可谓达到了传统士大夫仕途的极致。坊间津津乐道地质学界为中国贡献了两位总理，一位是温家宝，一位就是翁文灏。

人与人的差异也正在这里。占据极多第一头衔的中国地质学奠基人之一的翁文灏，本来对仕途毫无觊觎之心，相比中国地质学三杰之一的丁文江最大旨趣是做“治世之能臣”，中国第一位地质学博士翁文灏其实本分得多。尽管他也关心政治，但仅止于在《独立评论》上发发议论，骨子里还是书生本色，蒋介石多次相邀都被他拒绝。然而，1934 年春节，翁文灏在浙江武康境内遭遇车祸，蒋介石得报，命令医院不惜一切代价抢救，还派来医生，接来家属，将这个体重仅九十磅的垂危病人从死神手中夺了回来！知遇之恩加上救命之恩，翁文灏终于踏入了蒋家王朝的仕途，最终做到行政院长的高官。

我们可以说蒋介石有钻营，可以说翁文灏有无奈，但如果我们将其对比于李四光，那么，对原则性的坚守，立时泾渭分明。

有趣的是，李四光与翁文灏同为我国地球科学、特别是地质学的主要奠基人，都是我国近现代科学事业的重要倡导者与组织者。翁文灏生于 1889 年 7 月 26 日，死于 1971 年 1 月 27 日；李四光生于 1889 年 10 月 26 日，死于 1971 年 4 月 29 日。他们同年生，同年逝世，表面看，翁早生 3 个月，早逝 3 个月零 2 天，而实际算下来，他们的寿命刚好都是 81 岁零 185 天！

历史如此巧合。

或许，蒋介石这时还不想要李四光的命，必须让他活着为他所用。蒋介石了解李四光，也可以说特别敬重李四光。他们都是当年的留日生，都在日本参加了中国同盟会，都追随孙中山，都在孙中山领导下投入了辛亥革命，年龄也只差一两岁。现在，自己成了“一国之君”，李四光是拥有国际影响的大科学家，这样的人才他能舍弃吗？即便从笼络人心和点缀门面着眼，他也必须把李四光牢牢抓在自己手里。

学术大迁徙

1937 年 7 月 7 日，日本发动“卢沟桥事变”，国民党第 29 路军奋起抵抗，抗日战争全面爆发。8 月 13 日，日军在上海登陆。8 月的一天，中研院突然接到通知：“现在情势紧急，鸡鸣寺全部被南京防空司令部征用。限各所三日内全部迁移，过时则不准出入。”

中国近代史上史无前例的“学术大迁徙”开始了！

地质研究所在李四光带领下，花了三天三夜工夫，把仪器、书籍和标本，装箱运往庐山。在山上的芦林和山麓姑塘镇，李四光分设了办事处，地质研究工作在艰难的条件下继续进行。

12 月 13 日，南京沦陷，蒋介石曾扬言要死守首都，结果不到 6 天就逃之夭夭。国民政府决定迁都重庆，但政府机关大部和军事统帅部先行转移到武汉，武汉成为当时实际上的全国军事、政治、经济中心。

1938 年 10 月，广州、武汉相继失守，国民党政府在武汉也待不住了，整体开始迁至重庆，中研院奉命随政府内迁。代院长朱家骅要各所立刻迁往重庆，不去重庆就停发经费，搬迁事宜也概不负责。

战云密布，时代动乱，地质研究所往哪儿迁呢？李四光周密盘算着。

事实上，自“九·一八”事变后，日本帝国主义企图吞并中华的狼子野心已暴露无遗，北京知识界在国难临头热议为国家尽力做事的聚会中，李四光曾热心参加以胡适和丁文江为核心的议政活动。

胡适在《丁文江传》中说：“有几个朋友，如李四光先生，如陶孟和先生，如唐钺先生，原来也常来参加讨论。”可见，李四光与丁文江之间，此时已不局限于地质学方面的联系了。

李四光意识到战争不可避免，还预料到战争爆发后，要长期保住沿海及滨江重镇恐难办到，长期抗战的根据地应在内地，应该早到内地去做准备工作。于是，李四光同时任广西大学校长的马君武商量，拟在广西大学内设立一个科学实验馆，招纳技术人才，从事种种战时必需的物资器材的研究。这个建议立即得到了国民党桂系首脑李宗仁的赞许，李四光很高兴，跃跃欲试，恨不得早日到桂林来大展鸿图。但议论未定，卢沟桥事变就爆发了。

另外，李四光作为局外人，他意识到1936年蒋介石虽然平息了“两广事变”，但李蒋之间矛盾重重，依然如故。李四光原本就不愿意与蒋介石合作，若是到广西去，离蒋介石远点，就可以摆脱一些蒋的控制，放心做点儿有利于抗战的事。

基于上述两方面考虑，李四光决定把地质研究所迁往桂林。巧得很，他的好友、物理学家兼戏剧创作家丁燮林也决定把他领导的物理研究所迁到桂林。两人商议后，亮出一个公开理由：重庆机关太多，广西文化落后，迁几个学术机关去会有些好处。

朱家骅没有明确允许，但也没有公开反对。作为北大老同事，他和李四光的私交还是不错的。何况，这个理由如此充分。

1938 年 11 月下旬，在李四光的带领下，地质研究所雇了两条木船溯江西上，向桂林进发。因交通不便，暂时只能运走必用之物，很多图书和标本只好寄存在南京。

时值严冬，江上寒风刺骨，过黄冈，经武汉，入洞庭，到长沙，沿湘江，奔衡阳，兵荒马乱中的颠沛流离谈何容易，一路艰辛自不必说。由于条件艰苦和过度辛劳，李四光的心脏病在途中突然复发，没有医院，他忍痛到附近一个茶馆借了一个竹靠椅，躺着休息一会儿后，稍微恢复，继续带队前行。

历尽艰辛，两条木船终于辗转到了桂林。山水甲天下的桂林是当时广西首府。抗战以来，特别是南京、武汉、广州失守后，这里云集了众多知名人物，一度成为名震华夏的文化之城。湘桂铁路通车后，市面也逐渐热闹起来，成为通经大西南后方的要冲，后来也因此成为日军狂轰滥炸之地。

李四光的到来，受到李宗仁、白崇禧、黄旭初等人的盛情接待。这些桂系头面人物在国民党内部大力培植自己的派系力量，处处防范蒋介石的吞并，对李四光这样一位不与蒋介石合作的著名科学家的到来，表示极大关注。

但是，尽管得到地方官员的欢迎，李四光初到桂林仍然十分艰难，最使他头痛的三件事，是住房、防空和经费。

最初，地研所与物理所合租了环湖东路的一座两层楼房，但不久便被日机炸塌了一半。1938 年 6 月，只好搬到乐群路四会街 12 号。这是一座十分破旧的建筑物，只能存放一些物资。李四光亲自设计，大家动手，在杂草丛生的院里盖起两排简易木板房，暂做办公室和宿舍，在此工作、生活了两年后，才搬到良丰。

抗战期间，国民政府拨给科研单位的经费极少，并且一再削减，而物价又不断飞涨，地研所不仅办公费用难以维持，连职工生活也成了问题。李四光这位大科学家，抽的是用本地草纸做的一股散发着臭味的烟，身上穿的是土布灰色衣装。有一次，广西省主席黄旭初找他谈话，他老用手捂着膝盖，黄旭初纳闷，就问他怎么回事，这才知道，李四光的裤子破了个大洞!

如此困窘，李四光和同仁仍然坚持研究工作。他们根据当时的实际情况，确定以鄂西、湘西、广西为工作重点，在鄂西和湘西各设了一个工作站。除研究地层和地质构造外，特别注重矿产资源的寻找和开发，对煤、铜、铁尤为重视，收获颇丰。与此同时，他们还对广西地质作了广泛的调查研究，确立了山字型构造体系，并对桂北及大瑶山地区的第四纪冰川遗迹进行了详细考察。

在这样艰难的环境下如何搞科研？李四光一向重视自力更生，从不向重庆方面乞求。他毅然决然地采取了3项措施：

第一项，把部分技术人员借给有关机关。他把朱森派到重庆大学地质系教书，把俞建章和张更派到中央大学地质系教书，把叶良辅派到浙江大学地质系教书，把许杰派到云南大学教书。这些人的薪水由借用单位供给，工作则仍与该所保持联络。借用单位得到急用人才，地研所又减轻了部分负担，两全其美。

第二项，加强与地方部门的合作。通过与有关部分密切合作，在鄂西香溪河流域找到几个可供开采的煤层，解决了这个地区的煤荒问题；对广西柳城大埔煤田和罗城小长安煤田，也作了详细的地质调查，有所发现。这些调查项目，都与各省建设厅合作，调查费用由他们负担，有效解决了科研经费困难的问题。

第三项，尽量依靠广西省当局的支持。在李四光未入桂林之前的 1937 年 10 月，李宗仁、白崇禧、黄旭初在桂林组织了“广西建设研究会”，分别担任正副会长，后来又推举德高望重的李济深为名誉会长，出版了会刊《建设研究》。1938 年秋，蒋介石缩守西南，势力逐渐入侵广西，李宗仁等人决定聘请来桂的进步人士为研究员，以壮大同蒋对抗的力量。李四光入桂后，欣然接受了广西当局的聘请，先是任经济部研究员，后又兼任文化部研究员。1939 年 9 月，李四光写了《建设广西的几个基本问题之商榷》，发表在《建设研究》第二卷第一期。这篇长文，深刻表达了他在抗日战争时期对祖国前途的关注以及关心广西各方面建设的心情，文章还无情指责了国民政府在建设方针政策上的种种错误，分析了建设广西的重要性，指出“广西防御的设施，决不可以仅作为地方建设事业看待，而应该当作整个国防上的重大问题，做有效的处置。”此文不但为广西建设勾画出一幅蓝图，也为整个国防提出了战略性见解，充分体现了李四光“天下兴亡，匹夫有责”的爱国情怀。

与国民党撕破脸

广西建设研究会是桂系成立的最大的文化团体。桂林“八路军办事处”利用该会招贤纳士之机，派遣和引荐了一批党内外专家学者入会当研究员，以公开合法的身份开展文化救亡活动，如胡愈之、邵荃麟、范长江、张志让、千家驹等均被聘为研究员，胡愈之和千家驹还分别担任该会文化部和经济部的副主任。他们在会内团结进步分子，宣传抗日、民主、进步，使该会成为抗日救亡文化运动的重要阵地。

在近240位研究员中，李四光同范长江的友情逐渐深厚。共产党员范长江此时刚满30岁，年轻热情，是著名的新闻记者，他给李四光介绍延安抗日自救的感人事迹，剖析西安事变时中共如何从民族利益出发，促进和平解决西安事变的过程。在范长江清晰而具体的描摹中，李四光对中共和周恩来渐渐产生敬仰之情。

李四光的朋友遍天下，而且几乎各个都是各领域的精英人士，诸如宋教仁、李大钊、杨杏佛、丁文江、翁文灏、李一平等等，这除了源自他本人的热情与仗义，更在于他的满腔热血、不凡之才和执着的事业心，这些，都是吸引豪杰之士拍手而来的重要因素。而这，也让李四光几乎在全国各地，都能与好友邂逅。

在桂林，他与多年不见的马君武在一间小房子里会晤了。他俩的相聚，完全没有俗套寒暄。远望着漓江的峰林，马君武开口便问："这些石山是属于哪一个时代的?""广西地质图还差多少没有编好?"

一个问题接着一个问题，几乎不容李四光陈述自己的来意，直到他终于暂时想不出什么问题来了，提问才告一段落。李四光则直截了当回答了这些问题后，迅速言归正传："此时来桂林不是避乱，是想要旧话重提，在广西办一个科学实验馆，你还记得吗?"

马君武说："怎么不记得，走，我们去看黄旭初他们。"直性爽快的两个人座位还没暖热，就立即动身去省主席官邸。黄旭初对他们的来意一拍即合，立刻赞同。

1938年秋，桂林科学实验馆在良丰正式成立，李四光担任馆长。该馆由广西省政府与中央研究院合办，是一个研究解决广西省建设上实际问题之实验及设计的机关。1940年7月24日，广西省政府第

488 次会议，修正通过了《桂林科学实验馆组织大纲》，规定该馆的主要任务是："一，应用自然科学从事研究各项实际问题；二，搜集各项可供科学研究之材料，并配备各项科学工作必需之工具；三，协助广西科学教育之发展。"

桂林科学实验馆同广西大学遥遥相对。1939 年，亦即建馆次年，马君武被任命为改制后的国立广西大学校长，这是马君武第三次担任这所大学的校长了。遗憾的是，在广西省政府通过科学实验馆组织大纲后的一周，8 月 1 日下午，马君武病逝于任上。

1928 年，在李宗仁的支持下，马君武鼎力创办的省立广西大学诞生于梧州市蝴蝶山，初设理、工、农三个学院，1936 年增设文学院和医学院，1939 年改为国立广西大学。马君武辛勤规划，提倡科学研究，聘请有才识之士和进步学者任教，添置图书仪器，充实教学设备，开办化学、机械等教学工场，并成立科学研究机构，气象之新居全国各大学之冠。抗战期间，大量学者文人汇聚广西大学，谱写了一曲慷慨激昂的中国近代教育史，学校因此成为民国时期著名的国立大学，李四光也曾在此担任过兼职教授。马君武则藉此，和蔡元培共称为"北蔡南马"，声名赫赫！

惊闻噩耗，李四光深感悲痛，他说："将近 40 年来的旧事，和着眼泪在脑海中翻来覆去。既不能忘，不如借此机会付诸笔墨。"他笔蘸深情，写下了《追念君武先生几件小故事》的悼念文章。9 月 18 日，桂林市公祭马君武，悼念这位著名的资产阶级民主革命家、教育家、学者和诗人。中共和八路军领导周恩来、朱德和彭德怀都送来挽词，会场十分庄严隆重。

实验馆成立后，受战时种种限制，应有设备大多未能按计划完成。但在李四光等人的努力下，初具规模，建立了发电所以及金工、木工、电工等工场，有各种科学材料样品（分地质、矿产、农产等）及科学仪器模型的陈列室和图书室，与广西省政府化验室合作的化验室，与中央研究院物理研究所合作的物理实验室，与地质研究所合作的地质矿产研究室，以注重防疟与防病虫害的慕祥研究室，以及冶金炉和等温室。

1941 年 7 月，李四光在《建设研究》第五卷第五期发表了《桂林科学实验馆概况》一文，详细介绍了实验馆的工作概况，是一篇深入浅出的科普读物和精湛的科学组织工作指南。

此文发表时，正值广西建设研究会举行第 22 次全体研究员大会，李四光以馆长和研究员的双重身份，特意邀请与会同仁前往实验馆参观。礼堂的天花板上，用各种线条和有色灯泡布置成太阳、地球和月亮运转的情形，令参观者产生极大兴趣，留下深刻印象。

该馆研究范围十分广泛，有自制的多种无线电机，最小的能放进衣袋之内；有自制的简易测量仪器，一只手就能操作；大量生产医疗用玻璃器皿和学校教学用仪器；研究了防止疟疾传染的办法……

研究会同仁对该馆成立不久，人力物力如此有限而竟能获得如此佳绩深表敬佩。

李四光当然不会忘记马君武那些连珠炮般的提问，对本职工作，他倾注了更多的心血。他和地质研究所的工作人员一道，全面开展了广西的地质调查，精心填绘了广西地质图。他两度长途跋涉调查南岭地质，考察过鄂西、川东、湘西、桂北、闽西、赣南等地的地质构造情况和冰川遗迹，发表了不少学术论著，如《广西台地构造之轮廓》《南岭何在》《南岭东段地质力学之研究》以及《鄂西、川东、湘西、桂北第四纪冰川现象述要》等。

1940 年 3 月，李四光在重庆出席中央研究院第一届评议会第五次年会会议。会议结束时，蒋介石为了拉拢知识界，宴请与会者，李四光借口生病，再一次拒绝参加。4 月，李四光接中研院院长朱家骅密电，要他代表蒋介石和国民党政府去印度与尼赫鲁会谈，李四光断然拒绝并复电道："请转达最高当局另聘贤能。"

李四光并非要刻意挑战蒋介石的底线，那一头，蒋总统却是密切关注着李四光的态度。1941 年春，终于因为李四光要坚决辞去湖北省临时参议会副议长一职，触怒了此前一忍再忍的蒋介石。

1939 年春，各省纷纷成立临时参议会，为能与石瑛合作共支湖北政局，湖北省代主席严重（石瑛任湖北省建设厅厅长时，与民政厅厅长严重、财政厅厅长张难先意气相投，均是民国少有的清正人物，常素衣步行于街市，常被人误认为乡下佬，加之三人行事，与当时官僚腐败、贪污成风的官场风气格格不入，被一些官场老手称之为"湖北三怪"，民间则称之为"湖北三杰"）向蒋介石、陈诚提议任石瑛为湖北省临时参议会议长，得到蒋介石、陈诚批准。但一直栖居在建始的石瑛不予应允，严重专程前往建始，做石瑛的思想工作。在严重再三劝说下，石瑛终于答应，但提出一个前提条件，任李四光为副议长，严重当即表态应允。此后，石瑛征求李四光意见时，未料李四光跟石瑛一样，又来了一个坚辞。经石瑛多次电函劝说，李四光才勉强答应。

1940 年春，湖北省临时参议会在恩施召开，李四光路经建始参加会议，对建始沿途地质作了详细考察。后来李四光在恩施龙洞举行"关于鄂西地质情况"学术报告会时，曾提到建始拥有丰富的煤炭和铁矿资源。这在当时并未引起人们的注意，在今天，李四光的考察得到了印证。

李四光之所以要坚决辞职，是因为他最终发现在这个职务上依然做不到为民建言，依然是国民党政府的傀儡，这显然不符合李四光的个性和追求。此前，蒋介石还多次表示让李四光出任一些著名高校的校长乃至教育部长，但都被李四光拒绝。

潜心著科研

危险不知不觉已如黑云一样盘桓在李四光的头顶，但他浑然不觉。这一天，他的好友、时任经济部资源委员会副主任的钱昌照突然找到他，极为秘密和谨慎地通知他："我在李济深处得知，蒋介石要抓你，快躲一躲！"

好友的意见是，李四光如果不避开，也许也会像马寅初一样被抓捕关起来。就在此前不久，着重研究中国战时经济问题的重庆大学商学院院长马寅初，目睹时艰，痛心疾首，在重庆公开发表演讲，抨击蒋介石政权的战时经济政策，痛斥孔宋贪污，要求开征"临时财产税"，重征发国难财者的财产来充实抗日经费，并要求从孔祥熙、宋子文开始。这令以蒋介石为首的四大家族又气又怕。蒋介石对马寅初威逼利诱、软硬兼施，但讨来的统统是没趣。此后不久，马寅初又在黄炎培办的中华职业学校作公开讲演，不仅骂孔宋贪污，发国难财，还骂蒋介石"不是民族英雄，而是家族英雄"。恼羞成怒的蒋介石终于按捺不住了，托辞派马寅初到第三战区考察经济，命宪兵将其逮捕。著名的爱国学者马寅初因此被监禁在江西上饶和贵州息烽达21个月之久！

李四光心里明白，自己一贯反对蒋介石，现在，每年都要到重庆去参加一次中研院院务会议。会议结束时，蒋介石总要宴请与会人员，李四光每次都借口生病或连夜离开，拒绝参加。疯狗要咬人，不能不认真对付，大家劝李四光找一个僻静的地方躲一阵子。而随着战事的深入，1941 年 8 月，日机由越南侵入桂林狂轰滥炸，桂林市区也变得很不安全。省政府下令紧急疏散市区人口。

李四光不得不采取相应的防范措施。这一天，李四光、许淑彬与地质所同事一道，带着罗盘、地质锤等坐着卡车外出调查地质。但这一天，夫妻俩并没有返回研究所，而是来到离良丰几里路外的驾桥岭清平乡住下了。

原来，馆里有两个工人是这个村庄的，工人们平时对这位大科学家都很敬重，李四光通过这两个工人，在这儿租了两间茅屋，“隐居”起来。这里非常僻静，风景优美，有合抱的榕树和一丛丛的芭蕉。村子周围，是平地拔起的石灰岩山包，形成一道天然屏障。在靠近一个山脚的地方，有十来个茅舍，一条清澈的小河弯弯曲曲从村前流过。

李四光非常惬意，他可以专心撰写论文了。《二十年经验之回顾》《“山”字型构造实验和理论研究》等重要著作，都是在这一时期完成的。乡村生活有优点也有不便，特别是晚间没有电灯，工作起来比较吃力。但这些困难，李四光都一一设法克服了。

李四光特别喜欢乡间清新湿润的空气。每天清晨，他都要打一套太极拳，常年坚持晨练，这对李四光的身体很有好处。为了给李四光增补一些营养，许淑彬专门买了一台小石磨，她亲自磨黄豆，取豆汁，做豆腐，还养了一群鸡，下的蛋两个人都吃不完。李四光案头的小油灯，就是凭借夫人积攒鸡蛋换回的豆油才执着地燃烧着。另外，他们还种了一小块菜地，萝卜、青菜一点儿都不缺，有时还托人把青菜、鸡蛋带给学生们吃。晚饭后，夫妻二人有时一起到河边散步，尽情欣赏乡村的美景。

驾桥岭的乡居生活，是李四光夫妇在广西最值得回味的日子，艰苦清贫，但充满乐趣。乡亲逐渐熟悉起来，有来有往，彼此间都已经不当外人，孩子们则“李爷爷”“许奶奶”地喊个不停。夏夜在榕树下纳凉时，李四光还给孩子们讲星星的故事，孩子们夜深了还不愿离开这位慈祥和蔼的李爷爷。

1941 年秋，李四光带着孙殿卿、马振图和王文瑞等同事，对南岭东段进行了一次重要考察。他们由清平乡出发，抵衡阳转耒阳，过茶陵到湘赣交界的界化垅考察山地，后进入江西，直达福建长汀，然后又在赣南的三南（龙南、虔南、定南）进行考察，最后经广东韶关、湖南衡阳返回桂林。此行历时两月，李四光所得第一手资料十分丰富，成绩斐然。

综观桂林期间，李四光科研成果累累：在伦敦出版了专著《中国地质学》（1939）和《大陆漂流》（1939）；在国内刊出了《鄂西、川东、湘西、桂北第四纪冰期现象述要》（1940）、《广西台地构造之轮廓》（1941）、《广西地层表》（1941）、《地质物理学上之几个基本问题》（1941）、《朱森蜓、蜓科之一新属》（1942）、《南岭何在》（1942）、《中国冰期之探讨》（1942）、《科学工作的几个基本问题》（1942）、《南岭东段地质力学之研究》（1944）等学术论文。

大凡搞地质的人，都喜欢收藏矿物或岩石标本，李四光也珍藏了许多受构造运动影响发生塑性形变的脆硬砾石标本，其中一块弯曲的砾石，还有一段曲折的故事。

1941 年 7 月 7 日下午，广西大学在大礼堂举行第八届毕业生典礼暨新舍落成典礼，请李四光作学术演讲，演讲内容是关于一块特殊的小砾石。这块变形砾石，是地质所同事张更在雁荡山考察冰碛层时发现并送给李四光的，它引起了李四光的格外注意：砾石成分是细粒石英砂岩，一般认为较坚硬且性脆，这块却有十分明显的弹塑性。石头长不到 1 寸，颜色呈紫红色，弯曲成 90 度，形状非常奇怪，既是研究冰川时期的重要实物，也能够说明岩石的可塑性，其研究价值非常高。李四光爱不释手，携身不时抚摸，还给它起了个名字叫“马鞍石”。

会上，他把石头介绍后拿给大家传递，听众中有人以为是“无价之宝”，居然暗中匿藏了起来。李四光再三解释，这不是宝石，除具有科研价值外分文不值。尽管如此，会议结束后仍不见送回。最后只好请大学出布告，请藏石者交出砾石，并给予一定奖赏，若不便直接交还，可置于校园某棵榕树洞内，并请留下地址以便送赏。第三天，在那棵指定的榕树洞中，发现了变形的石子，但没有留下地址和姓名。

经过此番折腾，他很少再拿出这块小砾石，像宝贝一般珍藏在身边，直至逝世。1946 年他写了一篇名为《一块弯曲的砾石》的短文，寄给英国《自然》杂志，介绍给同行爱好者。他认为：“砾石是由于在冰川的荷载下，以某种方式变形的……变形是由于砾石的一半被固紧，而另一半受到冰流的前推作用。”

侠肝义胆，昂然正气

1941 年，抗日战争进入相持阶段，全国人民忍饥挨饿支援抗战，以蒋介石为首的四大家族却利用“抗战”名义横征暴敛，大发国难财。同年夏天，孔祥熙的二小姐出嫁，仅置办嫁妆的费用就够救济一万难民，可以创办一所设备完善的大学！

万户千门成野草，只缘一曲后庭花！广大学生对国民党官僚的贪污腐化十分痛恨，在中共地下党组织的领导下，昆明的西南联大发起“捣孔学潮”。广西大学学生听到消息后，立即响应，他们同心协力，将替国民党卖力的原广西大学校长逐出校园。很快，教育部又派一位名叫高阳的中统特务来当校长，学生们更加气愤，准备到省政府请愿，反对高阳任校长，而要求李四光担任此职。高阳得知此事后，在宪兵保护下进入广西大学向学生“训话”，结果在学生的怒骂声中草草收场。第二天凌晨，特务和宪兵闯进熟睡的学生宿舍，抓走100多名学生。为营救被捕同学，学生们派代表找李四光寻求帮助。

李四光不顾旁人会因此事说他有与高阳争校长之职的嫌疑，爽快答应，拿着学生写好的谈判书去与高阳交涉，在李四光的义正言辞之下，高阳被迫释放了一些被捕学生。危急关头，李四光坚定地站在进步学生一边。

在清平乡这个“世外桃源”，李四光过着纯朴自然的自给自足生活，但他心里，仍然关心着国家大事，牵挂着地质研究所的同事们。轰炸稍有平缓，夫妻俩再次回到良丰的地质研究所。

1944年6月，正当李四光带领研究所在桂林大显身手时，日本侵略者为挽救其失败命运，在中国战场垂死挣扎，从湘桂路直扑桂林，同时又从越南进攻镇南关（今友谊关），包抄北上，广西形势十分紧张，桂林、良丰都不能久留了。

李四光考虑到，在这外侵内患的动乱岁月里，也只能“走得一步是一步，救得一命是一命”。他立即通知研究所留在桂林的七八位研究人员，迅速准备，先到贵阳避难。

欲寄征衣无消息，居延城外又移军。6 月 27 日，在桂林第一次疏散中，李四光恋恋不舍告别了工作、生活了 7 年的桂林，带着夫人和同事仓促起程，开始了再一次的艰难跋涉。

当时，黔桂铁路只由桂林通到独山，火车里到处是难民，水泄不通，车顶上都坐满了人。人们心情焦急，而火车似乎无法承受如此重负，越开越慢。天热缺水，干粮无法下咽，车厢内脏臭味扑鼻，什么教授、所长和研究员，一律成了无人顾及的逃难流民。

疲劳过度的李四光终于抗不住折腾了，在车厢里染上了痢疾病。幸亏许淑彬心细，临出发前给他备足各种应急药品，加上一路的体贴照料，才使李四光没有倒下来。李四光略有好转，又担心许淑彬的身体，生怕她为了照料自己而累垮。

经过 10 多个难熬的日日夜夜，火车到达终点站贵州独山。独山是个边远小镇，幸而还有一所中学，正值暑假，教室腾空，供逃难者驻脚。湘桂逃来的人每天都有不少，可是从独山去贵阳的车很有限，步行则因为土匪横行、山陡谷深而极难实现，滞留独山的人因此愈来愈多。让人稍感欣慰的是，时艰人暖，在空荡荡的教室里，李四光夫妇还得到了同是逃难至此的许地山夫人的照料。

幸好，许淑彬最后联系上这里的一个远亲，是贵阳运输处的处长。在这位处长的帮助下，李四光搞到一辆卡车，在路上走了 20 多天，7 月下旬来到贵阳。

这时的贵阳，也与桂林一样，难民蜂拥，人满为患。李四光暂时住在城里，后来得到在贵州矿产勘测团工作的学生乐赤的帮助，李四光在乐湾的万松阁古庙设立了一个办事处，将研究所暂时安顿了下来。

似乎是命中注定，李四光与古庙有着不解之缘。在家乡读私塾时，学堂设在古庙里；在北大任教时，地质系设在古庙里；而今处于战乱奔波岁月，研究所又设在古庙里！

万松阁距贵阳城区 15 千米，置身于青松丛林的环抱中，庄严肃穆，飞檐垂挂的风铃随风摇动，发出清脆悦耳的响声，与隐约的木鱼敲击和喃喃的诵经声彼此呼应，穿过窗棂传入人们的耳鼓，显得格外幽静与祥和。

古刹疏钟度，遥岚破月悬。李四光觉得这里的环境很好，既有冰川遗迹可考，又非常适合案头写作。此时，他身体虽然虚弱却仍不忘科研，带领同事和学生再次考察附近的地质和第四纪冰川遗迹，写成了很有学术价值的论文《贵州高原冰川之残迹》。

10 月，困兽犹斗的日本侵略者开始了最后的疯狂。国民党军队溃不成军，1944 年 11 月 11 日，桂林、柳州同时失守，12 月 2 日，独山被占，都匀吃紧，贵阳告急。李四光只好带领同事们告别乐湾、贵阳，直奔重庆。

屋漏偏逢连夜雨，途穷反遭俗眼白。汽车快到遵义时，一伙国民党的残兵持枪挡在李四光一行乘坐的卡车前，以“征用”为名抢车，他们又打又骂，十分凶狠粗野。正当这伙残兵举枪要杀人之际，李四光大喝一声：“住手！”他大义凛然地从车上下来，挺直腰杆，怒目圆睁，声色俱厉地斥问：“你们是哪个部队的？胆敢如此横蛮！这车谁都动不得，有本事就把我打死在这里。你们简直是一伙强盗，快给我滚开！”

李四光平素温文尔雅，但其一旦严肃起来，不怒自威，何况是皱紧了眉头的怒吼！色厉内荏的残兵冷不防被如雷贯耳的喝问镇住，面对李四光怒不可遏的神情，摸不清来者是何方神圣，面面相觑。为首的兵士点头哈腰，一挥手，残兵们立时四散。化险为夷后，大家都万分敬佩李四光临危不惧的大无畏气概，斯行健由衷地翘起大姆指说：“嘿，老师就是能以一正压百邪！”

汽车直奔遵义，一周后，李四光一行又继续驱车赶往重庆。

在颠沛流离中成长

历尽艰辛，李四光和他的地质研究所同事终于抵达战时陪都重庆，结束了为期数月的险恶奔波。飘飘何所似，天地一沙鸥！

时值已是初冬季节，早晚寒风袭人。汽车一路颠簸，几经周折，来到四川地质研究所的门前。所长侯德封此前已知李四光一行要到，在后院腾出了几间房屋，请他们暂在所内安歇。

长途奔波，精疲力竭，对55岁的李四光来说，是一个不小的考验，再加上这里是李四光最不想来的重庆，触景伤情，他难免又想起了爱徒朱森蒙冤离世的惨痛过往！

朱森回国后，重庆大学校长胡庶华聘他去该校新办的地质系任教授，朱森征得李四光同意，1938年春带着全家赴职。他深感中国地质人才缺乏，教学十分勤勉认真，深得学生爱戴，第二年即升任地质系主任。他自编了英文讲义《地层古生物学纲要》，又编了《地史学》讲义，除课堂讲授，对课下辅导及野外实习也十分重视。至野外时，总在晚间给学生耐心答疑，指导编写报告。一切安排妥当后，才最后归寝。他在教学的同时也进行科研，1939 年暑期调查川北龙门山地质，1940 年夏又研究灌县地质，1941 年春率学生研究南川地质。

1941 年夏，中央大学地质系主任李学清辞职，校长顾孟余聘朱森接任，朱森商请俞建章主持重庆大学地质系系务之后，去中央大学上任，同时也在两校兼课。接任不久，他带学生去野外实习，而中央大学、重庆大学都给他家送去一个月的平价米 5 斗。朱夫人文化不高，未问清情由就照收不误。后来，别有用心的人向教育部与粮食部告密，诬指朱森重复冒领平价米，教育部长陈立夫竟通令给朱森记大过一次！

朱森一生清廉，遭此不白之冤，心情忧郁，胃溃疡陈疾加剧，多方救治无效，1942 年 7 月 6 日溘然长逝，年仅 40 岁。

当年 10 月 25 日，在中央大学大礼堂隆重举行朱森先生追悼会，会场四壁挂满了愤怒、哀悼之词，不少人在讲话中声讨对朱森的迫害行为。李四光以极大的悲愤心情撰写了纪念悼词，以“山兮复何在，石迹耿千秋”的名句，痛哭自己的学子！

瑶瑟玉箫无意绪，任从蛛网任从灰。对时局的愤慨、对前途的忧虑和对生活的无奈三者交织在一起，使李四光的心情极不愉快，这位一向坚强的学者，终于流下了辛酸的眼泪！

刚抵重庆的第二天一大早，大家刚刚睁开眼睛，就听到窗外有人喊道：“气球挂起来了！”原来是空袭警报。李四光一路奔波，喘息未定，又开始了躲避空袭的生活。

通过友人的帮助，李四光夫妇在沙坪坝北碚镇租到了一所小楼——琴楼，暂时定居下来。沙坪坝，背靠歌乐山，面临嘉陵江，是陪都重庆的文化区。此时，李四光夫妇的健康情况越来越糟。李四光逃难时患了疟疾，虽已痊愈，但身体十分虚弱，要命的是，许淑彬也病倒了！刚进新居，她就身染重病，卧床不起，同时，她还患上了严重的高血压。

李四光急得团团转，他知道许淑彬的重病由何引起：长年积劳，缺乏营养，艰难奔波，关照自己……女儿在成都工作，不在身边，李四光只好拖着病体承担起所有的家庭事务。早上，他自己起来烧水做饭，然后去研究室工作；中午下班回来既要做饭，还要照料卧床的夫人。他对许淑彬照料得无微不至，每日服药，他必亲自伺候，从不马虎。许淑彬见他十分劳累，又占用了许多科研时间，心里很难过。

一天，许淑彬躺在床上对李四光说："你是不是向所里讲一下，叫他们派个人来帮帮。不然，你会累坏的。"

李四光的个性十分倔强，不愿给单位和别人添麻烦。他却说："请人来照顾，很难贴心，还是我多吃点苦吧。"

李四光对许淑彬的爱护和照顾，不但情深意重，而且相当科学。许淑彬不太会控制情绪，特别是见到老同学、老朋友，往往特别兴奋，话也特别多。李四光认为，多兴奋、易激动，对身体有害。为了使许淑彬少兴奋，不激动，他在家里定了一条不成文的规定，许淑彬的客人来了，先由他在门口迎接或出面接待，然后由他转告许淑彬，许淑彬听到转告的消息，就不会特别激动和兴奋了。

一个病弱的人，能硬撑到何时？很快，李四光的身子支持不住，心脏病发作了。一家两个病人，李家的困苦可想而知。李四光一倒，家中事情全由许淑彬的弟弟许保均照应。这一对病中的夫妇此时更深地感到：健康是事业和家庭的幸福之本。一个人，特别是一个有远大志向的人，如果没有健壮的身体，理想不过是梦幻。为了事业和家庭，他们相互鼓励，相互照顾，相互研究战胜疾病的办法，争取早日康复。

为保证双方都能按时服药，他们决定：许淑彬用的药，由李四光保管；李四光服的药，由许淑彬存放。这样，彻底改变了以往服药不规律和漏服的问题。他们还认为，精神好坏，对恢复健康极为重要。为配合药物治疗，他们独树一帜地创造了两种疗法。其一，音乐治疗。一个是小提琴高手，一个钢琴弹得非常出色，丈夫为妻子拉琴，妻子为丈夫演奏，两人娱乐起来，病痛似乎全无。其二，钟情事业。李四光认为，专想事业，是一种较好的精神疗法。治病期间，他时常拄着一根拐杖，带着罗盘出外散步，碰上值得测量、研究的裂隙、地层露头，他就蹲在地上仔细察看、分析，心思都集中在心爱的事业上。

经过药物和精神疗法，他们的病很快有了好转。

尽管工作和家务如此繁忙，但当一些单位请他演讲时，李四光从不推辞，每次都认真做准备。到重庆后，家里经常有人来访，李四光都热情接待。客人走后，他刚想开始写点东西，可是又到了做饭的时候。这样一来，他只好夜里加班工作，有时一直要工作到天明。

蒋介石得知李四光来到重庆，想继续拉拢这位科学界的名流，多次举行宴会招待科技界和教育界的知名人士，每次总把自己右边的席位留给李四光，但是李四光总是推说外出考察，不予理睬。蒋介石托人捎信请李四光担任中央大学校长，也被李四光一口回绝。

随之，又有行政院长宋子文登门拜访。显然，宋子文的来访是出于蒋介石的授命。蒋介石深知李四光与宋庆龄素有交往，让“国母”的兄弟亲自出面，也许不会给予难堪。宋子文开门见山，请求李四光出任驻英国大使。李四光的回答更干脆：我是和石头打交道的，没有外交才能；自己的健康情况，已不允许从事大活动，医生一再要求静养，现在就本行业务已力不从心，何况外事事物，更是无法承担。最后再三对宋子文的好意表示感谢。

有理有据，不卑不亢。难得的是，经过了白色恐怖的洗礼，李四光的情商也显然变得更高了！

8

发挥光与热，祖国不负我

希望，团结科学界

与李四光相反，蒋介石的重赏之下招来了一位“勇夫”，他便是李四光的结义兄弟王世杰。得知李四光已来重庆，王世杰立刻前来探望。这时的王世杰地位非常显赫，早已由大学教授、大学校长升任为教育部长、中央宣传部长，时任国民党政府的外交部长。事实上，自他从政以来，也像从前一样经常看望李四光和许淑彬，而且对李四光的各项学术研究都以教育部长的身份给予全力支持，生活方面也主动提出给予帮助。李四光感谢王世杰支持自己的事业，但谢绝他在生活上的好心资助。

“宁为百夫长，胜做一书生”，王世杰如此选择人生的道路，是个人的意愿自由，李四光无从反对。但对他们来说，朋友尽管还是朋友，无论如何也不像从前那样亲密了。

这一次，王世杰依然是以老同学和老朋友的身份来看望李四光，他急切而真诚地问夫妇俩是否需要生活补助，李四光婉言谢绝了。

同来望月人何处，风景依稀似去年！如前所述，两个人当年都在湖北军政府任职，都不甘心伴随袁世凯政权共事，都相继辞去现有职务而以“有功国民”的资格同去英国留学，并在英国结识了另一好友丁燮林。三人在异国他乡几乎形影不离，结伴去考察，又一道返回祖国，同在北京大学任教，谁都知道，这三人的关系胜过一母所生的三兄弟！

王世杰跟李四光从来没有发生过任何分歧。现在，几十年如一日的好朋友因为政治而分道扬镳。“让事实证明，看谁说得对！”李四光和汪精卫最后谈的这句话，很快将得到惊人的验证！

李四光对高官厚禄、荣华富贵不仅仅从不动心，在多个场合也对国民党政权表达厌恶之情。

1945 年 1 月 10 日，中央研究院和北京大学同学会在国民党中宣部礼堂，举行蔡元培诞辰纪念会，邀请李四光作学术报告，题目是《从地质力学观点看中国山脉之形成》。李四光从科学研究谈到蔡元培做学问的精神，从岩石变化谈到自然界“变”的道理……正兴致勃勃时，突然“啪嚓”一声，朱家骅坐的椅子坏了，堂堂大院长冷不防摔到地上。李四光看了他一眼，没有理会，话题则一转：“比如现在，一把椅子坏了，一个人摔了下去，其原因是椅子发生了变化，那我们就要研究这把椅子发生了什么变化。显然，这椅子已经腐朽了，再加上人的压力，它就非垮不可！”

李四光借题发挥，讽刺国民党的统治就像这把椅子一样很快便会垮掉。周恩来领导下的《新华日报》为此发表特写：《李四光教授学术讲演》。

在重庆期间，李四光每天上午都为妻子准备好食物后，匆匆赶往重庆大学讲课，下午到地质研究所工作，晚上回到家里，服侍病妻，忙碌家务。夜深人静时，他又坐到桌前，撰写学术专著《地质力学的基础与方法》。妻子半夜醒来，总是看到李四光在伏案写作。

过度的劳累，损害了他的健康。一天清晨，当他像往常一样去讲课时，竟然昏倒在道边。经张孝骞大夫诊断，是心绞痛发作，张大夫告诫李四光要卧床静养，不能吸烟，也不能工作。许淑彬得知后十分焦急，血压再次升高，夫妇俩同时患病在床，女儿又远在成都，此时，只有靠热心的学生轮番来照顾他们的老师，一些知识界的朋友，也时常来看望李四光。

为了加速第四纪冰川和地质力学的完善，经李四光提议，地质研究所的所长职务暂由俞建章代理，此种情形直至 1945 年抗日战争胜利。

暂时的卸职，并不意味着卸去了工作。李四光依然在马不停蹄地思考和撰写自己的那部大部头著作。1945 年 4、5 月间，重庆大学和中央大学地质系联合邀请他到重庆大学连续作了题为《地质力学的基础与方法》的专题学术讲演，这是李四光二十多年研究地质力学的一次总结。

李四光身在病床，心里惦记着即将召开的地质年会。事实上，地质年会更惦记着李四光。中国地质学会的第 22 次年会决定于 1946 年 10 月在南京召开，全国会员都渴望能够再度听到李四光的讲演。

李四光原本准备发表一篇新论文，如今重病缠身不能执笔，但又不能令大家失望，便请俞建章将他的口述记录下来加以整理，论文题目是《中国沿海之陷落与大陆破裂》。

俞建章自进入北大地质系读书以来，20 多年一直在李四光身边，现在又是本所代理所长，恩师信任的得力助手，自然全力以赴。李四光躺在床上拿着提纲口述，俞建章摊开稿纸伏在床头柜上一笔一笔地忠实记录，还不时替恩师擦掉额头上的虚汗，他自己身上的汗不见得比恩师的少！两人的汗水滴在一起，此景俞建章终生难忘。这份手稿打印之后，征得恩师同意由他珍藏。50 年代，他出任长春地质学院院长之后，仍把手稿带在身边，直至 1980 年在长春逝世。

1945 年夏，一个风雨交加的夜晚，李四光躺在床上辗转难眠，疾病使他不能读书写作，听着窗外雨滴风吹，望着身边患病的妻子，寂寞和凄凉之情袭上心头。这时，忽然听到有人敲门。

李四光道声“请进”，刚要披衣下床，房门已打开，走进两位陌生的年轻人，随后又有一位身材魁梧的中年人走了进来。中年人脱掉雨衣，快步走到李四光的床前，拉住他的手亲切地说道：“不要起来，不要起来。李先生近来好些吗?”

“好，好，好多啦。”李四光一边回答客人的问候，一边和妻子打量着眼前熟悉而又陌生的面孔。客人似乎看出了夫妇俩的惊讶，立即自我介绍道：“我是周恩来。”

说着，周恩来在李四光的床沿上坐下，“刚才在《新华日报》社，听到教育界一位朋友说，李先生和夫人正在患病，顺便来看看你们。”周恩来的一席话使李四光既高兴又不安，他做梦也没想到，身为共产党高级领导人的周恩来，能在百忙之中抽空来探望他，而且是在这样风雨交加的日子！

他不无歉意地说："周先生，这样的天气，你还……"

"这样的天气，穿上雨衣，别人不好认出来呀！"周恩来笑着解释，李四光会心地笑了。

周恩来询问李四光的研究情况，李四光将《地质力学的基础与方法》一书手稿递给周恩来，周恩来一边翻阅，一边称赞道："好啊，好啊！我们中国的地质科学，还是在打基础的时候，这是艰苦的工作。李先生的独立自主精神，脚踏实地、实事求是的作风，刻苦研究、始终不懈的毅力，都是值得钦佩的。"

李四光听了周恩来的夸奖，不安地说："我们所做的，无非是些敲打石头的事罢了。"

周恩来笑着说："这敲打石头可不简单！我们中国一向称作'地大物博'，把地质科学发展起来，将来大有用处。"

周恩来的话让李四光十分兴奋，他向周恩来讲述了目前地质学研究的状况和自己对中国矿产分布的看法。周恩来认真听着，最后语重心长地说："李先生，多保重吧！你花费的心血，总会开花结果的。"

午夜12点，周恩来离开了李四光的房间。

与周恩来的会面，让李四光在困顿与痛苦中，逐渐认识到新民主主义革命的必要性，恰如一场愁雨变成了喜雨，随风潜入夜，润物细无声。他双目炯炯地对家人说："我从周恩来身上感觉到：中国有了共产党，就有了希望。"

不久，周恩来第二次会见李四光，向李四光提议，把科学工作者联合起来，建立自己的组织，李四光非常赞同。之后，周恩来邀请李四光、竺可桢、任鸿隽、丁燮林、严济慈等科学家，一起研究中国科学工作者协会的筹备工作。周恩来谈到，要用科学知识为广大人民群众谋利益，不要做压迫人民的反动派的帮凶。科学工作者要团结起来，和广大的人民群众一起，共同奋斗，对外要打倒帝国主义的侵略，对内要推翻贪污腐化、不民主的政权，建立独立自主的新中国！大家把这些观点都写进了协会章程。

重振南京地质基业

1945 年 7 月 6 日，在周恩来的关心和指导下，李四光同进步爱国的科学家们在沙坪坝正式创建中国科学工作者协会。协会旨在团结科技同仁，为中国的科学发展做出贡献。科协的领导机构是理事会和监事会，第一届理事长是竺可桢，李四光担任监事长，总干事为涂长望。科协主办了《科学新闻》，报道科学界的活动，促进科学工作者团结起来，争取民主。这个组织使当时相当散漫而沉寂的科学界顿时活跃起来，发展较快，除重庆总会外，西南和西北地区一些大城市以及英、美、澳、丹麦等国留学生中均设了分会。

1945 年 8 月 14 日，一个令人特别激动的日子，日本帝国主义宣布投降，抗日战争终于胜利了！李四光坐在窗前的藤椅上，倾听着街上传来的欢呼声、鞭炮声和锣鼓声，心潮翻滚，思绪万千，彻夜未眠。8 年来颠沛流离的生活一幕幕重现眼前，战争终于结束了，自己又可以静下心来从事地质研究了！

同事不断来看望李四光，大家兴高采烈地对他说："所长，抗战胜利了，我们该回南京去吧？"李四光大病初愈，身体还很虚弱，但他更想早日回到南京重整地质基业。慎重起见，他想先派人回南京看看现状再作决定。

此时，学生赵金科刚从美国回来，李四光对他说："金科，所里同事都想尽快回南京，可是经过这么多年的动荡，不知南京的情况如何？咱们当年的房舍是否可用？图书、仪器是否散失？这一切都不清楚啊……"

"老师，我明白您的意思了。"赵金科爽快地表示，"我现在正好单身一人，没有麻烦事，稍微收拾一下东西，立即上南京了解情况。"

"好啊！"李四光紧紧握住赵金科的双手，"一切就拜托你了。"

旋即，赵金科由重庆飞到南京，接收了当年的房舍和在地下室存藏的一切资料和设备。又奔赴庐山，可惜所有的东西都被日寇运走了，其中包括李四光早年在东京与孙中山的合影照片。离开庐山，赵金科又来到上海，接收了日寇侵占期间研究所残存的图书和仪器。他马不停蹄，一口气跑完了应该奔跑的3个基地。

此时，国民党官员正在到处接收金银财宝，横发国难之财，而赵金科却在东跑西颠地接收纸片、书本和仪器，个人腰包空空如也。水流心不竞，云在意俱迟。这就是赵金科——李四光培养的一名普通学生。

李四光了解到这些情况，与同事决定分期分批东进，借到外单位工作的人陆续回到李四光的身边，共计30多人。大部分人陆陆续续回到南京。但是，李四光知道，蒋介石政府也必然迁回南京定都。因为厌恶这帮军阀政客的嘴脸，他决定与许淑彬在俞建章的陪同下，由重庆乘船先去上海。1946年11月，李四光夫妇离开雾气重重的重庆。

船到武汉三镇，要停留较长一段时间。湖北家乡的亲戚朋友都赶到码头来看望他。见到久别的爱妹李希白，李四光热泪盈眶。去日儿童皆长大，昔年亲友半凋零。一别8年，于此相逢，兄妹之间该有多少话想说啊！如今，父母已经长眠地下，还有什么能够取代一奶同胞的骨肉亲情？然而，他仅仅是路过乡土，短暂相逢又是泪别……

船到南京，也要停留一段时间。中央研究院院长朱家骅笑容可掬地登上了船舱。朱家骅原来也是北京大学教授，也是中国近代地质学的奠基人之一，后任国民党政府教育部长和中央组织部长，为国民党内CC派的头目之一，可谓那个时期学者从政的典型代表。1940年，蔡元培在香港逝世之后，朱家骅兼任中央研究院院长。眼下，他自然是以院长身份来欢迎李四光重归南京。

随即，赵金科和斯行健等地质研究所的同事也都纷纷登上客轮。

原来，俞建章在出发之前，给地质研究所发出电报，告诉大家李四光夫妇和自己将先到上海，希望大家暂勿念。朱家骅由此获得信息，特到船舱劝说李四光留在南京。

刚说几句话，他便把一叠钞票递给许淑彬，笑嘻嘻地说："我知道你们现在手头比较紧啊，这点钱就算我赠送二位的一点健康保养费吧。"李四光马上回敬说："不能收，不能收。我们再穷，可看病的钱还是不愁的。"

他接着说："谢谢你的好意。我不打算在南京上岸，船票是直达上海的。我现在患有心脏病和失眠症，约好了大夫在上海专等，留在南京是要失去信用的。地质研究所的领导职务早已由端甫（俞建章）代理。公事方面，请朱院长直接与端甫联系，还望多多关照。"

朱家骅特别尴尬，但又找不出继续挽留的理由。他深知这位老友的性格和脾气，只得无可奈何地任他而去。

在上海，医生检查出他患有心绞痛和肺结核，要求他必须静养。但他的一颗心却反对自己静养，他想领人到共产党的解放区去，考察西北黄土高原和天山山脉的地质状况。他派学生孙殿卿再回重庆一次，找当时八路军驻重庆办事处的老同乡、好朋友董必武征求意见。董必武非常怀念并关注李四光，尤其担心他目前的身体状况和人身安全，深情地对孙殿卿说："我们知道仲揆先生在上海，但不能去看望他，怕给他带来麻烦。请你转告仲揆先生，新疆是不能去了。我们那里的人已经几乎被他们（国民党反动势力）搞光；到解放区去，路上也很不方便。现在蒋介石尽管在尽力挣扎，实际上已处于崩溃的前夕。我们代表团（中共和平谈判代表团）在这里也停留不了多久。现在蒋介石已经疯狂，不可不注意。望多珍重，后会有期。"

李四光听完转述心内了然，他感谢董必武代表中国共产党对自己的关怀、保护，更对蒋介石再度发动内战而深恶痛绝。

时逢伦敦正在筹备第 18 届国际地质学会，1947 年 6 月 6 日，中国地质学会理事会在南京举行会议，讨论参加第二年举行的地质学会的代表问题。经过选举，李四光、尹赞勋两人当选。李四光感到这是个离开乌烟瘴气的国统区的好机会，极其珍视，用了大约一年的时间准备论文。他反复修改，力争代表中国发表高质量的学术见解，这也是李四光的一贯学风。由于经费短缺，最终只有李四光一人前行。

1947 年 9 月，李四光夫妇应浙江大学校长竺可桢夫妇及化学系教授丁绪贤夫妇等邀请，出国之前先来杭州小住。竺可桢是著名的地理学家，也是颇有造诣的气象学家，是一名可以和李四光切磋学术的好聊友。除此之外，李四光的杭州小住也不寂寞：当孙殿卿等几个学生出差途径杭州来探望他时，他带他们去中天竺察看了岩石现象，既畅叙友情，又考察浙江一带的地质状况。

一天，李四光从一位老同学口中得知浙大学生自治会主席于子三被捕，立即找来孙殿卿，嘱他去找竺可桢设法营救。孙殿卿去后，李四光放心不下，心急如焚，又拖着病体亲自来到浙大。但于子三已被特务杀害，浙大师生正在为此抗议。李四光虽然不是浙大教授，但毅然在教授抗议书上签上了“李四光”三个大字。

这时，李四光在日本留学期间的同学沈鸿烈，以浙江省政府主席身份设盛宴款待老学友。李四光感谢沈鸿烈的一片真情，但想到前不久于子三等 4 人被国民党特务残害而难免不为沈主席管辖区域出现如此暴行感到遗憾。尽管沈鸿烈对李四光甚为殷勤，但此事却未获得李四光的丝毫谅解。

事实上，沈鸿烈倒不失为一个好官，其主政青岛的 6 年，青岛全面发展，尤以普及现代中小学教育和建设平民住宅，最为青岛普通百姓所称道。抗战胜利后青岛第一任市长李先良曾感叹，二次大战后英美各国才有供给低收入阶层的标准房屋建设，而沈市长早在 30 年代便为贫民和工薪阶层大建廉租房，实属先进之创举。鼎鼎大名的南开大学张伯苓校长，是沈鸿烈的终生挚友。沈鸿烈主政青岛后，决心大力发展教育，恳请张伯苓让办学有声有色的南开中学教务主任雷法章来青岛，出任教育局长。张伯苓就沈鸿烈的求贤若渴发出感叹：“当今之世，像沈鸿烈这样为国为民的市长，能有几人?”

裂痕的根源，在于大义之分！“黄鹄去不息，哀鸣何所投？君看随阳雁，各有稻粱谋。”李四光是抱着对待王世杰的态度面对沈鸿烈的。朋友还是朋友，但既然在政治上已分道扬镳，也不得不敬而远之了。

第十八届国际地质学会

1948 年 2 月，带着对竺可桢、丁绪贤和浙江各界忠实朋友的真诚谢意，怀着对沈鸿烈等学友的遗憾，李四光返回上海，携许淑彬共同启程。

颇有意味的是，建国后，李四光曾几次到青岛疗养，都住在八大关疗养区，而著名的八大关建筑，绝大多数都是在沈鸿烈主政青岛期间主持修建的。这些古希腊式、罗马式、哥特式、文艺复兴式、拜占庭式、巴洛克式、洛可可式、新艺术风格式、折衷主义式等风格各异的建筑群，标志着中国建筑师正式走上历史舞台，标志着青岛的建筑艺术已经摆脱了单一的殖民地色彩，成为中国文化吸纳域外文明的成功范例。

这当是两位曾经的好友无法断绝的缘份吧！

几经辗转，直到 4 月初，夫妇俩才在香港搭上一艘挪威货轮。航行异常艰辛，经过两个多月的艰难航程，货船才抵达法国南岸大港马赛。上岸后，他改乘火车，经巴黎再横渡英吉利海峡，抵达伦敦。

码头上，可爱的女儿正在那里迎接他。李林当时正在剑桥大学读书，她早早等候在多佛尔码头，迎接父母的到来，并且已在伯明翰附近的斯屈列登租了一间适用的房屋。李四光和许淑彬非常开心，连声夸奖女儿有预见性。一家三口又在英国团圆了。

女儿租的房子非常不错，附近空气清新，环境优美，颇具都市乡村的特色。三口人在这里住了月余，临到大会开幕前夕迁到伦敦。

李四光是孤身一人来参加国际地质学会的中国地质学家，但他却颇为引人注目。1933 年，在华盛顿举行的第 16 届国际地质学会上，他就以《东亚构造格架》的论文令人赞不绝口。1937 年，在莫斯科举行的第 17 届国际地质学会上，他又以《中国震旦纪冰川》使人惊赞。这次盛会，他的论文题目是《新华夏海的诞生》，照例成为大会重要论题。不无遗憾的是，李四光在大会中负有召集人的责任，只能亲自听取所在小组的意见，不能像其他会员那样可以间或串听另外小组的发言，多少失掉一些广泛交流的机会。

虽然已是国际地质学会的名人，但是李四光在会议期间也陷入过尴尬境地。讨论下届地质学会召开地点时，法国和印度积极申请，理事会投票表决接受法国的申请。有人特意问李四光："中国何时邀请我们去开会呀？"李四光无法回答。

发问的人以嘲弄的口吻接着说："恐怕比印度要晚多了。"李四光默然一笑。他即将 60 岁了，大半生都在半封建、半殖民地的多灾多难的大地上度过，用尽所有心血扑向这片大地，却偏偏做不了这片大地的主人，天理何在？

寂寂江山摇落处，怜君何事到天涯！好在祖国的同仁关注他、思念他。不久，国内同仁为纪念他 60 寿辰，特编了一本学术专刊，许多著名人士纷纷撰写文章。卷首尤其醒目，是中国地质事业奠基人、年高德劭的章鸿钊老先辈的《南乡一剪梅》：地史掩蒿莱，长待先生抉剔来。手种门墙桃李满，红也花开，白也花开；海外且衔杯，星历刚从大地回。著述新来添几许，行遍天涯，誉满天涯。

1948 年 8 月 25 日，中国人民解放军胜利的炮声正在遥远的祖国隆响，第十八届国际地质学会在伦敦亚尔培大厦开幕了。他向东方的祖国发回这样的信息："开幕典礼颇具隆重，可是照例的仪式并不太烦难，在庄严的风琴声中开会，散会。"到会人数不下3000，极一时之盛。可叹，李四光这位中华大国的代表，仅仅成为三千分之一的极少数！

会上，李四光宣讲了他的新论文。会后，他和妻子到英国海边博恩默斯居住了一段时间。老师鲍尔顿专程远道而来。师生见面分外高兴，他们一块到野外考察地质，边看边谈，乐趣无穷。

不久，中国留英学生总会在剑桥大学举行年会，李四光应邀参加，祖国解放战争的胜利使与会者欢欣鼓舞，李四光表示："我虽然年纪大了，身体一直不好，但我一定要回到祖国去，把自己的余生贡献给新中国！"

牧羊驱马虽戎服，白发丹心尽汉臣。他非常关心祖国的解放战争，每天阅读英国共产党出版的《工人日报》，还买了英文版的《自然辩证法》《反杜林论》等书籍，认真阅读。他深信共产党必胜。他深情地期待着祖国的解放，新中国的诞生。

1948 年 9 月，以毛泽东为首的中国共产党中央委员会，领导全国军民展开了推翻蒋家王朝统治的大决战。辽沈战役、平津战役和淮海战役接连取得全面胜利。1949 年 4 月，百万雄师横渡长江，蒋家王朝危在旦夕。

早在 1949 年初，南京的国民党官僚看到大势已去，已争先恐后开始逃往台湾。国民党政府命令直属机关迁至广州，为最后的逃亡做准备，并命令地质研究所并入中山大学。朱家骅命令代理所长俞建章立刻动作。俞建章以国民党党部区部书记之身，暂时服从了朱家骅的决定，回来后立刻将此信息告诉了研究员许杰和赵金科。

决定地质研究所命运的时刻到了。

一腔热血的许杰和赵金科立即密拟了反对搬迁誓约：同仁等为尊重学术工作之独立与自由，兼顾及今后生活之困难，现已意见一致，决定留在南京或上海，以此相约，立誓遵守。如有违约背誓者，应与众共弃之，永远不许在地质界立足。

誓约脱稿，向全所人员当众宣布，立即签名的有许杰、赵金科、斯行健、孙殿卿、张文佑、刘之远、吴磊伯、马振图、谷德振、陈庆宣、徐煜坚等 11 人，亦即，当时在南京的研究员都签了名！

李四光收到急信和誓约，激动异常。他为中国人民解放军取得巨大胜利而感到痛快；他为蒋家王朝即将灭亡感到解恨；他为同仁誓死保护地质基业的凛然正气感到自豪！其实，这些坚强而优秀的地质学家不也都是李四光吗？

他立即致电许杰、赵金科和俞建章，通过他们分别向南京、上海两地同仁表示敬意：对愿留守本所，看护书籍、仪器的同事，深为钦佩。电文中还说："南京如发生战争，切切不可远行。详函告。"不久，地质所又收到李四光的航空信，在信中李四光叮嘱大家将所内仪器、图书存放于地下室妥善保护。李四光毕竟是长者，是导师，他不能忽视大家的生活处境。固守阵地，拒绝南迁，每个人就必然会失掉应发的薪水，不能眼看大家忍饥挨饿而不顾。

他立即提笔分别致信俞建章、许杰和赵金科，写道："将我个人名下所存的少许积资公开，做本所研究工作、个人救济之用，以箪食瓢饮，或尚可维持于一时，等局面稍定，再从长计议也。"

遵照李四光的指示，大家立即行动起来，并推选孙殿卿等人组成护所委员会，组织在所的人员和家属轮流值班，防止有人破坏。他们洋溢着爱国热血的《反对搬迁誓约》，为新中国的地质科学事业，完完整整地保留下了极其珍贵的队伍和设备。

激动人心，海外迎国庆

众所周知，民国时代的最高学术机构，是中央研究院，1940 年蔡元培过世，继任者就是朱家骅，他在院长的位置上待得最久，后才是胡适。朱家骅能当院长，与他的资历有关，当时是通过精英投票，陈寅恪私下还打过招呼，说我们要当回事儿，这院长必须在国外有些声望，不能只推举蒋先生的那几位秘书。结果，朱家骅比胡适还多 4 票。

傅斯年做学生时，北大一共 28 位教授，仅比傅斯年大 4 岁的朱家骅是当时最年轻的教授，教德语。中国现代史第一批精英，往往都和德语有关，蔡元培真正弄通的就是德语，鲁迅和郁达夫的德语也相当不错。朱家骅年龄不大，却是德语界的老前辈。年轻时，朱家骅深受汪精卫在北京行刺摄政王的影响，甚至想在南京刺杀当时的两江总督张人骏。辛亥革命前，他发起组织了中国敢死团，被公推为团长。武昌起义爆发，他成为最积极的参与者，随黄兴去武汉支援，真枪真刀冲锋在前。作为国民党的左派，他与共产党的李大钊并肩战斗，反对北洋政府，后来被通缉去了广州。如果留在北京，很可能也会像李大钊一样被张作霖绞死。

李四光原本对同事兼领导朱家骅深为钦佩，如果不是朱家骅一生誓死追随蒋介石，两人的友谊绝不会在后来戛然而止。朱家骅的确是国民党的著名官僚、著名党棍，但他同时也是著名学者，是中央研究院首批院士！

让朱家骅不可置信的是，身为中国地质学界的先驱者，他却没能将中研院的地质所迁去台湾！前面我们看到的，都是李四光与朱家骅之间的矛盾，实际上，李四光与朱家骅是相交 20 多年的老友，在朱家骅的心目中，李四光是定然会跟随他远走异乡的。在李四光远处欧洲讲学之际，朱家骅也没忘记给李四光寄去差旅费用，并邀他同赴台湾。

朱家骅没有想到，李四光到底没有听他的。这正是李四光无与伦比的原则性。在李四光的内心，原则是一棵大树的根基，枝叶如何繁茂，都脱离不了给予自己养分的根基！

1949 年 4 月 23 日，中国人民解放军占领南京。三天后，陈毅司令员亲自来到地质研究所视察工作，向许杰、赵金科等询问李四光在海外的近况。

5 月 16 日，中共南京市委、军事管制委员会和人民政府召开文化科学界座谈会。刘伯承司令员再一次向许杰、尹赞勋和杨钟健询问李四光的最近消息。

4 月，以郭沫若为团长的中国代表团赴布拉格出席维护世界和平大会。出国前，郭沫若根据周恩来的指示，带头签名致信李四光，希望他能早日回归，共商新中国的建设大计。这封信的核心内容就是 8 个字：请李四光早日返国！

5 月中旬，李四光收到这封信，一颗狂喜的心像极了当年的杜甫，他也恨不得“即从巴峡穿巫峡，便下襄阳向洛阳”！李四光立即订好了开往香港的船票，办好了有关签证，但当时，英国到远东的轮船很少，需要耐心地等上半年才能起航。

7 月 17 日，中华自然科学工作者代表大会筹备委员会推选李四光为全国政治协商会议的代表。19 日，被选为该会筹备委员会常务委员会副主任委员。

9 月 21 日，中国人民政治协商会议在北京隆重开幕。李四光当选为中国人民政治协商会议全国委员会委员。政协委员的大名单在同一天见诸于各大媒体。

以上各条消息，都是李四光通过书信、报纸和电台亲眼所见和亲耳所闻的。党和政府想着他，各界同胞想着他。此刻，他那一颗赤子之心已经飞向华夏大地了。他决定，把目前急需办的几件事尽快办完，然后与许淑彬一同返回祖国。

同年 10 月 1 日，中华人民共和国举行开国大典。毛泽东主席在天安门城楼向全世界庄严宣告中华人民共和国、中央人民政府成立了。

我有迷魂招不得，雄鸡一声天下白！李四光在旅馆里，全神贯注地收听着开国大典的广播报道，激动的心情再也无法按捺。正是“却看妻子愁何在，漫卷诗书喜欲狂”，他当即和许淑彬商量，马上回国，哪怕是坐货轮启程也在所不惜。

10 月 2 日黎明时分，李四光的好友、女作家凌叔华打来电话，告诉他台湾当局给驻英大使馆发来一封转交李四光的电报，要他公开发表拒绝接受新中国政协委员职务的声明，否则便将他扣留国外。凌叔华劝他尽早离开英国。

李四光放下话筒，把电话内容向许淑彬说了一遍。紧急商议后，两人决定按凌叔华说的办。事急从权，李四光决定一个人先走。他给国民党驻英大使郑天锡留下一封信，表明了自己态度，并劝他也早日弃暗投明。他穿好衣服，将信递给许淑彬说：“郑天锡来了的话，你就说我前天出门到土耳其考察去了。过几天，把这封信寄给他。”

许淑彬警惕地推开房门，向周围悄悄环顾一下，没见可疑现象，便叫了一辆出租车，亲自护送李四光来到火车站，直至李四光登上火车，渐渐驶出站台，她才松了一口气。

李四光按照事先商定的路线，直奔下一站南安普敦，又从南安普敦登上货轮，渡过英吉利海峡来到瑟堡码头。接着，他坐火车经巴黎、南锡等大小车站，选择靠近法国边境的巴塞尔城暂住了下来。

就在李四光走后第二天，郑天锡的秘书敲门而入。许淑彬镇定如常，来访者没有发现破绽，从皮包里掏出5000美金和一封电报递给许淑彬，说是郑天锡表示的一点心意。许淑彬当场谢绝，理由是李四光不在，自己不便收留。来访者只好把美金带走，向郑天锡如实禀告。

李四光到了巴塞尔就给许淑彬打来电话。此时，凌叔华也赶来安排许淑彬与熙芝的行程。许淑彬把来不及带走的一幅大图和其他东西委托凌叔华代为保管，凌叔华表示所有物件不久即可“完璧归赵”。在熙芝陪同下，许淑彬感激地告别凌叔华，和女儿打点行装动身，并在她们登上火车之前，把李四光给郑天锡的那封信寄了出去。

许淑彬母女经凌叔华的仔细安排，一路顺风来到巴塞尔，找到了李四光住的旅馆。旅馆主人非常客气，转告说客人起早出外观测地质去了。晚间，李四光回来，背着好几口袋岩石标本。李四光与妻子、女儿又一次相聚，此时的心情都不同寻常的激动。三口人经过简短的商议，决定熙芝马上返回英国继续读书，李四光则立即同妻子乘火车去罗马，购买从热那亚开往香港的船票。

由于距离开船尚有一个多月，李四光利用这段时间边考察地质，边漫游了意大利全境。一个月后，他们回到罗马，乘火车到达那不勒斯，参观了著名的古城庞培。这个曾经繁华一时的大城市，在突然爆发的维苏威火山的岩浆中毁灭，如今只有一座博物馆供人参观。

归国挑重担

为期一个月的游历结束了，李四光夫妇在热那亚登上归国轮船，这位身在海外、心怀祖国的著名学者，终于如愿以偿地回到了他魂牵梦绕的故国。

正是在这天晚上，郑天锡收到李四光的亲笔信，展开一看，他不禁倒吸一口冷气："中华人民共和国是我多年来日夜思盼的理想国家，中央人民政府是我竭诚拥抱的政府。我能当选为中国人民政治协商会议全国委员会委员，我认为是莫大的光荣。我已经起程返国就职……"

这是李四光一生中最激动也是最幸福的远洋航行，"两岸猿声啼不住，轻舟已过万重山"！此前的远航，虽然也都充满"科学救国"的宏伟憧憬，但是每当踏上自己的国土，都被军阀混战和列强瓜分的惨状弄得撕心裂肺。这次不同，他可以仰望蓝天，面向大海放声高呼：我要回到真正属于自己的伟大祖国了！

他不能只是激动，不能一味地抒情，他要把这无限激动的心情化作报效新中国的实际行动，他要向亲爱的新中国献一份厚礼。他回到船舱，摊开稿纸，开始撰写构思已久的科学论文——《受了歪曲的亚洲大陆》。

这是一篇地质力学的大作，饱含他苦苦追求的客观真理和爱国深情。他挥笔写道："所谓受了歪曲的亚洲大陆，是指自然界的各种应力——压力、张力、扭力造成亚洲大陆的各种形变，还指欧美地质人员用狭隘的眼光来解释亚洲的造山运动，而使亚洲受了许多的歪曲和冤屈。"

显然，这又是一句用事实与真理来挑战的宣言。他以不可辩驳的翔实依据，描述着亚洲中国和印度半岛的若干地质构造，阐明中国大陆"山"字形弧形和新华夏系地质构造的种种新的见解，他一针见血地指出：欧亚大陆自古生代以来，就在往南推进，而亚洲东部则是向着印度方面推动。那些向太平洋突出的边缘弧形却又足以证明：坚强的亚洲大陆，正对着太平洋的底盘施加压力。

他一刻不停地纵论地质时代中的世界地质发展形势，最后，他骄傲地写道："这样，我们的结论是，随着地球转动加快，亚洲站起来了！"一篇充满真知灼见的学术论文，居然能够让人读得热血沸腾！李四光要把这篇追求学术真理的巨著，在新中国的地质讲坛上向全世界发表。

与此同时，新中国首任国务院（时称政务院）总理周恩来正在规划新中国建设的宏图，他日夜盼望李四光立刻来到自己身边出谋划策。

1949 年 10 月 19 日，中央人民政府委员会第三次会议任命李四光为科学院副院长。此时，李四光正在苦苦地等待着登船！

11 月 15 日，周恩来专门给时任新华通讯社驻布拉格分社社长吴文焘、中国驻苏联大使王稼祥写信，嘱咐他们："李四光先生受反动政府压迫，已秘密离英赴东欧，准备返国，请你们设法与之接触，并先向捷克当局交涉，给李以入境便利，并予保护。”

1950 年伊始，国务院决定在北京召开全国地质工作会议。周恩来期待李四光亲自出席，并且主持这次盛会。一切安排就绪，只等李四光的到来。但是，接连等了一个季度，仍然不见李四光的踪影。有人担心李四光未必能够回来，会议不能这样一再延期，便请示周恩来，是否不必再等李四光了。周恩来毫不动摇地指示说：“要等下去。李四光不在场，会议就不能召开。李四光是一定会回到祖国来的！他现在还没有到家，我想一定是路上遇到了困难！”

作为一国总理，周恩来不仅关注而且内心知道李四光的心。他深知，李四光这次回国既漫长，又艰险。不要说在国外，就是踏上香港国土，由深圳（时为广东省宝安县）进入广州，也说不定会有很多国民党特务跟踪或暗下毒手。只要还没传来不幸的消息，他坚信李四光不久定会来到北京。他反复计算李四光的行程，指示叶剑英和华南军政委员会尽快查明情况，立即找到李四光的确切位置。

1950 年 3 月初，李四光秘密回到香港，随即住进朋友预先安排的僻静住所。叶剑英派来的接应人麦可很快与李四光取得了联系。在麦可安排下，1950 年 4 月 6 日，李四光夫妇一大早就来到车站，乘上 6 点多钟香港至九龙的火车，踏进了祖国南方的大门。

由于在广州、上海和南京三地受到党政部门和各界人士的欢迎、招待，以及进行学术讲演等盛情活动，李四光耽误了到达北京的预定时间。国内这段行程，周恩来是知道的，他嘱咐各地不要让李四光过多劳累，确保其尽快赶到北京而已。

1950 年 5 月 6 日清晨，李四光夫妇终于在俞建章、张文佑和孙殿卿等陪同下到达北京，受到新老朋友的热烈欢迎。中央人民政府副主席李济深，中国科学院院长郭沫若，副院长陶孟和、竺可桢，文化部副部长丁燮林，以及中央财经委员会和北京大学等各部门领导和知名人士，共同到火车站热情迎接李四光一行。当天晚上，郭沫若设盛宴为李四光夫妇接风洗尘，华罗庚和谢家荣等党内外领导干部和知名人士热情作陪。

新老朋友欢聚一堂，气氛相当热烈，特别是李四光与丁燮林，这一对一直以来都推心置腹的老同学、老朋友，更是激动得难以言表。一晃40年了啊，少壮能几时，鬓发各已苍！

周恩来考虑到李四光旅途劳顿，安排夫妻俩住进六国饭店。解放前，六国饭店专供外国豪商和国内要人租用，是当时北京最高级的饭店。李四光虽然经常出国，但在国外也从来没有到过如此豪华的场所。许淑彬暗暗计算，知道手里没有多少钱了，生怕付不起房租，面露难色。接待人员似乎看出她的心思，主动告诉她，在这里的一切费用都由政府承担。一股暖流涌上李四光的心头。

第二天上午，电话铃声响了，对方询问他下午是否有外出活动安排，告诉他有人前来看望，没说是谁。李四光和许淑彬感到纳闷，来访者好像有点神秘，而且很有礼貌。傍晚，客人来了。李四光没有料到，走进房门的竟是国务院总理周恩来！

李四光非常激动，周恩来也非常激动，紧握李四光的手，久久不肯松开。一个伟大的政治家和一个伟大的科学家，对面畅谈，推心置腹，足足交流了3个小时。

谈到全国地质工作会议时，周恩来颇有感触地说："这次会议等你，等了5个多月嘛。现在好了，你回来了。""现在，先请你担任中国科学院副院长，协助郭老把自然科学抓起来。郭老是诗人，也搞社会科学，但主要是文学家。自然科学的科学家有自己的脾气，讲求实际多一些；文学家有文学家的脾气，浪漫主义多一些。郭老待人非常诚恳，非常真挚，相信你们一起工作是会配合得很好的。”

李四光不住地点头表示应诺。

周恩来接着又说：“经济建设，地质工作必须先行，要走在其他工业的前头。地质队伍有个整顿的问题，也有个大发展的问题。旧中国留给我们的地质人员太少了。人手不够，地质部成立不起来，可不可以先成立一个委员会，你来当一段时间的主任，以后再请你担任部长，你看好不好？”

新中国刚刚成立，一国总理日理万机。在这种情况下，周恩来竟然来看望自己，而且一谈就是这么长时间，他还有什么个人要求可讲呢？他不愿意当官，但是新中国的人民政权，他要参与，为人民服务的公仆官员，他不能拒绝。这时，他已经是自觉服从组织的安排了。他重重地点了点头，说道：“今天是中国未有的大时代，一切人都要努力，不能落伍。”

晚上8点，周总理才起身告辞。

两天后，董必武来看望李四光，董老时任党中央财经委员会主任和政务院副总理，因为周恩来已经代表毛泽东主席和党中央、政务院会见了李四光，他这次是以老同乡、老朋友和辛亥革命老战友的身份来看望的。老战友海阔天空无所不谈，从孙中山谈到袁世凯、黎元洪，谈到蒋介石和西安事变，谈到重庆谈判以及当年李四光想到解放区考察地质和董必武“后会有期”的那句话……一时间，两人都沉浸在这“后会有期”的幸福重逢里。

统领中国地质部

李四光回到新中国的消息很快传遍全世界，他还没有来得及充分休息，便出席了6月份召开的中国人民政治协商会议第一届全国委员会第二次会议。他在大会上用高度概括的语言分析了欧美各帝国主义之间的矛盾，以及各国统治集团对待新中国不尽相同的态度，引起强烈反响，成为他回国后首次面向全国、全世界发表的公开宣言。

毛主席对李四光的发言十分赞赏，认为是“爱国的、反帝的”。在不久之后的全国高等教育会议期间，毛主席第一次会见了李四光，亲切地对他说：“李四光先生，你回来了，欢迎你。你在政协会上的发言讲得很好!”两个人紧紧握手，李四光为毛泽东的诚挚、谦逊而感动。

朱德、刘少奇、陈云、李富春等诸多党和国家领导人，也都在相应场合会见了李四光，皆以革命同志关系相待。尽管这时的李四光还没有加入中国共产党，他的思想却与这个伟大的政党融为了一体，彼此之间堪称名副其实的肝胆相照。

1950年6月下旬，李四光出席政协委员会关于最后审定中华人民共和国国徽方案会议。会议要求，从中央美术学院设计方案和清华大学设计方案中审定一个。讨论中，以田汉为首的一部分委员赞成美术学院的方案，以张奚若为首的另一部分委员赞成清华大学的方案，双方争持不下。这时，周总理来到会场听取意见。他见李四光一直凝视着两个并排挂在墙上的国徽放大模型沉思不语，便要李四光表态。李四光指着清华大学的方案模型说：“我看这个好，天安门广场宽广，五星红旗布满天空，够气派！”总理大笑，表示赞成，最终确定了清华大学的设计方案。

当年 12 月，李四光夫妇由六国饭店迁至东城遂安伯胡同新居。李四光一到北京，立即开始筹办组织全国地质工作者的事宜。他广泛征求地质工作者的意见，并亲自拟订了一份征求意见信，发给全国所有的地质工作人员。经过充分的讨论和研究，最后提出成立“一会、二所、一局”的意见。“一会”是指成立地质工作计划指导委员会；“二所”是指成立中国科学院地质研究所和古生物研究所；“一局”是指成立财政经济委员会矿产地质勘探局。

旧中国有三个全国性的地质机构：以尹赞勋为首的中央地质调查所，以俞建章、许杰（实为李四光）为首的中央研究院地质研究所，以谢家荣为首的经济部资源委员会矿产测勘处，都设在南京。南京解放后，这些机构工作人员很多都留了下来，三个单位的图书资料、仪器设备也基本保存了下来，这让李四光十分高兴。

但当时，我国地质工作基础极其薄弱，旧中国遗留下来的地质专家只有 200 多人，钻机只有 8 部，直到 1952 年 6 月底，全国才有 40 部钻机。更关键的是，旧中国地质工作水平很低，具有工业意义的地质工作几乎没有开展。新中国成立后，这三个机构是分是合，隶属何处，北京和南京的人怎么安放，纷争激烈。

方案很快得到中央人民政府政务院批准。1950 年 8 月 25 日，经政务院批准，地质工作计划调配委员会改为“全国地质工作计划指导委员会”，李四光任主任委员，统一部署全国地质调查研究与勘探工作，对这三个机构进行整合，尹赞勋、谢家荣为副主任委员，章鸿钊为顾问。财政经济委员会矿产地质勘探局也随之成立。

1950年11 月1日，地质工作计划指导委员会在京召开扩大会议，这是全国地质工作实行统一领导后召开的第一次重要会议，也是地质界大团结的会议。到会60余人，由李四光主持，会议主要讨论了中央地质机构的组织、中央与地方地质机构的联系、1951年工作计划和地质教育等问题。大会的主旨就是团结，把三股力量团结起来，共同开拓地质大业。

为此，李四光耗费了许多心血，甚至，就在开幕式前一天的筹备会议上，因机构设置问题，田奇㑇、侯德封、李春昱、谢家荣、孙越崎曾发生争执和不快，经李四光劝和，才得以缓解。同时，对名利素来看得很淡的李四光，在会议期间的一次讲话中称“这次会议确是章老先生开创中国地质事业以来第一个重要会议”，高度赞扬了章鸿钊的功绩。

正如章鸿钊在开幕词中说的，“我从事地质工作已经34年，从来没有像今天这样愉快。过去环境不好，在沉闷中过日子……今天我们在好的环境下齐集一堂，是开地质界的新纪元。希望大家努力团结，为新中国的大事业而努力。”

李四光在闭幕词中说：“开会以前我很担心，恐怕会开不好。结果不但开得很好，并且皆大欢喜，大家团结起来了。过去，我自己常想，只做点研究工作，不愿负行政责任。但客观环境不允许这样。经过考虑、斗争，我认为，只顾自己的兴趣，就是自私。所以才决定人民需要我做什么，我就做什么，一直到我不能做的时候。”

李四光以他毕生的实践，履行了他的这一诺言。

全国地质工作者组织起来后，地质工作和地质研究出现了新的局面，但是中央很快发现，“一会、二所、一局”这种组织形式还是不能适应经济建设的需要，这是因为我国发展国民经济的第一个五年计划将从1953年起开始实行，但中央在制定计划时发现，很多想上的项目上不了，原因就在于地质情况不明、矿产资源的“家底”不清，拖了后腿。

1952年8月10日，根据《关于调整中央人民政府机构的决议》，中央人民政府第十七次会议决定成立地质部，部址选定为前中国地质调查所旧址——北京市西城区兵马司胡同9号，任命李四光为部长，李四光走上了领导全国地质工作的重要岗位。

为保证李四光有充分的时间从事科研，需要找一位阅历丰富、组织能力强、管理经验丰富的得力副手主持日常工作。毛泽东、周恩来想到了何长工。此前，何长工曾任重工业部副部长、代部长，以航空、钢铁、造船、电机和动力工业为重点，主抓重工业部的组建工作，奠定了我国重工业和航空工业发展的基础。

1952年8月7日，中央财政经济委员会副主任薄一波找何长工谈话，“组织上决定调你到即将成立的地质部去工作”。何长工感到十分突然，遂以自己不懂地质和因身体原因爬山越岭困难为由，要求到其他部门去工作。薄一波说：“这次调动是周总理向毛主席提出的，毛主席同意你去地质部，说你有那么一股劲。”薄一波还说：“事情定得很急，也来不及和你商量。”

当日下午，何长工被任命为地质部副部长，从此开始了他长达20多年的地质工作生涯。地质部成立后，三方面的人各得其所，都有重要职务，成为方方面面的中坚和骨干。

为祖国科学事业鞠躬尽瘁

当官并非李四光的愿望，李四光归国后第一次见到周总理，便提出回南京搞地质科学研究的愿望，但总理希望他协助郭沫若把中国科学院工作搞好，把全国地质工作统领起来。

在中科院的一次大会上，李四光说道："最近二三十年来，我们学术界中买办意识很强，是怎么来的呢？有三个环。第一个是从小学到大学。在这一环中，成千上万的同胞和许多贫苦的人被淘汰掉，只有特殊阶级或具有特殊原因的人才能进入这一环。第二环是大学毕业后出洋进外国大学。初是读书，再是研究，最后做论文、得博士。这一环，一小半掌握在中国人自己手里，大半是掌握在外国人手里。因此，慢慢和外国教授产生了关系。他们看你是中国人，特别照顾，把你的文章介绍到外国专门杂志上登出来。这样头也大了，手也高了，国内各学校纷纷来信请你回国教书。一回到国内，看到学校设备不全，仪器不好，便不满意。先是和使馆洋行来往，渐渐便和政府产生了关系，被邀请、受重视。过几年，政府又派他出洋，回味一下洋味，换一套新洋装，这是第三环。这样一来，在学生中间造成一种都羡慕留学的风气，便成了买办教育了。检讨起来，自己也是其中的一个。买办教育的特点，是不拿自己的问题来讨论，做学问也要做洋奴。还有，我们的同学、朋友、师生，都是在封建制度下生长的，又在买办的圈子中打过转转，跑到学术机关，也往往容易形成自己的系统。这些，都是值得我们忏悔和检讨的。"

这是李四光诚恳的自省和反思。他所说的"容易形成自己的系统"，即学术界、科技界带有半封建、半殖民地特色的小圈子和宗派主义。地质机构三分天下，尤其突出。有人对李四光不服，与他格格不入，明显不礼貌，李四光心知肚明。在这种情势下，他不愿当地质部长。但中央对他期许甚高，他也感到责无旁贷，于是，"经过考虑、斗争，认为只顾自己的兴趣，就是自私。所以才决定任命需要我做什么，我就做什么，一直到我不能做的时候。”

地质部是地质事业管理的最高行政部门，可谓全国地质事业的统帅部，也是党和国家制定社会发展及国民经济建设的重要参谋部。为适应国民经济建设迅速发展的需要，根据中央指示，地质部一开始就制订了大转变、大发展的方针，中国地质工作出现了前所未有的蓬勃发展的形势。李四光作为一部之长，把主要精力投放在了地质领域的“三军”统帅上。

首先，他要组建地质部，统辖各省、市、自治区的地质厅局。统帅全国地质事业的建设与发展，必须得率先组建一支卓有成效的管理队伍。其中包括人员编制、机构设置、岗位职能与运行机制等等，皆需李四光统筹与决策。他在事业管理方面一贯主张精简效能，事半功倍。然而，各职能部门的领导干部和工作人员又需熟悉地质业务，这在50年代初期该有多么困难！

其次，他要组建国家及地方的地质研究和地质勘探队伍，使理论与实践相结合，为祖国探查煤炭、石油、铁矿，各种有色金属和一切能源的分布及蕴藏，发挥经济建设“地质先行”的作用。旧社会，中国地质研究部门和勘察队伍相当薄弱，向来没有形成一个统一的有机整体。为这支队伍的建设，李四光操尽了心，他尽力通过各条渠道询问目前散留各地的地质工作人员的地址和情况。问到一名记下一名，逐渐拉出一个长长的名单，以个人名义逐一致函，希望他们尽快加入新中国的地质建设行列，充分发挥各自专长。

人才宝贵，尤其是中、高级地质研究人才，在李四光的心目中实在是太重要了！每当这时，他便想起当年的老领导蔡元培，老同事杨杏佛，尤其是英年早逝的学生朱森。当年，就是李四光把朱森派到美国哥伦比亚大学深造，后来又送他到德国波恩大学攻读博士学位。卓越的见识和丰富的经历，让李四光对人才倍加珍惜，当他听说有一位学者在抗日战争时期，由于恋惜国民党统治区的某一方面工作条件等非政治因素，未能投奔解放区，在新中国成立之后曾被视为历史问题时，李四光征得有关方面同意，使之重新回到科研岗位。

世人皆欲杀，吾意独怜才。类似事例还有很多。李四光从珍惜人才、建设祖国的大局出发，挺身而出合理安排，在力所能及的范围内迅速充实了科研队伍。

再次，他要组建地质教育基地，造就地质专业人才。他深知，目前仅有的人才与经济建设迅速发展的形势极不相称。自己亲手培养起来的几批学者，如今大都年过半百，急需大量新人尽快接班。教育是科研的基础，科研的发展需要强有力的教育作保障。50 年代初，他与高等教育部协商，在北京大学与清华大学两个地质系的基础上，组建了北京地质学院，亲自兼任建院筹备委员会主任。此后，又在东北地区各有关院系的基础上，充实原中央研究院的部分地质专家，建起长春地质学院，派得力助手俞建章担任院长。另外，又在南京大学、重庆大学等 6 所大学的地质系增设了专科班，同时又创办 9 个地质中专，设钻探、化验、测绘等各种专业，着重培养尽快成材的技术干部。一个系统的地质教育网络及完整的教育队伍逐渐在全国范围内形成，历届地质院校的毕业生，大都成为地质事业的高级人才和优秀管理干部。

李四光和上下左右的关系都十分融洽。在中国科学院，他与郭沫若院长、其他副院长以及全院职工友好相处，互相尊重。长春地质学院成立时，院领导和教职员工请求李四光为“地质宫”三个大字题额。他转请郭老挥笔，因为他自认毛笔字远不如郭沫若。郭沫若称李四光为李老，总当众人之面赞颂李四光为“国宝”。在地质部，他与何长工同样互相尊重。一位老科学家与一位老红军战士，往往在重大问题决策上不谋而合。他待人真诚，礼贤下士，在地质部机关乃至全国地质系统和科教界有口皆碑。他与水利部、燃料工业部等各单位关系也极好，多次和水利部部长傅作义等联合进行资源考察。

广大地质工作者艰苦奋斗，在不到4年的时间里，我国矿产资源家底不清的现象初步改观。

1956年9月，何长工在中国共产党第八次全国代表大会上发言时说：“国家要求地质部门在第一个五年计划期间，探明十几种矿产资源的储量，而实际上地质部现在已经探明了三十几种矿产资源的储量，基本保证了煤炭、黑色冶金、有色冶金等工业建设的需要……”

地质部探明的这些主要矿产资源的储量，连同其他部门探明的储量，不仅解决了鞍钢、包钢、武钢等重要钢铁基地“一五”期间急需的原料问题，而且保证了“二五”期间矿产资源的供给。

李四光流泪了。泪水不是源于总理的表扬和会场的赞叹，而是出自那几十年苦心建树的地质理论，终于在社会主义建设事业中发挥出了应有的作用！

就在出席这次大会时，工作人员告诉他，请他到人民大会堂北京厅去一下，有人请。他拎起提包，准时走进北京厅的门口，刚跨前一步，便发现毛泽东坐在沙发上。他抱歉地说道：“主席，对不起，我走错门了。”

“你哪里走错呀？”毛泽东立刻站起身，健步走过来，紧紧握住李四光的手，“你没有走错门，是我请你来这里的。”

毛泽东亲切地把李四光拉到身边，落座之后说：“李老，你的太极拳打得不错啊。”

“不行，不行。”李四光想不到主席也知道自己最近学打太极的事，连忙解释说，“前几年得病，动过手术，身体不好，只在杭州学过几招儿，但是很不得要领，打得不好。”

“哈哈哈……”毛泽东爽朗地笑了起来，“我哪里知道你在杭州学拳的事啊。我这是比喻，是指你运用地质力学理论，外柔内刚，游刃有余地找到大油田了嘛。”李四光恍然大悟，他被毛泽东的幽默感染，接下来的聊天，顿时犹如老朋友一样轻松愉快。

毛泽东会见李四光的次数越来越多。新年期间观看豫剧现代戏《朝阳沟》，毛泽东特请李四光到怀仁堂共同欣赏。开演前，李四光向毛泽东、刘少奇、朱德、邓小平汇报了石油地质委员会的工作情况，毛泽东兴奋地说：“你们两家（地质部与石油工业部）都有很大的功劳！”

刘少奇、朱德、邓小平也都对这两家表示由衷赞扬。他们和李四光挨肩坐着欣赏舞台演出。全剧演完时，毛泽东又请李四光和其他中央领导一起登上舞台接见演员，合影留念。李四光觉得这是莫大的荣誉，这项荣誉不仅给予了自己，更给予了地质部和石油工业部的全体职工。

1952 年的一天，毛泽东在一次会议期间再次接见了李四光。毛泽东问他，“‘山’字型构造”是怎么回事，是不是给他也讲一讲。

李四光非常感动。毛泽东博学多闻，这样关心地质科学的发展，连地质力学中“‘山’字型构造”这样专门的概念都注意到了。

李四光任地质部长期间，毛泽东多次对地质工作作出指示。1953年，毛泽东指出，地质部是党的地质调查研究工作部。1956年，毛泽东又指出：地质部是地下情况的侦察部，它的工作搞不好，一马挡路，万马不能前行，要提早一个五年计划。对于李四光创立的地质力学，毛主席非常重视。1955年，周恩来遵照毛泽东的指示，支持地质部成立地质力学研究室。此后，在这个研究室的基础上，逐步发展，成为今天的地质力学研究所。

1964年2月6日中午，李四光接到电话，要他立刻去中南海。他匆匆吃完午饭就去了中南海。一位在门口等他的同志把他领进毛泽东的卧室。竺可桢和钱学森两位同志也先后到了。毛泽东请他们坐在自己床边，亲切交谈。他们就天文、地质、尖端科学等许多重大科学问题深入交谈了三四个钟头。李四光回来告诉女儿说：“主席知识渊博，通晓古今中外许多科学的情况，对冰川、气候等科学问题，了解得透彻入微。在他的卧室里，甚至在他的床上，摆满了许多经典著作和科学书籍，谈到哪儿就随手翻到那儿。谈的范围很广，天南海北，海阔天空。”这次谈话，毛泽东发表了对许多重大科学问题的意见，热忱希望这些老一辈科学家为攻克科学技术尖端、赶超世界先进水平贡献自己的才能。

李四光说，参加祖国社会主义建设事业的这段日子，是他人生中的“黄金时代”。这绝对没错。但这不是优哉游哉的时代，不是痴人说梦的时代，这是李四光甩开膀子，为社会主义建设不顾一切大干苦干的时代啊！他的职务太多了，任务太重了，工作太忙了，一个一个头衔像大山一样压过来。

1950年8月17日，中华全国自然科学工作者代表大会在北京召开，这是解放后也是中国有史以来第一次全国自然科学工作者的大会。大会选举李四光为中华自然科学专门学会联合会主席。他肩上的担子又加重了。

这一年他60岁，但是他觉得，新的生活才刚刚开始。

才尽其用，科学强国

不久，李四光又被推为世界科协的副主席之一。五、六十年代，李四光与世界科协主席、法国著名科学家约里奥·居里常有书信往来，对反对原子战争、保卫世界和平、声援被迫害的科学家等活动，相互支持。

1958年9月18日至25日，“科联”和“科普”在北京政协礼堂联合举行全国代表大会，参加大会的有27个省、自治区、直辖市和42个全国性自然科学专门学会的代表，加上68名特邀代表，共计1084名，大会由李四光致开幕词，他说：“从科联、科普成立到现在，已经过了8年的时间。在这8年中，科联、科普在中国共产党和政府的领导下，在我国社会主义改造和社会主义建设的各个时期中，动员和组织全国科学技术工作者积极参加一系列的社会革命运动，投入反对侵略、保卫世界和平的斗争，广泛开展学术活动、交流经验，大力推行科学技术知识普及工作等等，均发挥了它们应有的组织作用。”

李四光着重强调，为适应新形势要求，大会任务是“着重商讨进一步调整我们的组织，决定我们新的工作方针与任务，以便更好地实现科学技术与生产实践相结合、知识分子与工农劳动群众相结合，更好地发挥我们科学技术群众团体的作用，开展技术革命的群众运动，为迅速把我国建设成为一个具有现代工业、现代农业、现代科学文化的社会主义强国贡献一切力量”。

会议上，李四光当选中国科协第一任主席，巧的是，他的两位好友都当上了副主席，一个是丁西林，一个是范长江。范长江还做了大会的最后总结。其实，这只是我们所知道的好友，实际上，当选为副主席的10个人，梁希、侯德榜、竺可桢、吴有训、丁西林、茅以升、万毅、范长江、丁颖、黄家驷，都是李四光的好友！李四光的人格魅力，在其一生中都一直散发着迷人的光辉！

李四光除了身兼前述诸多领导职务之外，还被选为中国科学院原子核委员会主任、国务院地震委员会主任。在参与国家事务管理方面，他不仅是政协全国委员会副主席，还被选为历届全国人大代表，又一度担任中苏友好协会副会长等。他的任何职务都并非属于挂名，徒有虚名的官衔他历来不肯接受。凡是已经接受的职务，不管如何繁忙，他都竭尽全力去干实事。

1956年是世界科协成立10周年，4月1日至3日，世界科协第16届执行局会议和协会成立10周年纪念会在北京举行，英国物理学家鲍威尔（世界科协副主席）等及理事10余人到会。李四光在会上发言，强调要使科学服务于崇高的目的——为人类谋更多的福利。

1960年4月初，李四光在全国人民代表大会上以科协主席的身份发表了《充分发挥领导人员、科技人员、工农群众‘三结合’的积极作用——为促进技术革新和技术革命群众运动不断高涨而斗争》的讲话。

他说：“领导人员、科技人员、工农群众相结合，不仅发挥了科学技术工作者的积极性，而且也发挥了广大工农群众的积极性；不仅发挥了技术水平较高的人们的积极性，而且也发挥了技术水平较低的人们的积极性。这样就使领导和群众结合起来，土法和洋法结合起来，理论和实践结合起来，普及和提高结合起来，科学研究、教学和生产结合起来。

其结果，不仅有效地促进了生产、繁荣了学术，而且对知识分子的思想改造和广大工农群众科学技术水平的提高都起了良好的作用。有许多科学技术工作者，通过深入实际、深入基层，接触工农群众，改造了思想，提高了认识，丰富了科学研究的内容，提高了教学质量。他们比较普遍地反映群众状况的智慧是无穷的，经验是极其丰富而宝贵的，有许多是书本上找不到的。另一方面，对广大工农群众来说，通过‘三结合’使他们的丰富经验、技术革新与发明创造，得到总结和提高；同时又可以学习到科学技术理论知识，从而更鼓舞他们学习科学文化的热情。”

1964 年 8 月 21 日，北京国际科学讨论会开幕前夕，李四光在人民大会堂举行招待会，欢迎来自亚洲、非洲、拉丁美洲和大洋洲 44 个国家和地区的 367 位参加讨论会的科学家。陈毅副总理在会上致词，称这次讨论会是各国科学家胜利会师的大会、团结的大会。会议期间，李四光陪同毛泽东、刘少奇、朱德等党和国家领导人会见了与会各国科学家。

8 月 28 日，在北京西山八大处，他又接待了出席讨论会的各国地质学家和古生物学家代表，介绍多年收集的冰川沉积物和岩石力学方面的标本及华北地区第四纪冰川时期海浸的资料，引起各国科学家的极大兴趣。8 月 31 日，北京国际科学讨论会闭幕，李四光在会上致闭幕词："北京科学讨论会体现了科学和民主精神，将对人类的进步科学事业产生深远影响。"

中国科协及所属团体积极开展同国际科技团体的友好交往，增进了友好联系，交流了科技信息，促进了国内外科学技术的发展，也扩大了我国的国际影响。在科协主席的职务上，李四光为促进我国科学技术的繁荣、发展、普及和推广，促进科技人才的成长和提高，作出了重大贡献，为世界科学技术的进步贡献了力量。

1959 年 5 月 29 日，经前苏联科学院主席团评选，授予李四光"卡尔宾斯基金质奖章"。同年 12 月 6 日，李四光收到尼古拉耶夫教授等的贺信，信中说："热烈地向您祝贺这一应得的奖励。同时，非常高兴地感到，苏联地质界对您崇高的工作和在中国积累的地质科学经验，作出了公正的总结。这些经验已远远超过国家的界限而为全世界所共知。"克鲁泡特金教授在《自然》杂志上撰文，专门介绍了李四光在地质科学上的成就。

花甲之年功成步不止

人们常说："李老的日程表上，找不到个人的消闲时间。"

由于过度劳累，李四光于 1956 年患了肾脏病。动过手术之后，经组织安排，由许淑彬陪伴，1957 年 1 月赴杭州疗养，住进南山招待所。然而，他的房间里仍旧摆满资料、卡片和正在撰写的论文手稿。

3 月，西子湖畔春光明媚，一派生机。为确保李四光的充分休息，组织上决定除了国务院和地质部有关领导代表本单位专程探望之外，不安排学者来访和外事活动。李四光和许淑彬的这段生活因此比较安静。一天清晨，李四光和许淑彬正在吃早饭，忽然听到外面有人说："周总理来了。"周恩来与李四光亲切地坐在沙发上，一谈又是几个小时。

李四光愿意倾听周恩来的谈话，却又担心总理的当面表扬。近年来，凡是涉及国家矿产资源问题，周恩来常在各种场合表扬李四光，一再强调："地质部几年来的石油地质工作，就是按照李四光同志的意见布置进行的。李四光同志的理论是符合中国石油分布规律的客观事实的……"每当这个时候，李四光就感到身心火辣辣的。他感激总理的真诚鼓励，但是面对周恩来的丰功伟绩，又觉得自己所做的一切微不足道。

这一次，李四光没有料到，周恩来不是表扬却是批评。

周恩来问候完李四光的身体和生活近况后，话题一转，说道："李老啊，你打算做一辈子党外布尔什维克吗？"

李四光愣住了，哑口无言。尽管周恩来的语音并不很重，但是每个字都敲击到自己内心痛处。早在踏上新中国领土的那一刻，他的内心就萌发了加入中国共产党的愿望，但是一直埋在心里未向组织上吐露。女儿回到祖国工作之后，曾就入党申请问题批评过父亲"在政治上太爱面子"。李四光在一定程度上接受女儿的批评，但他认为这种"爱面子"的表现，主要源于自己还不具备共产党员的条件。他是科学家，最善于逻辑推理。"党外布尔什维克"意味着什么？心想：周总理是党中央的高级干部，已经将自己视为"布尔什维克"，党中央早就把自己当成同志了！

他望着周恩来，有一肚子的话要说，但一句也没说出来。

1958 年 10 月 18 日，一份入党申请书呈送到地质部党组书记何长工面前。李四光写道："如果我也能够最后光荣地加入党的大家庭，我相信一定有更多的机会得到同志们的更多帮助。我决心以'活到老，学到老'的精神来改造自己，使我这个个体能够更好地在党的领导下，为祖国的社会主义、共产主义建设服务，成为一个无产阶级先锋队战斗员。"

12月29日，中共中央国家机关委员会正式批准，接纳李四光为中共预备党员。

这年，他69岁。次年12月29日，他转为正式党员。1969年4月，李四光成为中国共产党第九届中央委员会委员。

事实上，在他养病期间，周总理抽空到杭州和青岛四次探望了李四光。

李四光加入中国共产党之后，对外国友人说："我个人能够生逢这样伟大的时代，我深深感到生活真有意义。生命值得珍惜。"

周恩来在李四光入党之后，对中央机关干部说："李四光同志是一面旗帜，是辛亥革命的老同志，入党晚一些但政治上不是摇摇摆摆的，对社会主义建设也作出了很大的贡献，你们要学习他。"

新中国优越的地质研究条件，舒畅的心情，让李四光更加忘我地工作。50年代至60年代初，李四光组织科研人员深入北京西山进行考察，发现了潭柘寺、隆恩寺、八大处、香山等地的第四纪冰川遗迹。位于隆恩寺中峰庵东侧山坡上的冰川遗迹——基岩冰溜面是1958年春由李四光的学生孙殿卿、马胜云发现的，李四光十分重视，多次亲临现场，仔细观测，组织鉴定，著名地质学家李捷、王曰伦、俞建章、杨钟健及苏联科学院纳里夫金院士等先后到达这里进行考察并予以确认。李四光指出，北京西山冰川遗迹的发现和确定，对中国冰期问题有肯定性和决定性意义。纳里夫金院士著文说是“亚洲地质史上光辉的一页”。

李四光逝世后，1987年8月在加拿大渥太华第十二届国际研究联合会大会及多次国际会议上，许多知名地质学家对北京西山第四纪冰川遗迹研究给予高度评价。这是孙殿卿和马胜云的成就，更是李四光的成就。而随着这一遗迹的发现，“发现就是科学前沿”这一李四光的名言，不胫而走，成为中国地质界最著名的口号。许多伟大的科学成就，如哥白尼的日心说，达尔文的进化论，魏格纳的大陆漂移说，都是来自于发现。发现，是科学家的触角啊！

慕名而来的探访者开始不绝于旅。山间小道极难行走，漫坡遍沟都是几米高的荆棘丛，密密麻麻，遮天蔽日，整条沟甚至整座山几乎都很难见到一个人影、听到一句人声，如果没有蚊虫的嗡鸣和小鸟的啁啾，这里完全是一片死寂的太古世界！在怀揣着对老一辈地质学家真心的敬佩之余，探访者却越来越失望：任你东踅摸、西打听，却都没有在此发现这一著名遗迹！难道这是一个玩笑？

当然不。事实上，当年此事一经曝光，立刻引起轰动，来看的人非常多，有的人自己动手摩摩擦擦，想看得更仔细；学地质的学生还带着锤子之类的工具来敲敲打打，查看断面，采集标本，遗迹面临巨大的生存危险！李四光为了长久保留这片已有几十万年历史的遗迹，发出指示，将原来翻出的草皮、土层重新覆盖。有趣的是，50年后，它的发现者——马胜云去西山查看遗迹，居然也没有找到！

遗迹极难寻觅，但每个前来的人，都能看到隆恩寺中峰庵前小山顶上的那座亭子，六角重檐式，通高8米多，匾额上6个大字“李四光纪念亭”，书写者正是时任地质部副部长的许杰——李四光的得意门生。除了纪念亭，旁边还有纪念碑，亭与碑都是1989年4月29日——李四光诞辰一百周年之际，由北京军区司令部工程兵部捐资建立。

同国民党当年炸毁了李四光的冰川遗迹陈列馆不同，新中国在北京西山模式口建立了中国第四纪冰川陈列馆，为保护模式口的冰川遗迹，永定河引水渠绕道而过，政府不惜多花了7万元钱！后来石景山政府又投入1500万元对陈列馆进行了改扩建。这里的冰川遗迹能得到永久的保护，这应该是最让李四光感到欣慰的地方。

李四光身兼数职，繁忙不休。他得出席各种会议，得主持全国自然科学的规划与实施，得负责中外自然科学的往来与交流，得指导全国重大自然科学研究活动的开展，得参加国民经济恢复与建设的讨论，得坚持完成个人的研究课题和不断推荐祖国的优秀科学家登上世界论坛……这一切的一切又将付出多少心血？须知，这时的李四光已年过花甲！

9

余晖璀璨

攻关华夏石油

今天，70 岁左右年龄的老北京人或当年去过北京的人，大抵都会记得当年公交车的奇葩状态：车的背后，通通背负着一个不敢停火的木柴炉或木炭炉，喷云吐雾，缓缓而行，遇到上坡时火跟不上，立刻停车下来烧劈柴，灰头土脸，费很大劲！后来“升级”了，变成煤气发生炉，驾驶员出车之前要先做三件事：领煤、生火、拖车！最壮观的，自然是车顶上那硕大无朋的煤气包，晃晃悠悠，摇摇欲坠，越走越瘪，一旦气不足了，车立马抛锚！

中国到底有没有石油？上世纪 50 年代以前，不少地质学家抱着消极的观点。1915 至 1917 年，美国美孚石油公司的马栋臣、王国栋曾率领一个钻井队，在陕西北部一带打了 7 口探井，花了不少钱，收获不大走了。1922 年，斯坦福大学教授布莱克威尔德来中国调查地质，回国后写文章说，中国是贫油国家，在中国东南部找到石油的可能性不大，西南部找到石油的可能性更是遥远，西北部不会成为一个重要的油田产地，东北部分也不会有大量石油。

“中国贫油论”从此开始流传。事实上，在旧社会的中国，石油基本完全依赖进口！

解放初期，大规模的经济建设开始后，全国所需石油的 80% 至 90% 不得不依靠进口。而由于帝国主义国家对中国实行经济封锁，国内石油燃料相当短缺，严重阻碍了各项事业的建设与发展。

“无油不成局”，这不仅仅是公交车的问题。毛泽东和周恩来在思考实现第一个五年计划时，对李四光寄予了厚望。

1953 年底，毛泽东、周恩来把李四光请到中南海。毛泽东十分担心地问李四光：“有人说‘中国贫油’，你对这个问题怎么看呢？如果中国真的贫油，要不要走人工合成石油的道路？”

1928 年，李四光就曾写文章指出：“美孚的失败，并不能证明中国没有油田可开。中国西北方出油的希望虽然最大，然而还有许多地方并非没有希望。”面对领导们殷切的目光，李四光根据自己对中国地质的深入钻研，认为“中国贫油论”是没有事实根据的。他从构造地质角度出发，认为油区是生油和储油条件比较优越的地区，而油田是储油条件特别好的地区，找油要先找油区再找油田。他认为，我国石油勘探远景最大的区域有以下三个：一是青、康、滇、缅大地槽；一是阿拉善－陕北盆地；另一是东北－华北的平原地区。首先应该把柴达木盆地、黑河地区、四川盆地、伊陕台地、阿宁台地、华北平原、东北平原等地区，作为寻找石油的对象。

事实上，早在1933年，他在发表的《东亚构造格架》论文中，就已经圆满回答了这个问题。从1935年到1936年，他在英国讲学时，写过《中国地质学》，其中提到“东海、华北有有经济价值的沉积物”，实际指的就是石油。

他从整个新华夏体系的一个巨大宏伟的“多”字形构造体系说起，滔滔不绝地讲到我国石油燃料分布与蕴藏的实际话题：“在我国，第三沉降带的呼伦贝尔——巴音和硕盆地，陕北——鄂尔多斯盆地、四川盆地；第二沉降带的松辽平原，包括渤海湾在内的华北平原、江汉平原和北部湾；第一沉降带的黄海、东海和南海都存在着有经济价值的沉积物。这些话，都是我过去在外国讲的，所以故意说得含糊些。其实，它们就是天然石油和天然气。而方才说的那个‘多’字形构造的对扭性质，使它们有条件成为雁行排列的良好储油构造。因此，仅就新华夏体系而言，且不说其他的构造体系和其他资源，单从新华夏体系的沉降带分析，则可断定既生油，又储油。这就是说，我国天然石油资源远景辉煌，我们地下石油的储量确实是很大的……”

周恩来听到这里，面带笑容地称赞说：“我们的地质部长很乐观。我很拥护你。”

毛泽东也坦然地笑出声来：“我们都拥护你啊。”

为了解决实际问题，李四光提出地质部和燃料工业部，特别是其中的石油管理局等相关部门应该联合起来，统一作战，集中人力物力进行石油勘测。

建议获得党中央的赞同。不久，周恩来在国务院的一次干部大会上，明确指出："石油在我们的工业中是最薄弱的一个环节……首先是勘探的情况不明。地质部长很乐观，对我们说，地下蕴藏量很大，很有希望。我们拥护他的意见。现在需要做工作，所以要有一个单独的石油工业部。"

1954年初，地质部成立了全国石油、天然气普查委员会。1954年3月1日，燃料工业部石油管理总局召开石油工作座谈会，原本计划让来中国考察石油的苏联专家小组谈谈考察后的意见，专家组组长却建议道："先请李四光部长给大家谈谈。"

李四光站起身，向全场作了题为《从大地构造看我国石油资源勘探的远景》的学术报告。在报告中，他把地质力学的基础理论引申到分析石油生成条件和储油条件的领域，说明了新华夏系几条沉降带含有石油的理论依据。

报告进行整整一天，结束时他说："最后，我用几句话指出一个方向，作为我的报告的结束吧：东北平原，通过渤海湾；华北平原，往南到江汉平原和西湖盆地，现在就可以考虑工作。先从新华夏系的旁边摸起，同时在覆盖地区着手摸底。我的意见是：物探、钻探一齐上！"

会场响起热烈的掌声。苏联专家组长表示听了一个"内容丰富的报告""同意李部长的看法"。李四光用地质力学理论，详细地论证了我国地质构造特征和可能含油的远景地区，着重指出从东北平原通过渤海湾、华北平原往南到两湖地区是有重要意义的地区，应组织力量进行摸底。又指出新华夏构造体系最东边的一条沉降带，黄海、东海乃至南海地区的海域含油远景，并不亚于陆地。李四光全局性、战略性的预测，在后来的区域普查和开发勘探中，一步一步得到了证实。

摆脱贫油帽

1955年1月20日，地质部召开第一次全国石油普查工作会议，决定组成新疆、柴达木、鄂尔多斯、四川、华北5个石油普查大队。根据地质力学的理论，他们在一些辽阔的中、新生代沉积盆地中，在约200多万平方千米的面积内进行了程度不同的石油普查，打了3000多口普查钻井，总进尺120多万米。从所取得的大量地质资料看，不仅初步摸清了我国石油地质的基本特征，而且证实我国有着丰富的天然石油资源。

在632地质大队送来的柴达木地质考察图上，李四光发现这里可能有较好的石油构造。他因年高体病不能亲自去察看，便找来学生孙殿卿和秘书段万倜，他们立即表示愿意前往柴达木实地考察。李四光为他们配备了两名年轻助手，送走他们之后，李四光按照组织的安排到大连疗养。

在大连，他仍牵挂着全国各处地质考察的情况，不久，他收到孙殿卿和段万倜的来信，他们告诉李四光，他们已经在一段扭动构造的地层下，发现一个储油区。这封信立即变得重如千金，李四光捧着信的双手剧烈颤抖，眼里涌出了激动的泪花。

随后，李四光经过周密的思考，给陈云写了一封长信，提出自己对石油勘探工作的意见，毛主席和党中央对李四光的意见非常重视。1956年初，陈云召见何长工、李人俊（曾出任工矿部部长、石油工业部副部长）和康世恩（新中国石油工业和化学工业的开拓者之一，曾出任国务院副总理、石油工业部部长）等，研究李四光关于加强石油勘探的意见，并指出要在两三年间找到一两个大油田。

1956 年 1 月下旬，地质部召开第二次全国石油普查工作会议。3 月，中央决定，由地质部、石油工业部和中国科学院联合组成全国石油地质委员会，李四光为主任委员。

一场大规模的全国石油勘探战役打响了！

93 个地质队，430 多名地质人员，奔赴全国的 12 个地区进行普查和细测。经过 3 年的石油普查工作，在这些有希望的含油远景区，他们找到了几百个可能的储油构造，并在柴达木、南充等构造上，探到了具有工业价值的油流。

新疆、青海、四川、华北、东北各战场，接连取得可喜的战果！其中，尤以东北地区的战果令人震惊：在松辽平原的勘探中，确认新生代沉积厚度竟达四、五千米，这里一定拥有大量的石油蕴藏！

李四光决定把松辽平原作为石油勘探的主战场。经过党中央和国务院批准，1958 年 2 月，石油工业部和地质部共同发出“三年攻下松辽”的战斗号召！

地质部从四川、青海、陕甘宁调集队伍，加强了松辽找油工作。在辽阔的松辽平原，一支支石油勘探队开始更加忘我而辛勤地工作。李四光亲自主持这项工作。他每天听野外工作回来的同志们汇报，阅读各地来信，提出具体指示。在指导石油普查工作时，不仅指出含油的远景区，而且对石油普查的具体方法、步骤以及普查过程中发生的实际问题都很重视，对每一地区的石油普查工作，他都作过具体指导，他在石油地质工作的谈话记录、信件和文章就有 10 多万字。

在那段激情燃烧的岁月里，不负众望的松辽平原勘探队接连向李四光汇报来震撼人心的战果：

1958 年 2 月，吉林省扶余县和前郭旗的石油钻井中，首次发现厚达0.7米和0.5米的含油砂岩层！

6月17日，长春附近的公主岭西北场大城子镇的钻井中，发现厚达3米以上的砂岩层，而且岩芯取出之后则有原油渗出！

9月24日，黑龙江省肇州县高台子钻井中喷出工业油流！

9月26日，扶余县雅达红构造块的钻井喷出工业油流！

1959年9月底，正当全国人民迎接国庆10周年之际，一封电报从东北茫茫荒原飞到北京："松辽平原第一口探井大量出油！"

地质部和石油部立即变成了欢乐的海洋，李四光止不住热泪滚滚！他的预言终于被证实——在新华夏系沉降带储有石油！

这是1966年震惊世界的大庆油田总会战的第一声号角！

李四光并未因初战告捷而满足，他向广大地质和石油工作者进一步指出："松辽出油，别开生面。但是，我们还要把眼光再往远放，跳出松辽门槛向南转移。这就是辽河下游，渤海及华北平原。"

不久，根据李四光的建议，地质部石油普查大队从松辽平原转移到华北平原。1960年，李四光在听取工作汇报时，根据有关资料明确指出要在华北地区寻找石油的6个突破点，并且时刻关注着华北油田的动向。不久，华北地区几处打出油砂的资料送到李四光手中，他边听介绍，边分析资料，最后指出："看来东营（胜利油田所在地）是一个旋扭构造，这是一个很有希望的地区，应该下大力量！"

当年，在李四光理论的指导下，石油大军相继打出当时国内产量最高的一批批油井，命名为"胜利油田"。之后，华北、中原、汉江、广东各地，一座座储量丰富、价值巨大的油田，接二连三，隆重登场！

"中国贫油"的帽子彻底被摘掉，中国人只能使用"洋油"的时代，从此一去不复返！

1964 年 12 月，周恩来在第三届全国人民代表大会上作政府工作报告中兴奋地指出：“第一个五年计划建设起来的大庆油田，是根据我国地质专家独创的石油地质理论进行勘探而发现的！”

党和国家领导人的赞扬，只能推动李四光更加沉下心来扑到自己所热爱的地质事业当中来。他决心更好地运用自己的知识为祖国建设服务。只要是国家建设所需要的矿物，李四光立即全力以赴，埋头苦干，利用自己的地质学理论作指导，千方百计去寻找。

事实上，李四光在工作中，特别注意工、农业建设中需要多学科综合技术解决的问题，常组织有关专业的科学家，分工协作，共同探索解决问题的途径与方法。

当时江西赣南的钨矿已经开发多年，有人认为这里的钨矿已经开发完毕，应该到外省去寻找新的钨矿。地质队的工作者运用地质力学理论分析了这里的情况，认为此地正处于“山”字型构造的东翼和新华夏系复合部位，对成矿有利，应继续钻探。果然，地质队工作者很快在赣南地区发现了丰富的钨矿。

铀矿，原子能根基

1953 年 6 月，李四光的动脉硬化症越来越严重，党中央批准他到北戴河休养。北戴河的美丽风光让他心旷神怡，优美的环境使他病情很快好转。但李四光从来都不是一个闲得住的人，他经常漫步于联峰山与海边沙滩，考察地质构造。他对联峰山的花岗片麻岩山体构造很感兴趣，拍了很多照片，又仔细观察了海滩上的砾石，将各种砾石搜集一大袋，让人回北京测量放射性，从中发现了具有开采价值的独居石、绿帘石等重要矿产。

此时朱德总司令和李富春副总理也在北戴河休养。一天，他们在海滩上不期而遇，李四光向他们详细汇报了他对北戴河地质地貌的考察结果，引起了他们的浓厚兴趣。第二天，朱德特邀李四光游览联峰山，在联峰山龙山景区岩石旁，朱德、李富春听取了他对山体构造的现场讲解。

在李四光的地质成矿理论指导下，先后又找到了国家所急需的铬、金刚石和煤等宝贵资源，一时间捷报频传！

这其中，铀矿的发现，无疑最让中国人挺直了腰杆儿！

提起新中国的核工业，很多人能说出一连串科学家的名字，但里面如果没有李四光，这份名单就是不完整的。

李四光在1920年初就把“原子裂变”作为天然能源之一提出。他认为铀矿是稀有放射性矿床，往往产生在地质构造复杂的地区。1930年，他派学生去广西调查铀矿，首次发现了磷酸铀矿、脂状铅铀矿和沥青铀矿。这项工作，后因战乱和暂时提不到实际利用日程而中断。归国到职后，李四光就非常关注钱三强的工作安排，他积极支持近代物理所的建立，多次由钱三强陪同到物理所视察，与科学家座谈，并和当时院党组书记张劲夫多次讨论原子能研究工作的安排问题。

李四光平时走路就有观察地质的习惯。1953年的夏天，他在北戴河休养期间，有一天，他在海滩边散步时发现了一堆黑砂。当地渔民告诉他，日本人占领时期，曾挖走不少这种黑砂。当夜，李四光就派人带信到北京，找钱三强借仪器测试，并随即向朱德反映此事。朱德提出，应及早着手放射性矿产资源的调研。李四光还向朱德作了放射性探测演示，两人进行了较长时间的交谈。

1954 年，地质部着手放射性矿产资源的调查，在地质部普查委员会内成立第二办公室，专管铀矿地质工作。这等于延续了他 1930 年代想做而未能做的工作，他在地质学会第二十九届学术年会上敏锐地提出："目前最迫切需要的是'油'和'铀'两种矿。"不久，二办扩大成为地质部三局（以后改属二机部、三机部和核工业部）。

1955 年 1 月 14 日下午，李四光应周总理之邀和钱三强到中南海西花厅谈工作，在座的还有国务院第三办公室主任薄一波和地质部副部长刘杰。周总理先向李四光详细询问了有关铀矿资源方面的情况，接着向钱三强细致询问了核反应堆、原子弹的原理和发展核能技术所需要的条件等问题。谈话结束时，周总理说："明天中央要研究发展原子能事业问题，请你们做点准备汇报，届时可以带点铀矿石和简单仪器作现场演示。"

随后周总理致信毛主席，汇报今天与李四光、钱三强谈话的情况：

主席：

今日下午已约李四光、钱三强两位谈过，一波、刘杰两位同志参加。时间谈得较长，李四光因治牙痛先走，故今晚不可能续谈。现将有关文件送上请先阅。最好能在明（十五）日下午三时后约李四光、钱三强一谈，除书记处外，彭、彭、邓、富春、一波、刘杰均可参加。下午三时前，李四光午睡。晚间李四光身体支持不了。请主席明日起床后通知我，我可先一小时来汇报今日所谈，以便节省一些时间。

周恩来

一．十四晚

1 月15 日，李四光、刘杰、钱三强参加了毛泽东主席主持召开的中央书记处扩大会议，出席会议的有刘少奇、朱德、周恩来、陈云、彭真、彭德怀、邓小平、李富春、薄一波等。毛主席开门见山地问李四光：“中国有没有造原子弹的铀矿石？”

李四光拿出随身带来的铀矿石标本，答道：“有。但一般的天然铀矿石，能作为原子弹原料的成分只有千分之几，因此需要大量的铀矿资源和浓缩铀工厂。”

说着，李四光拿出从野外带回来的黑黄色铀矿石标本，边递给毛主席、周总理等领导人传看，边说明铀矿地质与我国的铀矿资源及国内铀矿勘察的情况。钱三强用自制的盖革－弥勒计数管给中央领导人现场测量，探测器刚一接近矿石，就产生了信号。

与会领导听到了探测器“嘎嘎”的声响，又听到了思路清晰、前景喜人的汇报，都很高兴。毛主席作了重要讲话，指出：“我们只要有人，有资源，什么奇迹都可以创造出来。”

会后，毛主席留大家吃饭，李四光被安排在毛主席的同桌，并特意安排他坐在毛主席的右手位。

由此，我国拉开了原子能事业的序幕。李四光在中国科学院院务常务会议上提出了加强原子能研究，推广同位素应用的建议。此后，李四光一直身居领导中国核工业事业的核心位置。1956 年成立国家原子能委员会，李四光任副主任，主任为陈云；1958 年经科学院党组与二机部党组联合报请中央批准，成立中科院原子核科学委员会，李四光为主任委员，张劲夫、刘杰、钱三强为副主任委员，钱三强负责核委的经常工作。

李四光不仅直接领导原子核科学委员会的经常性工作，还经常直接给来自基层的地质工作者讲解、做部署，在他提出的三条东西构造带上，陆续发现了储量丰富、品位高的铀矿床。

1964 年 10 月 16 日，中国第一颗原子弹成功爆炸。蘑菇云的背后，李四光的贡献有多大，不难推想。

李四光还特别关心地热资源的开发与利用，在生命的最后几年，尤其如此。逝世前一年，李四光不顾身患危症，一定要到天津视察地下热水的开发与利用情况，其情其景，感人肺腑。事实上，打开地下热能宝库，减轻煤炭资源消耗，是李四光多年来在能源利用方面研究的重要课题，也是他逝世前最为关心的重大问题之一。

地质学预测地震

多年来，民间一直流传着“李四光预言四大地震带”的说法，大概这样：“李四光先生预测了四大地震带，其中三条都已经发生，包括唐山大地震等……”四川汶川大地震后，这种说法又开始流传起来。

事实上，在李四光的科研计划书中，根本就没有所谓的上限，他的计划其实是一项接着一项的，这也让他从来不满足已经取得的成绩，诸如二叠纪蜓科化石、地质力学的建树、石油大发现等等，他要向更高的目标奋进。

一天，他向秘书要来笔墨，在纸上写下了这样的标题：《地质力学的方法与实践（提纲）》，然后在稿纸上列出了每篇的标题及详细的章、节、目。他要把自己列出的题目逐个研究下去，并且计划在晚年写出新的学术专著。

正当李四光准备着手实现这宏大的计划时，党和人民向他投来又一缕期望的目光——地震预报的新课题。李四光毫不犹豫地投入了新的研究。

早在1953年，中国科学院就成立了地震工作委员会，李四光兼任主任委员，做过一些工作，但大多是跟在地震的后面跑。李四光认为没有提前10年、15年在战略性地区开展地震预报的研究工作，是犯了一个错误。李四光认为，要预测地震，就要划分危险区，建立地震预测试验站，研究地震应力作用的过程。要进行地应力测量就应该仔细研究构造应力场。了解了应力场的特点，才好追索构造运动的起源。

但这仅仅是一方面，另外一方面，还应注重岩石性质问题，岩石的机械性质和化学性质，是很重要的决定因素。把这两种因素即矛盾双方，同时加以考虑和分析，才能对地震发生的时间、地点、频度和强度作出科学判断。李四光认为这是对地震预报的一条有效的探索途径。

1962年，广东新丰江水库建成后，连续发生诱发性地震，李四光十分关心，他组织力量着手研究测试地应力的活动规律。他认为作为地壳能量集中释放的地震是有脉络可寻的，是有前兆出现的，只要深入工作，是可以预报的。他为解决地震预报问题进行了深入的试验研究。中国地震局地壳应力研究所的前身地震地质大队，就是由他亲自组建的。建所初期来所工作的老同志，与他都有过多次接触，每个人都深深地清楚，李四光以其巨大的热情和精力，投入到了地震预测预报工作中。

1965 年 1 月 19 日，李四光在与地质力学所参加西南地震地质工作同志的谈话中提出，地震地质工作是否应采取这样几个步骤：第一，要摸清这些断裂带中哪几点或哪几段现今还在活动；第二，确定这些断裂带的伸展地区、方向和范围；第三，参考历史地震资料，看是否沿现今还在活动的断裂带地震特别多而且强烈；第四，围绕现今还在活动的断裂带，进行精密大地测量和微量位移测量，并设置地震观测网，进行微观的、宏观的地震观测工作；第五，对上述观测资料，进行综合分析，分析现今地应力分布的情况和活动方式，从而明确它们和当地地震的关系，并确定震源的所在和它们分布的范围。这样，就有可能进一步推测今后地震发展的趋势。

李四光在他创立的地质力学构造体系理论的基础上，独辟蹊径但又脚踏实地地进行中国地震地质的研究，开始了他地震预测的征程。

1968 年的一个寒冬之夜，一阵急促的电话铃声将好不容易睡着的李四光叫醒。对方是总理办公室，请李四光尽快赶到国务院会议室开会。李四光预感到会议可能与华北地震有关，迅速赶到会议地址，此时时针已指向凌晨 2 时。

会场气氛格外紧张。周恩来见到李四光进门，忙把他请到自己身边坐下，向大家说："今晚的情况很急，要求我们必须立即作出判断。所以，连身体不好的李老也请来了。现在，请报告震情的同志简要介绍一下你们掌握的情况。"

有关人员报告的情况是：近几天，北京周围小震现象十分频繁，今天却突然停止。根据历史上地震的统计规律，有关专家认为这是一个“围空区”。也就是说，周围平静意味着中间地区可能要发生强震。人们预计，今晨7时前后，北京会有7级地震的危险。因此，建议国务院立即通知全市居民搬到室外躲避，自然更要保护毛泽东主席的安全。与会人员各自发表已见，但是谁都难以表明肯定还是否定的明确观点。

最后，周恩来照例又把目光投向李四光：“李老，请你说说，情况真是这样紧急吗?”无疑，李四光是总理的真正定心丸。

李四光没有立即发言，他走近电话机，分别给北京附近的一些地应力观测站打电话了解这几天地应力值的变化状况。思考片刻，他向周恩来和大家说：“根据目前动向分析，北京市区目前不存在紧急情况。我看，这个强震预报还是不要发吧。天气这么冷，几百万人都搬到外边去住，那将是个怎样的恐怖和混乱局面？最好不要惊动市民，也请毛主席放心休息。”

周恩来经过一番慎重思考，果断地说：“好吧，就按李老的意见决定吧。”

散会时，已是凌晨3点左右。周恩来关切地对李四光说：“李老，你年纪大，身体又不好，早点回家休息吧。这里，由我来值班。”

周恩来整整一夜没有合眼，直到一轮红日从东方冉冉升起。

“李四光的判断再一次被证实了！北京城到处充满阳光!”这是共和国总理从内心深处发出的声音。

他更重要的贡献，当然不是上述的预测哪里没有地震，而是哪里会有地震。

1966年以前，中国的地震预测大体学习西方。1966年3月18日5时，河北邢台地区隆尧县发生七级以上的强烈地震。霎时间，地动山摇，地面发生裂陷，缝中涌泉冒沙，墙倒屋塌，道路、桥梁、堤坝均遭到严重破坏，人民财产受到巨大损失。这是建国后我国大陆人口稠密区发生的第一次大地震，引起了李四光的高度重视。

当天下午，国务院地震委员会召开紧急会议。周恩来沉痛地说："这次地震给我们造成了很大损失，也给我们提出了严峻的问题，就是我们科学工作者能不能预报地震呢？如果可以预先知道地震的时间，那么就可以预防，减少损失。"

在场者沉默无语，谁都知道，这是世界上从未解决的难题。

"李老啊，你有什么看法?"周恩来把希望的目光投在77岁高龄的李四光脸上。

李四光早有思想准备，他首先提出结论性的观点："我认为地震是可以预报的。"

话音不高，然而举座皆惊。

须知，多年来，世界上许多国家都在研究地震预报，但都没有得到令人满意的答案，包括世界上科技最发达的美国。

李四光从地质构造带和地应力等各个方面，详尽阐述可以预报的理由，充满狐疑的在场者最终全部口服心服。周恩来的神色轻松了许多，最后说道："李老独排众议，说地震是可以预报的，这很好！世界上没有不可知的事物。我们就是要发扬独创精神，突破科学难题。我们的前人只给我们留下了地震记录，我们就要给后人留下个地震预报的记录。"

会后，为了能够及时准确地了解邢台地震情况，李四光亲自指导，把经过他亲自挑选的地质研究所的测量地应力的元件和装置迅速运到震区，虽然因身体原因不能亲身前往，但他精心挑选人员组成了地震地质考察小组，明确交代了任务，要他们根据震区的地质构造特征，查明地震发生的原因和范围，预测地震可能扩展的趋势，探索地震预报的方法。考察小组连夜奔赴震区。

那天是星期天，一大早，李四光就和妻子一同来到实验室，看着大家组装设备，并且把女儿也叫来帮忙。这一天，他们整整一天没吃一点儿东西，也没顾得上喝一口水。

考察小组深入震区后，在隆尧县尧山打了一口测量地应力的浅井，在井内安置了电感器，用来进行地应力变化的观测。不久，李四光又请河北省地质局的技术人员在尧山附近打了一口百米左右的试孔，以便进行对比和研究。随后，在尧山和北京地质力学研究所之间设立了电台和专用电话，随时了解震情变化。

一连数日，年近八旬的老科学家几乎天天守候在办公室里等待尧山的消息，日夜关注前方的来电、来人，指挥大家从地层、电场、磁场、重力场的变化资料进行各种复杂的比较分析。同时，他把每天收到的地应力变化的数据，绘制成曲线图，仔细分析研究，以便找出其中的规律。

3 月22 日下午，邢台地区又发生了一次强震，考察小组的同志立即打电话向李四光报告了这次震情，还汇报了在地震发生时，看到了隆尧县南阳楼东南的一片枣林明显地向北来回反复转动的奇异现象。李四光对此现象很感兴趣，不顾自已 77 岁的高龄，决定亲自到地震现场看一看。

许淑彬强烈反对，激动地说：“你的病这么重，走了恐怕要回不来!”

李四光执意要去，对她做工作说：“我理解你的心情，但你也要理解我。你过去不是经常讲，要全力支持我的事业吗?”

许叔彬只好同意他去，李四光非常高兴地对她说：“这才是真正的关心和爱护我。”

4 月22 日，李四光赴灾区考察。临行时，许淑彬特地为他预备了一暖瓶面条。李四光笑了笑说：“知我者妻也。”他对其他劝阻他的医生和亲人说：“你们不要拦我。总理都冒着生命危险四次去了灾区，我是做这个工作的，怎么能贪生怕死呆在病床上呢!”

中央在他的一再要求下批准了他的申请。

当时，邢台震区余震活动频繁，仅在 4 月 20 日晚 21 时至次日清晨7 时，十个小时之内就发生了三次中强余震，造成隆尧县及相邻的任县多处房倒墙塌!

李四光刚下火车，马上就到科学院的观测点去了解那里的仪器工作情况，然后马不停蹄到尧山地应力站去考察。他认真研究了工作人员绘制的应力值变化曲线，听取了在震区工作的同志汇报，和他们一起分析这两次大震发生的原因，如何解决地震预报的方法和怎样估计地震今后的发展趋势。

这是相隔45 年后，李四光对邢台的第二次考察。

中午过去了，工作人员请他吃点儿东西、喝点儿水，他摇摇头说：“我是搞地质的，一天不吃不喝都没关系，这点基本功是有的。来一趟不容易，我得抓紧时间工作，要多看点多听点。”紧接着，他动身去尧山站周围地区去察看地质情况。

一直忙到天黑，他才启程回北京。

这一天，附近的老乡们都看到一位白发苍苍的老科学家在小山上忙了一整天，不知是谁，就去问观测站的工作人员。当他们得知他就是地质部部长李四光的时候，都异常惊喜，异口同声地说：“这真是人民的科学家!”

次日早上，李四光回到北京，许淑彬赶到车站去接。李四光问她：“我只出去一天，你为何要来接呢?”许淑彬深情地说：“我担心你的病。”李四光听后，非常欣慰地说：“有你这样的老伴照顾，我病不了啊!”

经过这次实地考察，李四光亲自指导考察队编写并向国务院呈交了《邢台地震地质初步考察报告》。报告分析了地震发生的原因和可能扩展的趋势，提出了解决地震预报的新途径与亟待解决的几个问题。

“地震不能预测”，到底应取决于中国人民的社会实践，还是叩首于西方科学的狭隘定义？打破经验主义的束缚，改变只准讲一面之词的风气，这是解放思想、深化改革、加快创新体系建设的必要前提。

如何摆脱西方还原论思维的局限，将中国传统文化与西方文化相结合，攻克地震预测的难题，重重地摆在中国科学家面前，但主攻者暂时只有李四光、翁文波二人!

即便如此，李四光仍然下定了决心，要利用这次邢台地震的机会，把中国的地震预报工作向前推进一大步。

正是在邢台地震后，李四光指出：“震源带有可能向东北方向发展。”在1966年4 月10 日周总理主持召开的地震发展趋势研究会上，李四光应用他开创的地质力学构造理论体系提出：“深县、沧县、河间这些地区发生地震的可能性不能忽视!”

果然，1967 年河北河间大城发生6. 3 级地震!

紧接着，他指示地震地质大队立即去山东建立压磁地应力站。当在济南市西南方向的长清建立应力站时，他说：“地址选错了，我是让你们去郯庐断裂带建立应力站，这个断裂带要出问题！”地震地质大队立即到郯庐断裂带上的安丘建立了压磁地应力站。

预测奇准。1969年渤海7.4级和1975年海城7.3级地震，就发生在郯庐断裂带东北延伸部位上！

1969年，李四光指出云南通海地震的危险性，立即派地震地质大队西南区队组织分队奔赴通海开展地震地质工作，指示在通海设立地应力观测台站，严密监测，震前异常现象很多。但是，由于当时台站内地震预测人员搞内部斗争，预报未能发出，1970年1月5日，通海发生了7.7级大地震，死亡1.5万人。

为此，李四光曾痛哭流涕向周总理作检讨。

痛定思痛。通海地震后，李四光立即提出要注意川西的地震，1970年1月28日在与全国地震工作会议专业队伍代表谈话时他说：“四川西部是危险区，现在我提心吊胆地工作，要赶快跟上去。”

预测再次应验，1970年2月24日，四川大邑发生6.2级地震！

1970年，李四光指示地震地质大队根据活动构造体系、活动性断裂带，结合历史地震活动编制全国地震危险区分布图。当地震地质大队把编制好的透明图向他汇报时，他问了一些问题：道孚在哪？彝良在哪？武都在哪？武威在哪？门源在哪？峨山在哪？

1973年2月6日，四川炉霍发生7.3级地震。炉霍位于道孚西北60千米，处于同一活动性断裂带，此时军管组负责人王国亮提出：炉霍地震是不是与1970年李四光问的地名道孚有关？

1974年5月11日云南大关北发生7.1级地震。地震发生后，地震大队分析预报室虽然得知西南地区发生了7级以上地震，全室人员都在分析震中在哪里，有位分析人员提出在彝良。地震目录报来时，震中离彝良很近，相距100千米。大家问他："你怎么分析到这次地震在彝良？"

他说："炉霍地震发生在炉霍活动性断裂带上，它往东南延伸就到了彝良大关一带，而彝良正是1970年汇报时李四光问的第二个地名。"

大家立刻明白，李四光问的地名，就是他心中近期可能发生强震的危险地点！

李四光的预言一一应验，让人惊叹：1976年8月，松潘发生两个7.2级地震，震中距武都116千米；1981年1月，道孚发生6.9级地震；1984年1月，甘肃武威发生5.3级地震；1986年8月，青海门源发生6.4级地震；1990年10月，甘肃天祝发生6.2级地震，震中在武威东南100千米。

开创地震预测、预报理论

上世纪60年代末，李四光唯一的外孙女邹宗平被祖父安排在地震地质大队工作。同事们请她去问李四光，为什么邢台震后他提出要注意河间沧州，河间震后又立即提出要注意郯庐断裂带？具体是怎么分析判断的？她问李四光之后，带回一句话：让他们看我的书（指《地质力学概论》），都写在书里了。

举世震惊的唐山大地震，其危险性李四光早已提出。

1966年组建地震地质大队后，1967年，李四光就派地震地质大队的华北三队到唐山、滦县、迁安一带开展地震地质调查，进行1

: 50000 地震地质填图。他指出："邢台、河间地震与北东向的构造有关。北京处于隐蔽地区，可能东西向构造活动更重要些。东西带很深，范围很大，很强烈，震群可能延续长久，释放能量比较大。因此我们的工作应向滦县、迁安东西向构造地区做些观测，如果这里也在活动的话，那就很难排除大地震的发生。"

在对李四光的意见给予了高度重视后，1974 年 6 月 7 日至 9 日，国家地震局召开了华北及渤海地区地震趋势会商会，会议形成了以中科院名义呈报国务院的《关于华北及渤海地区地震形势的报告》。在该报告中，多数专家预测，京津一带、渤海北部等 6 个地区，今明两年内有可能发生 5 ~ 6 级地震；也有一些人预测，华北有发生 7 级左右强震的危险。中科院的报告提出："为了落实毛主席'备战、备荒、为人民'的伟大战略思想，贯彻执行中央关于地震工作'以预防为主'的方针……要立足于有震，提高警惕，防备 6 级以上地震的突然袭击。"

不到 20 天之后，1974 年 6 月 29 日，国务院下达了国发（1974 年）69 号文件，把中科院的报告批转给华北及渤海地区的北京、天津、河北、山西、内蒙古、山东和辽宁 7 省市自治区革命委员会。这是中国也是世界历史上，第一次以国务院文件形式发布的地震中期预报。

1975 年 12 月，地震地质大队提出包括唐山地区在内可能发生大于 6 级地震的预测。1976 年 1 月，周恩来总理逝世。三个月后，周荣鑫秘书长被"四人帮"迫害致死。1976 年 5 月，中国地震局召开京津唐地区震情讨论会，甚至迫不及待地公开提出："69 号文件预报期限已到，到 6 月若不发震，就下通知撤消此文件。"

然而，正是在69号文件的指导下，1976年7月14日，北京市地震队发出《工作简报》，根据7大异常（地形变、水氡、地电、地磁、地下水位、地震活动、气象异常等），提出“用临震的姿态密切注视京区的地震动向”，并根据北京市有关领导的意见，请国家地震局分析预报室立即安排时间听取详细汇报。

7月23日，于1970年春节期间受到过周总理接见的青年地震预测工作者耿庆国，发现北京地区日平均气压突破了历史同日平均气压最低值，大震已经迫在眉睫，他预计地震极有可能在7月29日以前发生。但是直到7月26日，地震局分析预报室才决定听取北京地震队的汇报，而负责工作的梅副主任却没有参加，只是安排无权决策的组长汪成民等听汇报。汪成民深感问题严重，27日，他按拟好的文字稿向查副局长等汇报，认为“异常是真实可信的，情况是严重的，要求紧急动员起来，密切注视情况的发展”，要求领导决策。

在北京市地震队告急，地震局分析预报室梅副主任拖延听取汇报12天之后，在汪成民恳请领导决策的情况下，1976年7月27日，国家地震局查副局长的决定如下：“目前事情很忙，下星期召开一次会研究一下。”

第二天，亦即令人无比揪心的7月28日，唐山发生史无前例的大地震，死亡24万人！

汪成民在地震局不准公开传达大地震迫在眉睫的情况下，在晚间的小会上以个人名义讲了一些情况。距离唐山115千米的青龙县由此得到预报，及时采取预防措施，全县47万人，无一死亡，成为1996年被联合国誉为“青龙奇迹”的防灾减灾的著名案例。

地震预测不是一个纯理论问题，而是一个社会实践检验的问题。

关键要靠“强震预测、预报和预防的综合性实践”的检验，一旦检验成功，正如海城地震一样，是会使人信服的。在周恩来总理的坚强领导、关怀和支持下，在“强震预测、预报和预防的综合性实践”的检验方面，中国人民已经具备超过世界先进水平的基础和实力。

1969年，中央成立地震工作领导小组，李四光担任组长。为指导全国的地震工作，他经常分析、研究大量资料，多次带病跋山涉水，深入北京郊区各区县，调查地震地质现象，视察地震地质工作，掌握第一手资料，把全部心血都倾注在地震预报这项关系亿万人民生命财产安全的工作上。

事实上，李四光一生最后的几次野外考察，都和地震预测有关。1969年5月10日，北京市延庆县张山营一口水井的水一夜之间升高三米，周总理一天之内数次询问情况并批示：“要密切注视，有情况及时报告。”

当天，80岁高龄的李四光亲自赶到张山营，伏到井台测量水位，爬上山坡观察断层。

直到1971年他逝世的前一天，他还恳切地对医生说：“只要再给我半年的时间，地震预报的探索工作，就会看到结果的。”他对攻克“地震预报”这一难关始终充满了信心！但我们要无比遗憾地说，李四光的去世，对我国地震预报工作，是难以弥补的一个重大损失！

李四光运用地质力学理论，采用地震地质的分析方法，并落实到中长期震中预测上，是迄今为止世界最高水平的地震中、长期预测。1970年7月李四光在地震地质大队总部三河说过：“极堪注意的事实是历史地震震中的分布，在很大程度上与构造的展布是一致的。这条规律突出地证明：地震震中所在与某些构造带，和与那些构造有密切联系的构造带是息息相依的；反过来，追踪彼此互相关联的活动构造带，对发现潜在的地震危险带，有很重要的意义。”

作为科学，谁也不能否认地应力。但是由于体制和经费的原因，地应力监测手段陆陆续续少了很多。但谁也无法否认，李四光的思路和方法是经得起检验的，从力的角度来说，它更是最直接的监测手段。很多地质地震学家都认为，不能单靠地球物理这一项能解决地震预测预报问题，还是得从地质、地震和力的角度，从根上解决问题，其他的都是派生的效应。

可惜，后来的人没有继承好。当前的问题，主要是在现有的测量手段上，应该有一个大的突破，前提之前提，则是仪器首先要过关!

事实上，经过数十年实践检验的“强震预测、预报和预防的综合性实践”，很有可能是21世纪中华民族对世界人民防御重大自然灾害的巨大贡献，其最终成就甚至完全可以与“四大发明”相媲美。如何更好地继承李四光的地震预测预报理论思路和方法，应该是现在的我们应该好好深思的。

科学巨匠离世

1955年的秋天，李四光举家迁往复兴门内的嘉祥里，大致相当于现在中央教育电视台所在地。

1958年年底，李四光又搬到了西山象鼻子沟。

和城里的遂安伯胡同、嘉祥里相比，象鼻子沟虽然偏僻，但要清静许多，更有利于年近七旬的李四光工作和休息。在这里，他一直住到了1962年1月。

1962年，象鼻子沟搞战备工程，李四光不得不再次搬家。

有关部门请他去东城门西总布胡同看房子，这是一处宽大的四合院，政协副主席李济深生前曾在此居住。李四光觉得房子比较豪华，不符合自己个性，礼貌谢绝。

他相中了紫竹院北边的一片地方。这里没什么住户，树林密布，绿意盎然，宁静清爽，而且位于北京城的西北方向，上风上水，空气清新，非常有利于健康，就举家搬到这里。

这是李四光在北京的最后一个住处，一座朴素的灰色建筑物，位于海淀区民族大学南路11号，今天已成为李四光纪念馆。六个苍劲有力的大字“李四光纪念馆”，出自他的湖北同乡、前国家主席李先念的手笔。

1961年，李四光亲自设计了这里的庭院和居室，1962年入住。李四光的后人目前还在此居住，因此暂时不对外开放，只接受内部人员参观。

穿过弯弯曲曲的走廊，一尊李四光的半身铜像静静屹立在尽头，将全部身心都献给了中国地质事业的老人，正以充满慈爱与期望的神态俯视着他的后人。客厅里，沿墙一排古朴的棕色书橱里摆满了精装科技书籍，其中相当一部分是李四光先生留下的宝贵财富。书的外侧摆放着一些证书和奖牌，这当中最为醒目的是由郭沫若、方毅分别为李四光和李林、邹承鲁（李四光的女婿）签发的院士证书。客桌上的摆设朴素大方，在李四光生前喜爱的那个大地球仪前，邹承鲁获得的一尊金牛昂头静卧，仿佛两代科坛名人正在进行心灵的交流。

纪念馆的旁边，就是地质力学研究所的南门。

在地质力学所南门外，矗立着一株巨大的银杏树。树冠蓊郁茂密，像一把半撑的绿色大伞，枝干盘曲扭错，犹如数条龙蛇蜿蜒纠缠。这株银杏树干周长9.8米，树高27米，树冠荫地面积400平方米。传说杨六郎曾在树下饮水乘凉，李闯王的将士曾在这里燃篝取暖。2004年修建万寿寺路时，为了保护这棵古树，特意以它为中心设计了一个很宽的绿化带，车子从两边绕开行驶。

当年，李四光常在这棵银杏树下思考问题，一边想一边散步。穿过树林，从地质力学所的东边向北走，然后再往东走，一直走到白颐路（今中关村南大街），再按原路返回。时间一长，竟然在荒地上踩出了一条土路!

后来，荒地上盖了许多平房，不少住户进进出出，经过的都是李四光双脚踩出来的那条路，人们称之为“李四光小道”。

1985年，李四光小道东西走向的那一段，被拓宽辟筑为沥青路，次年，名之为“民族学院南路”，后来改称“民族大学南路”。而南北走向的那一段，现在成了民族大学西路的南段。

晚年的李四光，饮食非常清淡，经常喝用玉米须子煮的水。平时，他的衣服补丁摞补丁，只有参加正式会议时才会穿得好一点。

年迈体衰的李四光，仍然带病坚持工作，尤其重视对地震研究、石油勘探的指导。1965年，李四光在北京医院体检时发现左下腹有一搏动性肿块。经专家会诊，确诊为动脉瘤。李四光预感到自己的生命不长了，他要在剩下不多的时间里继续努力，为祖国的科学事业贡献自己的最后一份力量。

在李四光生命的最后几年，他的身体已不允许他再继续工作了。但他仍然坚守领导工作和科研工作的岗位，经常找有关业务部门和基层单位的工作人员谈话，商量工作，探讨问题。

在生命最后一两年中，李四光还为毛泽东等中央领导编写了《天文、地质、古生物资料摘要（初稿）》一书。这是他最后的著作，其中饱含着对科学的热爱、对地质学的热爱，尤其是对新中国的热爱！

1969年5月19日，毛泽东接见在京参加学习的1万名代表。在京的中央委员参加了接见，李四光也在其中。

毛泽东在主席台上看到李四光，马上拉着他的手，亲热地叫“李四老”。两人距离非常近，然而因为会场里“毛主席万岁”的口号声响成一片，彼此说话都听不清楚。毛泽东只好伏在李四光的耳边，问他的身体好不好，工作情况怎么样。毛泽东拉着李四光的手走在前面，接见到会的同志。接着，又一同离开主席台，步入休息室。

家里人在电视中看到这一幸福的镜头，却不知道毛泽东和李四光到底讲了些什么。李四光刚回到家，家人便都急着问他。李四光高兴地讲，毛主席和他在休息室谈了一个多小时的话。短短的一个多小时，两人谈了多少亿万年间的事情——从天体起源、地球起源谈到生命起源。谈到太阳系起源的问题时，毛主席说，他不大相信施密特，觉得康德、拉普拉斯的理论还有点道理。还说很想看看他写的书，希望能找几本给他，并请他帮着收集一些国内外的科学资料。之后，两个人很愉快地结束了谈话。

第二天，按照毛泽东的嘱咐，李四光请秘书帮他找书。他想：主席那么忙，总不能把自己写的书统统送去请他看，应该选一两本有代表性的作品送过去。经过仔细挑选，李四光先把《地质力学概论》一书和《地质工作者在科学战线上做了一些什么？》这篇文章送给毛泽东审阅。然后，立即着手开始收集毛泽东所要的资料。

为此，他看了大量的外国资料。为节省主席的时间，让其少消耗精力就能看到需要看的东西，李四光决定自己整理一份资料，把地质学当时各种学派观点都包括进去，再加上自己的评论，阐明自己的观点。

他用将近1年的时间整理资料，在此基础上，一连写了7本书。每写完1本，李四光就叫秘书马上送到印刷厂，大字排版，然后拿回来亲自校对。7本书印好之后，定名为《天文、地质、古生物资料摘要》，送给了毛泽东、周恩来和其他中央领导同志。

这本书可以说是他一生攻研地球科学思想路线的总结与表达。他把天、地、生三者视为一个相互制约、相互联系的整体，再把有关数、理、化的部分知识要点，精炼出来熔于一炉，表达出李四光在从事自然科学研究的长期科学实践中所形成的思路、观点与认识。这种从实践中总结出来的系统整体论思想及其方法论，十分可贵。

1972年此书正式出版，15万多字，附有60多幅照片和插图。最后一部分“地壳构造和地壳运动”是全书重点，在这里，李四光再次强调构造体系的观点，提出解决大陆构造问题应该立足于确实可靠的构造现象，即构造体系的研究。这正是李四光在地质学上最重要的贡献。

直到他逝世的前几天，他还会见了石油部641厂和国家计委地质局第二海洋地质考察队的负责人，同他们探讨渤海地质构造与找油的关系。这是李四光最后一次同基层干部谈话。

1971年4月底，李四光突然病倒，住进北京医院。4月28日，他对大夫说：“请你们坦率地告诉我，究竟我还有多长时间，让我好安排一下工作……"

他还吩咐身边的工作人员第二天把全国地图集带到医院来。

欲填沟壑唯疏放，自笑狂夫老更狂。尽管早已接到了死亡通知书，但李四光毫无惧色，他心里想的，一直是自己终生热爱的地质事业。为了事业有新的突破，他几乎在和死神赛跑，把一天当两天用，毫无疑问，这是李四光自1965年确诊动脉瘤，能够又活了整整6个冬春的重要原因。他的豁达与乐观，应该来自他独有的人生观和价值观，在他的内心，想必时常会涌起曾子留下的那句话："士不可以不弘毅，任重道远，仁以为己任，不亦重乎？死而后已，不亦远乎？"

萧伯纳说的，也许更形象和通俗一些："人生不是一支短短的蜡烛，而是一把由我们暂时拿着的火炬，我们一定要把它燃得十分光明灿烂，然后交给下一代的人们。"

这把火炬，在中华大地上燃烧了将近一个世纪，就在他在病床上嘱咐工作人员将地图集带给他的次日，1971年4月29日11时，他再也无力打开这本地图了。

他的心脏停止了跳动，享年82岁。

恩泽传世，痴心系科研

1971年5月2日，细雨连绵。党中央、全国人大、全国政协、国务院，在北京八宝山公墓为李四光举行隆重的告别仪式。

由于当时中央组织部和国务院办公厅的主要军代表事先曾说，中央决定追悼会上一律不致悼词，因此有关负责同志没有为李四光的追悼会准备悼词。在现场，周恩来总理发现这一情况后非常生气，严厉批评了有关负责同志。

全国人大副委员长郭沫若主持告别仪式，国务院总理周恩来在仪式上亲自宣读李四光的女儿李林致慈父的一封信代为悼词。只有思念，没有伤感；只有缅怀，没有悲泪。全文记述慈父一生的经历和临终的嘱托："希望他所经常思考的地震预报、地热利用和海洋地质等各大科研项目有人接续下去，为中国和全世界人民世世代代永久造福。"

周恩来、郭沫若和在场的所有送行者，都被这位永垂不朽的伟大科学家的博大情怀所感召。

李四光只有一个女儿，生于1923年3月，原名熙芝，后改为李林。李林是独生女儿，出生在父亲刚刚34岁生日第五天。按李氏家谱，李四光给排为"熙"字辈的女儿取名熙芝。

幼年的熙芝美丽聪明，可就是身体娇弱，还得过一次可怕的肺病，从小在母亲关心与教育下成长起来。当时，许淑彬在北大女子附中教钢琴，幼年的李林受到了母亲在音乐和语言方面的熏陶。母亲的意愿是女儿在钢琴方面有所发展，无奈，父亲经常挂在嘴边的冰川、化石、显微镜等似懂非懂的名词，却对李林有着更大的诱惑力。6岁那年，李林左手食指长了一个疮，伤愈后指头明显短了一截。从此，钢琴对于她便成了业余爱好，而科学，却潜移默化地在她的心底扎下了根。

李四光虽然喜欢女儿，但因为地质事业要求他经常风餐露宿，能真正和女儿在一起共享天伦之乐的时候并不多。小时候，李林最盼的就是很冷很冷的冬天或很热很热的夏天，只有在这种时候，父亲才不出去考察，她才能有更多的机会见到父亲。这时，李四光常常会左手把女儿揽在怀中，右手拿起笔继续不停地写他那些似乎永远也写不完的文章。李林好想和爸爸无忧无虑地玩，可爸爸似乎总也抽不出身。

熙芝改名为李林，是在上初三时。其时正值抗日战争爆发，她随父母辗转到了桂林。桂林的初中很难满足李林的求知欲，她决定提前报考高中。但按当时规定，没毕业的学生是不能报考的。李林灵机一动，报名时用母亲名字谐音改名为李林。李四光改名时也是14岁，父女相隔34年改名，成为一段趣话。

按照李林的本意，她更想当一名医生。但当她16岁又一次跳级考取贵阳医学院时，母亲无论如何也不放心独生女儿远离自己，坚持让李林就近到广西大学读书。这次，李四光毫不含糊地支持妻子的意见。

广西大学没有医学系，让李林学什么呢？李四光觉得女孩子学地质不合适，就鼓励女儿学机械，李林遂成为广西大学机械系的唯一女生。其实，李林对于机械并不感兴趣，但她是个孝顺的孩子，不愿违父母之命。

大学毕业后，李林获得英国文化委员会的奖学金，走进伯明翰大学深造。选择专业时，她向父亲征求意见。搞了一辈子地质力学的李四光希望女儿在力学方面也有所造诣，就建议李林专攻弹性力学（Elasticity）。谁料秘书发信时不小心将E错打成P，一字之差，使得英语的弹性力学变成了塑性力学，于是李林开始涉足物理冶金方面的研究。

许多年后李林回忆说，我这一辈子许多事都是出于偶然，如果不是因为手坏了，可能去学钢琴；如果不是因为母亲舍不得，可能去学医；如果不是因为秘书打错了一个字母，也不可能从事今天的专业。

无论如何，李林依然刻苦攻读，一年半后以优异成绩通过硕士考试，又靠自己努力争取到了奖学金，开始在剑桥大学攻读物理冶金博士学位，成为中国第一个用透射电子显微镜研究金属材料的显微结构和性能的科学家。

在剑桥，李林的另一个人生重大转折是认识后来与她相濡以沫半个世纪的邹承鲁。邹承鲁是无锡人，1945 年毕业于西南联大化学系，次年以中英庚子赔款公费留学化学类考试第一名被剑桥录取，直接攻读生物化学博士学位。邹承鲁是个耿直、坚毅而成就斐然的学者，1951 年回国后，一直从事酶学工作，取得的成就为国际所注目。一次，在剑桥同学的聚会上，李林和邹承鲁同台演唱了一曲《松花江上》，优美的歌词，悲怆的曲调，激起了他们对祖国的共同思念。共同的理想，相近的专业，使得他们的友谊与日俱增。终于，在一个皎洁温馨的月夜，邹承鲁向李林吐露了心底的愿望，两双年轻的臂膀紧紧地挽在了一起。

李四光很欣赏女儿的眼光，十分喜欢思维缜密、学业奋进的邹承鲁。1949 年 8 月 25 日，在伯恩毛斯海边，伴着海浪的鸣奏，他亲自主持了这对年轻人的婚礼。作为慈爱的父亲，李四光祝福他可亲可爱的女儿和值得信赖的女婿能够白头偕老，终身幸福。

夫妻同为全国政协委员的家庭虽然为数不多，但还称不上罕见；夫妻同为中科院院士的家庭虽为罕见，也称不上绝无仅有。但在偌大之中国，一家三口同为中科院院士，又同为政协委员的家庭只有一个，那就是李四光和他的女儿李林、女婿邹承鲁。

李林很小的时候，李四光在学习上对她要求极为严格，时常教育她要读好书，并尽力给她提供较好的学习条件。他常对李林说："爸爸只有你一个孩子。我不讲男孩女孩，只要读好书，就是好孩子。小时把书读好了，长大了才有作为。"进入20世纪50年代，李林早已成人，李四光对女儿的爱没有丝毫减少。李林上班的地点离家较远，每星期只有周末才能回家。为了早点见到女儿，每到星期六的下午，他就从家中走出，穿过田野和松林，走到紫竹院，坐在公园的长椅上，静静地等候。

这时候，他的心里会想起李林小时候的点点滴滴。偶尔，他也会想起其他的小孩子。

1922年秋，石瑛开始了在北大的教授生活。石瑛对新旧文化和中外文化的态度，可以从他对儿子石效曾的教育上看出来。石效曾先天体弱，不能去学校读书。石瑛第一年请来清末秀才教授《四书》、《左传》，也教授当时小学普遍采用的国文；第二年又加请北大学生教数学和英语。石瑛抽查独子功课，背不出就罚跪。有天晚上，李四光、王世杰、王星拱和周鲠生来访，正遇石效曾被罚跪。李四光对效曾说："你有这个举人父亲，是幸，也是不幸；说幸，是家学渊源，于你读书大有益处；说不幸，是你父国学深厚，他若考起我来，我也会被他考住，何况你一个孩子？只怕你双膝要跪出茧来呢！"王世杰、王星拱、周鲠生皆以为然。

李四光又道："蘅青兄，你两度留学共17年，年近半百，膝下仅此一子，独苗难长啊！我们4人有个要求，自今以后你不能罚孩子跪。"石瑛看看众人，只好答应。以后石瑛也多次想罚儿子跪，话在唇边，却变成："鬼！错了！提示你一句，再背！"

这当然是石瑛的性格，明里暗里皆不欺，“慎独”之功出于天然。另一方面，李四光对教育的新观念在此是起了作用的。

在北池子湾附近居住的时候，李四光同邻居杨振声关系非常好。杨振声是清华大学第一任教务长、清华大学文学院首任院长，他的二儿子叫杨起。1937年，杨起中学毕业，考取了西南联合大学地质系。他之所以决定学地质，完全是受李四光的影响。李四光常到杨振声家做客，对这个性格倔强又踌躇满志的孩子十分喜爱，常讲故事给他听。李四光告诉杨起，祖国的名山大川他不知见过多少，但再美的景物他都顾不上看，他把所有的精力都放在地质考察上了，他要为祖国寻找丰富的地下宝藏。只有国富，才能国强。深受熏陶的杨起立志为国寻宝。怀着一腔报国之志，杨起走上了艰难的地质科学研究之路，后来成为我国著名的煤田地质学家、中科院院士，是新中国煤地质学和煤地质学教育事业的奠基人和开拓者。值得一提的是，他还荣获过第七届“李四光地质科学奖”！

李四光从骨子里喜欢求学上进的孩子！严厉但绝不失温和，懂得如何更好地教育孩子。

受李四光的感召而投身地质学界的，又何止一个杨起？对我国著名地质学家、地震预报学家、中科院院士马宗晋来说，李四光同样是其成才的无穷动力和强大支持。

马宗晋一直以李四光为偶像，1956年报考研究生，选择的导师便是李四光的学生孙殿卿教授，专业则是李四光创立的地质力学。马宗晋被中国科学院地质所录取，成为中国地质力学的第一个研究生。

有一天，孙殿卿高兴地对他说：“李老师在杭州想见见你。”马宗晋一时忐忑起来，唯恐这位大名鼎鼎的地质学家考他问题答不出来。

当时，李四光年近 7 旬，精神矍铄，见面时，他问马宗晋是哪里人，学生生活过得如何。在和蔼可亲的长者面前，马宗晋不再局促不安。谈话结束时，李四光说："我给你一个任务，你从南高峰到北高峰，再到黄龙洞，做个地质剖面图，做好了再来找我。"

马宗晋早出晚归，用 10 天时间在 5 千米 ~6 千米的范围内，做完了地质剖面图。李四光看后，很满意地对他说："地质工作比较直观，但也容易流于浮泛与浅薄。从中深思熟虑，发现新的东西并不容易，要搞清其中的道理就更难了。你应该花力气去补学数学和物理，我建议你到北京大学再学一年，希望你把经典地质学再向前推进一步。"

李四光立刻给周培源写了一封信，让马宗晋带回北京，信中嘱托周培源安排马宗晋进北大学习。就这样，马宗晋开始和国内一些数学和力学的高等学校老师在一起参加进修班，科学地进行思维。他说："我的演算、推导远远跟不上那些老师，我就着重实验，这样接受起来容易些。我数学演算学得不好，但对力学的许多概念有了较多的理解。比如对一块石头进行挤压，什么时候会破裂，怎样破裂；比如把金属材料喷上漆，怎样做成各种各样的形状，力会怎样展露，等等。力学是物理的重要分支，这一年的学习给了我一个很好的力学修养。"

1961 年，马宗晋研究生毕业后留在中科院地质研究所，从事构造力学研究。他非常注重科学家的科研思路，始终牢记李四光的名言："请看科学发展史中，有多少重大自然现象的发现，是从对渺小事物的粗略认证开始的。”

他要求自己，决不放过或忽略任何渺小的现象、动态，从对小事物的细心观察中，找出发现自然奥秘的途径。这种伟大科学家必备的思维方式，在那次去杭州拜见李四光时已初成。

当时，李四光笑吟吟地拿出一块弯曲近90°的石头，问他：“这块石头挺硬的，为什么会变形?”

马宗晋思索片刻，回答说：“大概是因为岩石受到长时间的力的作用，造成塑性变形的吧……”

李四光是在拿这块岩石，教他由小看大、由观察现象到理论抽象的思维推理方法。

最早，马宗晋在教科书中见到“X”型共轭节理的力学解释模型时，简直无法想象，拥有几十亿年历史的广阔的地球表面，怎么会有那么规则的力学现象，怎么会有那么巨大的动力和那么单纯的作用方式！当他后来到湖北野外去考察时，看到间距几厘米、几十厘米的规则的“X”型节理网络，看到间距几百米的节理束和间距一二十千米的成组大断裂，他再次想起导师的名言和深刻点拨，他说：“我真的信服了！这使我着迷。”

举世共怀念

李林不会忘记，1957年的一个冬日，周恩来到医院看望做完手术的李四光时，亲切拉着她的手问这问那，并严肃地说：“党交给你一个很重要的任务，一定要好好地照顾你父亲的身体。”

1971年4月下旬，李四光感冒发烧住进北京医院后，此时已被下放到一家工厂接受改造的李林望着病中坚持工作的父亲，决计趁难得的这段“空闲”好好服侍他，每晚睡在病房沙发上。

4 月29 日清早，她和父亲说了几句话就准备去上班，单位路远，她又是个下放改造的“臭老九”，为了不迟到，她必须每天早上6 点就出发。

“你的晚饭在哪儿吃呀？”看着匆匆忙忙的女儿，李四光关心地问。

“吃饭还不简单，在哪儿吃都行。”李林一面不经意地答着，一面向病房门口走去。

她全然没有想到，这是她和父亲的最后对话。

上午，工厂派李林出去买些东西，她回来时，却发现班长的脸色有些异常：“有电话叫你赶快去医院……”

没等班长话说完，李林飞身跃上自行车，班长随后喊的“有车来接你”被她抛在脑后。她上气不接下气地赶到医院，见到医生、护士的脸色都很紧张，母亲也被接来了，但医生不让她进病房，吴有训的夫人和竺可桢的夫人在一间空病房中陪着她。顾不上看一眼母亲，李林默默地走进病房，见到昏迷之中的父亲脸上蒙着氧气罩静静地躺在床上。

有人悄悄告诉她，父亲体内存了多年的动脉瘤，她走两个多小时后就破裂了！

北京医院最好的医生都赶到了病房，医生们决定马上给李四光施行手术。通过长长的走廊，李林看到吊着输液瓶的父亲躺在平车上被推进了手术室，这是父亲留在她脑海中的最后印象。

中午12 时整，手术室的门开了，医生和护士们低着头慢慢走了出来，吴阶平大夫走到李林身边沉痛地说：“我们的科学水平还不够，没办法把李老抢救过来……”

泪水涌满李林的眼窝。

听到李四光突然去世，邹承鲁感觉简直难以置信。尽管已经当了 20 多年的李家女婿，但他和岳父生活在一起的时间并不长。调回北京后，他每天晚饭后都陪老人出去散步。老人每天晚上出门都离不开 3 件东西：一张小板凳、一个小本子和一支笔。通常，李四光是一面走一面想事儿，走累了就坐在小凳上掏出小本子记下刚才想的事儿，因此，和女婿交谈也不太多。邹承鲁还想着多向岳父学点儿什么，却没想到老人这么快就离开了人世。

一盏“光被四表”的科学明灯，永远地熄灭了。多少颗念兹在兹的心，却在祖国的四面八方，在世界的各个角落，为他而跳动着。

他所热爱的家乡没有忘记他。在黄冈，一所依山而建的中学校园里，耸立着李四光的雕像，校名由李先念主席亲题，这就是家乡人民为了纪念李四光而易名的“李四光中学”！

他所热爱的单位没有忘记他。中国科学院于 2009 年，以他的名义将一颗小行星命名为“李四光星”！

他一手创办起来的学校没有忘记他。中国地质大学于 2007 年 5 月份，启动了旨在培养具有创新思维的科学研究人才的“李四光计划”，对本科生人才培养模式进行了一次积极探索与尝试，迄今已实施了 7 年！

他由衷热爱的国家没有忘记他。国家每两年一次的“李四光地质奖”，激励着地质工作者在地质科研、考察和教学方面努力探索！

国际科学界没有忘记他。2010 年 10 月 12 日，伯明翰大学宣布设立李四光奖学金，该奖项自 2011 年开始，颁发给赴伯明翰大学攻读博士学位的中国留学生。它以李四光的名字命名，就是为了纪念这位著名校友，纪念他对科学和社会作出的杰出贡献，鼓励和表彰那些为科学研究和国际合作作出贡献的中国留学生，既表达了伯明翰大学希望加强与中国长期合作的愿望，同时，更是对大师最崇高的敬意和最深切的怀念。

后　记

他的精神，他的感动

2009 年 9 月 14 日，李四光被评为“100 位新中国成立以来感动中国人物”之一。

他的俭朴让我们感动。“丹青不知老将至，富贵于我如浮云”，纵观李四光的一生，其生活极为简单：饮食上不沾荤腥，衣着很不讲究，完全可用“得过且过”来形容，甚至补丁摞补丁。他去世后，工作人员想找几样遗物留下来，找来找去，也没发现像样的东西！

他的执着让我们感动。他将一生奉献给了科学，无怨无悔是他最真实的写照。少年求学时的形单影只难不倒他，异国深造时的缺吃少穿困不住他，战争硝烟中的颠沛流离击不垮他，蒋家政权的威胁利诱更束缚不了他！

他的正气让我们感动。他少年时反清，中年后抗日，他终生不与蒋介石的反动政权合作。他留过日，但从不亲日，他留过欧，但从未亲欧。他当面斥责威权在手的汪精卫，当街怒打作威作福的英国大兵，当头棒喝穷凶极恶的国民党残部。他的凛然正气不仅让对手望而生畏，更让每一个中国人心生钦敬，为之自豪！他走遍了天下，但唯爱他的祖国，无论，他的祖国是在苍白中翘首以待，还是在贫弱中默默呻吟！

但他最让人感动的地方，应该还不是这些，尽管，以上足以光耀天下。习近平总书记喜欢引用李四光的一句话："科学的存在全靠它的新发现，如果没有新发现，科学便死了。"这是李四光精神中最闪亮的一点，更是他一生奉为圭臬的金科玉律！

没错，李四光最让我们感动的，正是他的创新精神！从蜓科鉴定法到中国第四纪冰川等重大学说的创建，从地质力学的昂然出世到以其为指导的中国石油大发现等一系列重大学术实践，直至在世界性难题之一的地震预测和预报中做出的无与伦比的成就，李四光的一生，就是不断创新的一生！

这一切只因为，"如果没有新发现，科学便死了"！

创新之路何艰辛？也许，其中风景只有李四光最清楚。乱世中的苟活已属不易，"睁眼看世界"更远非常人所能企及：他在食不裹腹中搜寻未来的些微曙光，他在流离奔波中坚守着脆弱的学术梦想，他穿越军阀混战的硝烟，在心中独辟一方净土，他怒行于蒋家政权的白色恐怖中，培科学之巨树笑傲满天风雨。耻为人之后，更耻国之为国后，无论身处的政权是否差强人意，中国人的身份在他身上注定永远抹不掉，对他来说，为国争光是份内之事，“科学救国”则是唯一道路。在一穷二白的土壤中昂然崛起，在国际学术界对中国的打压之下突围而出，李四光用创新走出了一条举世震惊的科学之路，更为自己创造了极为跌宕的精彩人生！

习近平总书记曾对科技工作者提出过4条具体要求，最重要的就是希望我们能提高自主创新能力！总书记说，我国科技发展的方向，就是创新、创新、再创新！

李四光的创新，让中国人挺直了腰杆，我们深信他那一句掷地有声的话：“中国人的智慧，一定不比外国人次！”

华罗庚也曾说：“学而优则用，用于为民造福；学而优则创，求新路，多发明。”创，正是科学的灵魂，更是李四光的灵魂。

李四光先生永远不死，因为，他的创新精神永远不灭！